U0464302

John Updike

与经典的文学对话

欧美文学经典视野中的
厄普代克

哈旭娴 ◎ 著

中国社会科学出版社

图书在版编目（CIP）数据

与经典的文学对话：欧美文学经典视野中的厄普代克／哈旭娴著 . —北京：中国社会科学出版社，2017.6

（南京师范大学比较文学与世界文学研究论丛）

ISBN 978 - 7 - 5203 - 0480 - 1

Ⅰ.①与… Ⅱ.①哈… Ⅲ.①厄普代克（Updike，John1932 - 2009）-文学研究 Ⅳ.①I712.074

中国版本图书馆 CIP 数据核字（2017）第 126580 号

出 版 人 赵剑英
责任编辑 曲弘梅
责任校对 石春梅
责任印制 戴 宽

出 版 中国社会科学出版社
社 址 北京鼓楼西大街甲 158 号
邮 编 100720
网 址 http://www.csspw.cn
发 行 部 010 - 84083685
门 市 部 010 - 84029450
经 销 新华书店及其他书店

印刷装订 北京君升印刷有限公司
版 次 2017 年 6 月第 1 版
印 次 2017 年 6 月第 1 次印刷

开 本 710 × 1000 1/16
印 张 16.5
插 页 2
字 数 239 千字
定 价 76.00 元

目　　录

绪论

约翰·厄普代克文学批评视野

一

约翰·厄普代克（John Updike，1932—2009）是 20 世纪美国文坛一位颇有影响的作家，他在小说、诗歌上的创作以及文学、艺术评论等诸多领域的耕耘，奠定了他在美国文坛乃至世界文坛上的卓越地位。"约翰·厄普代克是我们这个时代最伟大的文学家，杰出的批评家、散文家和短篇小说作家，就像他的前辈，19 世纪伟大作家霍桑一样，他是而且将永远是我们的国宝。"[1] 菲利普·罗思（Philip Roth）在得悉约翰·厄普代克逝世的消息后作出上述评论。2009 年 1 月 27 日厄普代克惯有的低调、略带腼腆的笑容永远地定格在了这一日。当代英国最炙手可热的作家伊恩·麦克尤恩（Ian McEwan）认为厄普代克的逝世标志着美国小说黄金时代进入尾声。当然这一论断现在还无法得到证明，但足以说明厄普代克在美国文体的显著地位。

厄普代克出生于美国东部宾夕法尼亚州的西灵顿小镇，他的家庭出身严格来说属于中下阶层。父亲是位高中数学教师，是厄普代克 1963 年出版的《马人》（*The Centaur*）中描绘的父亲的原型。母亲是一位不得志的作家，热爱写作，但直到晚年才开始发表小说。小说《农场》（*Of the Farm*，1965）的主人公与厄普代克的母亲，无论是经

---

[1] Christopher Lehmann - Haupt, "John Updike, a Lyrical Writer of the Middle Class, Dies at 76", *New York Times*, 28 January 2009.

历还是性格上都有较高的契合度。宾夕法尼亚州小镇的青少年生活，对厄普代克的早期创作影响很大，西灵顿成为厄普代克很多作品中小镇生活的原型。20 世纪 50 年代至 60 年代创作的《贫民院集市》（*The Poorhouse Fair*，1959）、《兔子，跑吧》（*Rabbit，Run*，1960）、《马人》和《农场》四部小说，均有作家早期生活的影子。当作家被问到为何如此执着于运用"奥林格故事"表现自己青少年时代和家庭时，他回答说："我的青少年时代很有趣。我的父母充当了很不错的演员，他们使我的青春期变得很精彩，当我成年后，关于青少年时期生活的创作素材已初步形成。不错，有一条隐线连接着我的部分小说，我觉得这条隐线就是我的自传。"① 厄普代克的早期作品"把社会纪实、凭空杜撰和自传写作糅合在了一起"②。《奥林格故事集》（*Olinger Stories*，1964）讲述了他青少年时代的生活；《贝克：一本书》（*Bech：A Book*，1970）是关于他作家生涯和游历世界的记录；短篇小说集《遥不可及》（*Too Far to Go*，1978）收录的有关婚姻的故事是作家初恋、分居、离婚经历的写实。

除了作家自身经历，美国中产阶级生活是约翰·厄普代克创作的另一重要主题。在谈到美国中产阶级风俗时，厄普代克说："中产阶级的家庭风波，对思想动物来说如谜一样的性爱和死亡，作为牺牲的社会存在，意料之外的欢乐和报答，作为一种进化的腐败——这些是我的一些主题。"③ 不难发现，美国中产阶级生活几乎成为厄普代克所有重要小说的背景和表现内容，无论是直接描写中产阶级生活的"兔子四部曲"、《马人》、《农场》、《夫妇们》（*Couples*，1968）、《圣洁百合》（*In the Beauty of the Lilies*，1996）、《村落》（*Villages*，2004），抑或是探讨宗教困境的"红字三部曲"和最具霍桑特质的"伊斯特威

---

① http://www.theparisreview.org/media/4219_ UPDIKE. pdf.

② 萨克文·伯科维奇主编：《剑桥美国文学史》第七卷，孙宏主译，中央编译出版社 2009 年版，第 274 页。

③ 转引自金衡山《厄普代克与当代美国社会——厄普代克十部小说研究》，北京大学出版社 2008 年版，第 3 页。

克女巫系列"，这些作品的核心均是探讨当代美国中产阶级在信仰、性爱、文化、婚姻等多个层面面临的重重困境。中产阶级是美国社会结构的主体构成，厄普代克对这一群体风俗生活的描摹成为"一幅描述当代美国社会的生动画卷，是用小说写成的关于当代美国的'历史'"①。厄普代克也因此被称为第二次世界大战后美国风俗作家。

自 1958 年发表第一部作品以来，厄普代克一生共出版 29 部长篇小说，十多部中短篇小说集，9 部诗集以及十余部文学评论和随笔集。他创作生涯中的每一个 10 年都会为读者奉献一些高品质的长篇小说，例如他的首部小说《贫民院集市》发表于 26 岁时，第二年出版了"兔子四部曲"的第一部《兔子，跑吧》；30 岁阶段出版《马人》、《夫妇们》和《兔子归来》（*Rabbit Redux*，1971）；40 岁阶段出版《整月都是星期日》（*A Month of Sundays*，1975）、《政变》（*The Coup*，1978）、《兔子富了》（*Rabbit Is Rich*，1981）；50 岁阶段出版《伊斯特威克的女巫们》（*The Witches of Eastwick*，1984）、《罗杰教授的版本》（*Roger's Version*，1986）、《兔子歇了》（*Rabbit at Rest*，1990）等重要作品问世的阶段；60 岁则出版了长篇小说《圣洁百合》、《走向时间的尽头》（*Toward the End of Time*，1997）等；2000 年之后，厄普代克又相继出版了《葛特露与克劳狄斯》（*Gertrude and Claudius*，2000）、《寻找我的脸》（*Seek My Face*，2002）、《村落》、《恐怖分子》（*Terrorist*，2006）和《伊斯特威克的寡妇们》（*The Widows of Eastwick*，2008）等多部长篇小说。作为半个世纪的美国中产阶级风俗和思想的观察者、文学记录者，厄普代克先后两获普利策奖和国家图书奖，此外还获得国家图书批评家奖、罗森塔尔奖和豪厄尔斯等多项奖项，生前是呼声最高的诺贝尔文学奖候选人，但每一次都与该奖项遗憾地擦身而过。威廉·H. 普理查德（William H. Pritchard）1973 年就曾发表评论指出："（厄普代克）将大量智慧的创作物组合成一个

① 金衡山：《厄普代克与当代美国社会——厄普代克十部小说研究》，北京大学出版社 2008 年版，第 3 页。

整体，在我们这个时代，无人能出其右。"① 20 多年之后约翰·斯坦纳评论说："厄普代克的天才，在文学上，将他与霍桑和纳博科夫平齐是不会让人觉得惊讶的。"② 厄普代克生前一直备受关注和赞誉，这些关注和赞誉很大部分来自于同时代的作家们。作家能否经受住时间的考验不被遗忘，除了他是否有新作问世之外，另一个很大的因素在于他的创作是否能够得到同行的认可并对同辈或后辈作家产生影响，如霍桑、福克纳、海明威等作家那样，虽然早已逝世，但他们的作品持续影响着后人，在美国文坛甚至形成"霍桑派"（Hawthorne School），而海明威的简约风格对雷蒙德·卡佛（Raymond Carver）的极简主义创作产生影响。伦敦《星期日时报》曾经就"谁是英语世界中在世的最伟大作家？"做过一次调查，小说家安妮塔·布鲁克纳（Anita Brookner）选择了厄普代克，她认为："他的语言简单、明了，似乎是信手拈来，但是旁人却无法做到。"③ 厄普代克的"兔子"系列促成了 20 世纪七八十年代凯马特派小说（Kmart School of Fiction）的问世，这一流派的作家主要来自中下阶层，以波比·A. 梅森（Bobbie A. Mason）为代表；此外，他明显影响了美国当代作家尼克尔森·贝克（Nicholson Baker）。尼克尔森·贝克于 1991 年出版《U 和 I：一个真实的故事》（U and I: A True Story），U 是 Updiked 的开头字母，小说的标题可以翻译成"你和我"或者"厄普代克和我"，小说的主旨也在表达厄普代克对作家生活和创作的影响。尼克尔森·贝克对厄普代克极度痴迷，当他处于某种境遇时，常常会去想如果厄普代克处于他的位置上会作何种反应。例如，其中有一个关于能发出 X 射线的万圣节糖果广告，贝克写道："如果约翰·厄普代克是 23 岁并且生活在这个镇子，我想他也许会事先得知有这么个令人难以置信的能发出 X 射线的万圣节糖果展出，他也许会在结束'不给糖就捣

---

①　William H. Pritchard, "Long Novel and Short Stories," *Hudson Review* 26, No. 1 (Spring 1973), p. 240.

②　George Steiner, "Supreme Fiction," *New Yorker*, 11 March 1996, p. 106.

③　Nicolette Jones, "The Order of Merit," *The Sunday Times*, 13 March 1994, p. 8.

乱'游戏之后，驾车带着孩子们去观看。"并且就此写出一篇精彩的"街谈巷议"（"Talk of the town"）。① 诺曼·梅勒（Norman Mailer）早期曾批评过厄普代克，后来也转变了观点，称厄普代克为 20 世纪后半叶美国最重要的五位作家之一。进入 21 世纪，厄普代克已然成为美国文人的代表。

然而，并非所有的人都能够接受厄普代克的创作内容和表现手法，他一贯大胆的性描写、作品所表现出的道德模糊对比炫目的创作技巧，令很多专业评论家认为厄普代克的小说在华丽冷漠的形式外壳之下一无所有，因此有"道德怠惰"（moral sloth）的质疑。早在 20 世纪 70 年代，美国文学批评家莫里斯·迪克斯坦（Morris Dickstein）在他的重要的文学史著作《伊甸园之门——六十年代美国文学》（Gates of Eden）一书中指出《夫妇们》"利用两性关系中的新的放纵，力图描绘一幅中产阶级美国正在变化中的性道德的全图。但是结果更像对描写个人关系的旧小说的一种滑稽模仿或颠倒，因为他虽然增添了性的内容，但几乎筛去了所有其他的内容"②。迪克斯坦认为厄普代克以最差的作品取得了最大的成功。美国当代重要的文学评论家哈罗德·布鲁姆（Harold Bloom）曾下结论说，厄普代克是"具有重要风格的次要作家"③。2008 年，英国《文学评论》杂志针对厄普代克在"现代文学中粗鲁、不得体或荒谬的性描写段落"，授予他"糟糕的性描写小说终身成就奖"。总体上看来，对厄普代克的批评主要集中在修辞风格和形式技巧、道德怠惰以及性别等方面的问题。首先，一些评论认为厄普代克过于注重创作中的语言运用，以至于忽略了情感和思想的表达；其次，厄普代克小说创作的现实主义风格也为评论家们所诟病，一些人认为他的创作技巧过于保守和传统到没有创新之处，这也是 90 年代之后厄普代克研究不再成为主流的重要原因

① Nicholson Baker, *U and I*: *A True Story*, New York: Random House, 1991, pp. 23 – 25.
② 莫里斯·迪克斯坦：《伊甸园之门》，上海外语教育出版社 1985 年版，第 94 页。
③ Richard Eder, "The Paris Interviews", *New York Times*, 25 December 2007.

之一；再次，很多评论认为厄普代克小说过于注重小说的形式而在道德态度上呈现为模棱两可；最后，女性主义评论对厄普代克小说中的男主人公塑造，以及他对女性角色的态度颇有微词。

平心而论，厄普代克的很多长篇小说故事设计不够吸引人，没有跌宕起伏的情节，此外作家渊博的学识、丰富的词汇和不断变化的宗教观念都增加了作品的阅读难度。因此在读图时代，快餐文化泛滥令这位优秀的作家失去了大众市场。

二

美国文学批评视野中的厄普代克

国外对厄普代克的研究始于 20 世纪 60 年代。仅在美国学术界，迄今就已出版了关于厄普代克的研究著作 60 余部，以平均每年一部的速度在增长。这些著作大致可以分为两大类：厄普代克研究论文集和厄普代克研究专著。

最早的论文集是由肯尼斯·汉密尔顿（Kenneth Hamilton）于 1967 年编辑的《约翰·厄普代克：评论》（*John Updike：A critical essay*）。1979 年，由大卫·托尔布恩（David Thorburn）和霍华德·爱兰德（Howard Eiland）合作编辑了《约翰·厄普代克：评论文集》（*John Updike：A Collection of Critical Essays*，1979）。时隔三年，威廉·R. 麦克诺顿（William R. MacNaughton）又选编了一些有代表性的评论文章收录到《约翰·厄普代克评论》（*Critical Essays on John Updike*，1982）一书中。1987 年，哈罗德·布鲁姆编辑了《约翰·厄普代克》（*John Updike*）①，这是"切尔西之家"发行的"现代批评见解"系列丛书中的一本，它收录了几位重要评论家的评论文章，这些文章所论及的内容涵盖了厄普代克已出版的主要作品。值得一提的是布鲁姆为这部论文集所撰写的评论性引言，其中的一些观点被多次引

---

① 2001 年，同样由哈罗德·布鲁姆担任主编，"切尔西之家"出版了同名的短篇小说论文集，收录的论文涉及厄普代克的五篇短篇小说。

用，他认为厄普代克的作品永远也不可能被归入美国经典文学之列①。这一观点具有很强的个人主观偏好，对厄普代克而言有失公允，后来很多非议厄普代克的文章都会引用布鲁姆的这一观点。1999 年，詹姆斯·耶基斯（James Yerkes）编撰的《约翰·厄普代克与宗教：神圣的意识与优雅的举止》（*John Updike and Religion*：*The Sense of the Sacred and the Motions of Grace*）是一部重要的论文集，耶基斯是摩拉维亚学院的神学教授，这部著作中收录的论文都是关于厄普代克的宗教研究，对我们掌握厄普代克的宗教思想很有帮助。2000 年，劳伦斯·R. 布罗尔（Lawrence R. Broer）编撰了《兔子的故事：约翰·厄普代克"兔子"小说中的诗性与政治》（*Rabbit Tales*：*Poetry and Politics in John Updike's Rabbit Novels*），收录了 12 位知名评论家的研究论文。2005 年，杰克·德·贝里斯（Jack De Bellis）编辑出版《约翰·厄普代克："兔子"传奇评论集》（*John Updike*：*The Critical Responses to the "Rabbit" Saga*），这部论文集共收集了 27 位批评家关于"兔子四部曲"的 34 篇评论文章，这些文章的来源是各学术性刊物以及主流媒体，它们分别运用了历史传记批评、女性主义批评、精神分析批评、文化批评等多种文学批评理论和方法。2006 年，剑桥大学出版了《剑桥文学指南：约翰·厄普代克研究》（*The Cambridge Companion to John Updike*），指南收录的论文分为两大类，一类是关于厄普代克的创作主题，另一类论文主要讨论厄普代克文学创作中的具有争议性的内容。这些文章阐述了作家对美国文学传统的吸收，以及 20 世纪后半叶的社会文化变迁在厄普代克创作主题和艺术手法上的反映。

　　厄普代克研究专著是衡量关于他的研究已达到何种学术水平的重要标准之一，20 世纪 60 年代出版了关于厄普代克作品研究的第一部专著，迄今为止，已有 40 余部研究专著问世。为了能更清晰地描述厄普代克在国外的研究状况，依据国外对厄普代克研究的几个主要方

①　Harold Bloom, "Introduction to John Updike" in Harold Bloom, ed., *John Updike*, New York：Chelsea House, 1987, p.7.

向，本书拟从厄普代克与美国文学传统研究、主题研究、艺术手法研究三方面梳理一下相关的研究成果。

Ⅰ. 厄普代克与美国文学传统研究

厄普代克曾在多种场合下谈论到美国文学传统对他的影响，认为美国文学传统中的一些内容已经根深蒂固于他的思想中，成为他的一种创作本能，"我不是说我能够表达得像麦尔维尔或是詹姆斯一样出色，但是他们作品中流露的热情和倾向早已存在于我的骨子里了"①。学术界对厄普代克与美国文学传统关系的研究主要在横向与纵向两个方向上进行，纵向主要考察厄普代克对传统的继承与吸收，横向方面则倾向于描述厄普代克与同时代作家在共同主题上的不同表述。

纵向考察较早的专著有拉里·E. 泰勒（Larry E. Taylor）和哈里·T. 摩尔（Harry T. Moore）于 1971 年共同撰写出版的著作《约翰·厄普代克小说中的田园化与反田园化模式》（*Pastoral and Anti - Pastoral Patterns in John Updike's Fiction*）。在这部著作中，泰勒讨论了一个美国文学自殖民地时代就已存在的传统主题——对农村生活的理想化或排斥性塑造，他认为厄普代克的作品中这两种创作倾向同时存在。泰勒不仅梳理了这一二元对立的主题在既有的作品中的表述状况，而且具体分析了厄普代克在处理这个主题时所采用的与传统的关联和创新的手法。2000 年，威廉·H. 普理查德出版了一本专著《厄普代克：美国的文人》（*Updike：America's Man of Letters*），他将厄普代克置于美国文学的大背景下，从创作主题、文学影响以及文学关系等角度，考察了厄普代克的各种体裁的作品，认为厄普代克在美国文学中与纳撒尼尔·霍桑、威廉·迪安·豪威尔斯及埃德蒙·威尔逊一脉相承。"确实，霍桑与豪威尔斯主要是小说家，威尔逊是评论家，但每一位都有很多供他学习的地方。"② 普理查德的著作反映出他对厄普

① http：//www. theparisreview. org/media/4219_ UPDIKE. pdf.

② William H. Pritchard, *Updike：America's Man of Letters*, South Royalton：Steerforth Press, 2000，p. 3.

代克作品以及当代文学总体状况的熟稔，例如，在讨论"兔子"系列小说的风格时，普理查德注意到乔伊斯对它的直接影响，但是，他认为更重要的影响来自道恩·鲍威尔（Dawn Powell）和乔伊斯·卡里（Joyce Cary）。2008 年，凯瑟琳·莫莉（Catherine Morley）的著作《美国当代小说中的史诗追诉：约翰·厄普代克、菲利普·罗思和唐·德里洛研究》（*The Quest for Epic in Contemporary American Fiction：John Updike，Philip Roth and Don DeLillo*）问世。这部著作着眼于在史诗和小说这两种文学体裁共同作用下的当代美国文学，清晰描绘了史诗从远古开始，经由乔伊斯，直到当代的美国文坛的发展脉络，并且阐释了这一传统对美国当代作家，包括对厄普代克的影响。

　　厄普代克与同时代作家的横向比较是研究厄普代克与美国文学关系的一项重要内容。代表性的著作有罗伯特·约瑟夫·奈东（Robert Joseph Nadon）于 1969 年出版的《当代美国小说中的城市价值：索尔·贝娄、约翰·厄普代克、菲利普·罗思、伯纳德·马拉穆德以及诺曼·梅勒小说中的城市研究》（*Urban Values in Recent American Fiction：A Study of the City in the Fiction of Saul Bellow，John Updike，Philip Roth，Bernard Malamud，and Norman Mailer*），大卫·D. 加洛韦（David D. Galloway）于 1970 年出版的《美国小说中的荒诞英雄：厄普代克、斯泰隆、贝娄和塞林格研究》（*The Absurd Hero in American Fiction：Updike，Styron，Bellow，Salinger*），1985 年，唐纳德·J. 格雷纳（Donald J. Greiner）出版的《美国小说中的通奸主题：厄普代克、詹姆斯和霍桑研究》（*Adultery in the American Novel：Updike，James，and Hawthorne*）。同年，乔治·J. 瑟尔斯（George J. Searles）在《菲利普·罗思与约翰·厄普代克小说研究》（*The Fiction of Philip Roth and John Updike*）中，从文化批评的角度，比较了厄普代克与犹太作家罗思小说中的异同，他认为这两位以美国中产阶级为主要描写对象的作家的作品中表现了一些共同主题，如对人际关系、个人道德责任、物质主义危害等问题的探讨；阐述了两位作家的不同之处：罗思作品中的社会批判聚焦于由少数人组成的知识分子团体，通常以第一人称叙述，而厄普代克的批评主要针对主流文化，通常采用全知的第三人称；在罗思小说中社会背景是次要因素，他更注重人物思想的记录，而在厄普代克的小说中，社会背景描述是小说的中心元素。1988年，玛格丽特·M. 加勒特（Margaret M. Gullette）从表现中年生活的角度，发表了《人到中年终于安全了：索尔·贝娄、玛格丽特·德拉布尔、安妮·泰勒与约翰·厄普代克中年生活小说中的创新》（*Safe at Last in the Middle Years：The Invention of the Midlife Progress Novel：Saul Bellow，Margaret Drabble，Anne Tyler，and John Updike*），她认为这些小说共同表达了人到了中年之后，思想成熟与体力下降之间形成的张力，这种张力存在于生活的各个方面。

Ⅱ. 主题研究

厄普代克小说的主题可以归纳为"宗教、性和美国"①。宗教被放在了第一位，是其小说中永恒的主题。他的 23 部长篇小说中，几乎所有重要作品都在不同程度上涉及了宗教。厄普代克小说中的宗教思想也成为评论家们不厌其烦地探讨的重心，关于其小说的宗教研究已经达到一定的深度和广度。

第一部关于厄普代克小说中的宗教研究是 1970 年爱丽丝和肯尼斯·汉密尔顿撰写出版的《约翰·厄普代克的要素》（*The Elements of John Updike*）。之后又相继出现几部有价值的关于厄普代克的神学研究专著，1980 年乔治·亨特（George Hunt）出版的《约翰·厄普代克和三件重要的秘密：性、宗教与艺术》（*John Updike and the Three Great Secret Things：Sex，Religion，and Art*），拉尔夫·C. 伍德（Ralph C. Wood）的《救赎的喜剧：四位美国小说家的基督教信仰与喜剧表述》（*The Comedy of Redemption：Christian Faith and Comic Vision in Four American Novelists*），约翰·尼亚里（John Neary）的《存在与虚无：约翰·厄普代克与约翰·福尔斯的小说研究》（*Something and Nothing-*

---

① John Updike：An American subversive, *The Economist*, 29 January 2009. http：//www. economist. com/node/13014056.

ness：*The Fiction of John Updike and John Fowles*，1992），马歇尔·鲍斯威尔（Marshall Boswell）的《约翰·厄普代克的"兔子四部曲"研究：行动中的被掌握的反讽》（*John Updike's Rabbit Tetralogy*：*Mastered Irony in Motion*，2001）。

此外，上文提及的神学教授詹姆斯·耶基斯编选的论文集《约翰·厄普代克与宗教：神圣的意念与优雅的行动》收录了关于厄普代克作品宗教研究方面的论文。全书将 15 篇研究论文分为三部分：厄普代克与宗教之维、厄普代克与基督教、厄普代克与美国宗教。约翰·尼亚里在《存在与虚无》一书中，将神学中关于上帝的本真存在与现实存在这一二元对立观念作为厄普代克与福尔斯研究的切入点，就厄普代克与福尔斯的几部作品，在结构和主题方面作平行研究。依据卡尔·巴特的辩证神学、列维纳斯的存在主义哲学，以及当代德里达、希利斯·米勒的解构主义理论，结合两位作家对存在主义以及宗教神学长期存在的兴趣，尼亚里得出结论：福尔斯的后现代主义以及超小说实验反映出加缪和萨特的存在主义在其创作中产生的影响，而厄普代克的现实主义则表现了索伦·克尔凯郭尔（Soren Kierkegaard）的神学思想。马歇尔·鲍斯威尔在《约翰·厄普代克的"兔子四部曲"研究：行动中的被掌握的反讽》中，从克尔凯郭尔提出的哲学层面的"反讽"概念入手，分析这一概念在"兔子四部曲"中的表现，以此最终观照厄普代克的道德观念和宗教信仰。在宗教研究方面，鲍斯威尔认为厄普代克在作品中反映了巴特神学观的三个中心论题：险恶的辩证观、"存在与虚无"的概念、对无法证实的上帝的争论。①

厄普代克的小说主要以美国白人中产阶级为描述对象，作品往往具有强烈的时代气息，真实的历史事件穿插于日常生活的细腻描写中，从而艺术地再现了美国社会的生活状况以及近半个世纪的时代变迁。用他自己的话说："我的那些小说中关于普通人日常生活的描述

---

① James Schiff，"Review：John Updike's Rabbit Tetralogy：Mastered Irony in Motion"，*Christianity and Literature*，Autumn，2001，p.21.

要比历史书表达的历史还要多。"① 例如 "兔子四部曲" 描述了从20世纪50年代开始近40年的美国社会和文化变迁，涉及越南战争、美苏冷战、阿波罗登月、能源危机等一系列美国重要的历史事件，是一部展示当代美国社会的生活画卷史。因此，文化研究也成为厄普代克研究的另一重要领域。早在1971年，蕾切尔·C. 伯查德（Rachael C. Burchard）就分析研究了约翰·厄普代克的两部诗集、五部长篇小说和四部短篇小说集中的主题延续与分化，描述了厄普代克思想上的变化，并指出厄普代克笔下的主人公是一群通过宗教和性寻求救赎的孤独的探寻者。其他有代表性的专著有菲利普·H. 沃恩（Philip H. Vaughan）的《约翰·厄普代克的美国印象》（*John Updike's Images of America*，1982），爱德华·P. 瓦戈（Edward P. Vargo）撰写的《暴风雨和烈火：厄普代克小说中的仪式》（*Rainstorms and Fire：Ritual in the Novels of John Updike*，1974）。戴沃·I. 瑞斯托弗（Dilvo I. Ristoff）于1988年和1998年分别出版了系列专著《厄普代克的美国：约翰·厄普代克 "兔子三部曲" 中的当代美国历史表述》（*Updike's America：The Presence of Contemporary American History in John Updike's Rabbit Trilogy*）和《约翰·厄普代克的〈兔子歇了〉：适当的历史表述》（*John Updike's Rabbit at Rest：Appropriating History*），这两部专著把厄普代克描述为一丝不苟的历史记录者，并且详细阐述了厄普代克在创作中系统地表现当代美国历史的原因及方式。朱迪·纽曼（Judie Newman）的《约翰·厄普代克》（*John Updike*，1988）分专题详细阐述了厄普代克的虚构作品与真实社会的关联。2001年，D. 昆廷·米勒（D. Quentin Miller）发表专著《约翰·厄普代克与冷战：拉上铁幕》（*John Updike and the Cold War：Drawing the Iron Curtain*），揭露冷战这一历史事件对厄普代克创作的影响。米勒认为厄普代克的创作生涯开始于20世纪50年代中期，这正是美苏冷战形成的时期，这导致厄普代克在这一时期创作的作品中，往往同时具有乐观与焦虑两种矛盾的

---

① Donald Greiner, *John Updike's Novels*, Athens：the Ohio University Press, 1984, p. 50.

情绪。米勒声称厄普代克在作品中，经常描写冷战时期紧张氛围中的国内生活与文化状态，这种紧张情绪导致了主人公不稳定的精神状态，这种描写实际上反映出厄普代克内心世界的矛盾，这种矛盾可以用来解释他笔下人物行为的无目的性。2006 年，彼得·J. 贝利（Peter J. Bailey）在《救赎的兔子：厄普代克小说中的信仰戏剧》（*Rabbit* （*Un*）*Redeemed：The Drama of Belief in John Updike's Fiction*）中，探讨了无处不在的信仰与怀疑间的矛盾，这一矛盾几乎存在于厄普代克所有作品中。贝利在研究了"奥林格"系列小说、"兔子四部曲"、《圣洁百合》、《回忆兔子》等作品，以及厄普代克访谈录的基础上，将"兔子四部曲"定义为作者的精神自传小说。他认为厄普代克借助于阿姆斯特朗这一角色，表达了自己关于人类认识方面的伦理和美学信条，厄普代克"兔子"系列小说是美国后基督教与后现代主义在文学上的完美结合。

厄普代克在作品中描绘的两性关系，以及他对女性形象的塑造是女性主义批评家争论的焦点。厄普代克以女性为主角的长篇小说不是很多①，尽管厄普代克自己说"美国小说中在表现女性方面很薄弱，我已尝试着去刻画一些女性形象，我们对女性审视的态度决定了我们是达到文明的高度或是退化"②。但是一些女性主义评论家仍然不满于厄普代克对女性形象的塑造，以及他作品中的女性在两性关系中所处的地位，她们认为厄普代克患有"厌女症"。这方面的批评，有代表性的是伊丽莎白·泰伦特（Elizabeth Tallent）撰写的《已婚男人与神奇骗术：约翰·厄普代克笔下的好色男主人公》（*Married Men and Magic Tricks：John Updike's Erotic Heroes*，1982）和玛丽·奥康纳（Mary O'Connell）于 1996 年出版的《厄普代克与父权困境：兔子小说中的男子气》（*Updike and the Patriarchal Dilemma：Masculinity in the*

---

① 以女性为主角的作品主要有《伊斯特威克的女巫们》、《S.》、《葛特露与克劳狄斯》和《寻找我的脸》。

② http：//www.theparisreview.org/media/4219_ UPDIKE.pdf.

Rabbit Novels，1996）。玛丽通过对"兔子"小说的研究，发现文本中存在着大量的对女性在精神上和肉体上辱骂的描写。她批判了评论界将厄普代克定位为"非暴力作家"的观念，惊讶于他们对隐藏于"兔子"小说中性别压迫和暴力行为视而不见。玛丽不是简单地下结论，将厄普代克归为具有"厌女"情绪的作家，而是一步步考证小说中的男主人公是如何表现他的男子气，他的性别身份如何影响他的个性发展、精神转变以及人际关系。

可以看出，这类关于厄普代克小说专题性的主题研究，无论是在成果的数量上还是在研究涉及的广度和深度上，都要远远超出其他类型的研究。

Ⅲ. 艺术手法研究

厄普代克美学观念的核心词汇是"精确"、"模仿"和"贴近生活"①。他认为写作必须是"对我们熟知的生活的模仿"②。但是，厄普代克对"精确"和"贴近生活"原则的追求并不意味着他是豪威尔斯式现实主义描写的虔诚追随者。豪威尔斯式的现实主义将表现"性和欲望"作为创作的禁区，这与厄普代克的创作倾向大相径庭。厄普代克的作品清楚地表明他不仅仅是一位现实主义作家，他的创作风格更多地吸收了纳博科夫式的"丰富炫目的才智和令人欣喜的沉思冥想"③。

经过几十年的实践，厄普代克的创作风格可以用"抒情般的"、"注重视觉效果"、"优雅"、"敏锐"等词汇来概括，即便是最偏激的批评者如哈罗德·布鲁姆和 D. 基思·马洛（D. Keith Marlow）也无法否认厄普代克独特的创作风格。虽然如此，关于厄普代克小说创作艺术手法的研究成果却不是很多，评论者往往是在谈论其小说思想内容时稍带提及他的艺术特色。詹姆斯·斯基夫（James A. Schiff）是美国

---

① John Updike, *Picked - Up Pieces*, New York：Knopf, 1975, p. 16.

② Ibid., p. 32.

③ http：//ewen. cc/qikan/bkview. asp? bkid = 162905&cid = 504175.

一位重要的厄普代克研究者，他的研究具有一定的特点，主要体现在研究重心落在厄普代克所谓的"次要"作品上，同时关注小说之外的创作领域。斯基夫于 1992 年出版《厄普代克的版本：重写〈红字〉》(*Updike's Version*: *Rewriting the Scarlet Letter*)，在这部著作中他就《红字》与"红字三部曲"展开了一场霍桑与厄普代克的对话。这部著作的价值在于，它是第一本研究厄普代克"红字三部曲"的专著。在书中斯基夫从互文性的角度详细分析了厄普代克与霍桑在激情、性爱、通奸和身份诉求等主题上的相似与不同表述，并且着重从读者期待、戏仿、叙述视角、文本碎片运用等艺术手法的角度阐述厄普代克如何对霍桑经典名著进行"后现代"重述。斯基夫于 1998 年出版的《重访厄普代克》(*John Updike Revisited*) 是一部较为全面的厄普代克研究著作。这部专著的出发点是让读者全面了解厄普代克，强调他"不仅是当代一位重要的长篇小说创作者，而且是重要的短篇小说家，评论家和散文家"[1]。以此为宗旨，斯基夫将这部专著的研究对象设定为以下几类：一些备受批评的作品，如《巴西》(*Brazil*)、《圣洁百合》等；一些被忽视的创作类型和作品，如厄普代克撰写的评论文章、诗歌等；将系列作品如"兔子四部曲"和"红字三部曲"作为整体来解读。斯基夫的这部著作从主题内容和艺术形式两方面入手，试图为读者展示一个全面的厄普代克。

关于厄普代克艺术手法研究，另外一部有价值的著作是《约翰·厄普代克的人间喜剧：〈马人〉和兔子系列小说中的道德喜剧因素》(*John Updike's Human Comedy*: *Comic Morality in The Centaur and The Rabbit Novels*, 2005)。布莱恩·基纳 (Brian Keener) 在这部著作中从喜剧因素的角度分析《马人》和"兔子四部曲"。他认为厄普代克的喜剧作品《马人》和"兔子四部曲"定义了一个喜剧世界以及这个喜剧世界所奉行的道德准则。以往批评家们很少注意从喜剧的角度分析这几部作品，因为他们通常更关注戏剧作品中的喜剧成分。但是在

---

① James A. Schiff, *John Updike Revisited*, New York: Twayne Publishers, 1998, p. X.

厄普代克的严肃作品中确实包含了很多滑稽、荒诞和具有讽刺意味的场景，它们再现了生活的荒谬以及矛盾的特性。这个荒诞世界在厄普代克的小说中，得到了生动的展示。作家通常以 20 世纪后半叶宾夕法尼亚州为背景，通过描写人物承担社会和家庭责任，展示人物的成熟历程和克尔凯郭尔的伦理信条。如《马人》中的考德威尔是一个品格较为完美的人物，而阿姆斯特朗则是一个喜剧角色，他通过不断体验、犯错、改正，最终走向成熟。

以上梳理的是国外关于厄普代克研究的专著成果，关于他的研究论文可以用"难以计数"来形容。值得注意的一点是，研究论文所关注的焦点较专著来讲更为广泛，对厄普代克的绝大多数长篇小说都有所涉及，而且研究的方向和方法也更为多元化。

总体考察国外厄普代克研究状况，不难看出，研究呈现以下几方面的特点。

首先，正如菲利普·罗思的点评，厄普代克在小说、散文、诗歌、文学批评方面均取得杰出成就，但是几十年来，评论界对他关注的焦点主要集中在长篇小说上，对他的短篇小说、诗歌研究略显不足，这方面的研究专著寥寥无几，而他的散文和评论则被严重忽视。这种状况与他在文学评论领域所取得的成就不相对等，厄普代克一生撰写的书评和论文可以合订成五卷，近三千页。他长期为《纽约客》、《纽约时报书评》等刊物撰写文章，为近 400 本书撰写了书评，研究性的论文更是不计其数。那么作为当代一位颇为活跃的文学批评家，他的评论文章为什么会成为研究领域的一个盲点？詹姆斯·斯基夫（James A. Schiff）在《重访约翰·厄普代克》（*John Updike Revisited*，1998）一书中尝试对这一现象作出解释①。根据斯基夫的观点，出现这一现象的原因主要有以下两个方面：（1）第二次世界大战后，文学批评已从最初的大众参与文化转变为由学院派主导的精英文化。学院

---

① James A. Schiff, *John Updike Revisited*, New York: Twayne Publishers, 1998, pp. 174 – 175.

派的批评家们提出各种文学批评理论，如新批评、解构主义、新历史主义、读者反映批评、女性主义批评等，并约定俗成地将文学作品评价置于一定的理论框架下进行。厄普代克那种随笔似的批评文章往往不依据任何理论，他的批评风格被认为"简单"、"过时"，无法进入学院派研究者的视野。（2）近几十年来，大学内的文学批评日益兴盛，并逐渐占据主导地位，出现了专业的文学批评家。以往传统作家很多都身兼数职，如 T. S. 艾略特（T. S. Eliot）、伊兹拉·庞德（Ezra Pound）、约翰·克劳·兰塞姆（John Crowe Ransom）等人既是诗人或小说家又是评论家，他们写的评论文章不仅为大众接受，并推动了文学的发展。当代作家中除厄普代克外，乔伊斯·卡罗尔·奥茨（Joyce Carol Oates）、托妮·莫里森（Toni Morrison）、阿德里安娜·里奇（Adrienne Rich）、约翰·阿什贝利（John Ashbery）都写过很好的评论文章，但他们的评论文章在当今强调"专业性"的大背景下，很多都被忽视了。因此斯基夫质疑这种忽视在很大程度上是"出于学院派们试图保护自己专业领域界线的需要"。①

其次，注重考察厄普代克与美国文学传统的关系。研究者们将他放置在美国文学的整幅地图上，作历时性与共时性研究。他们既关注厄普代克对美国文学传统的吸收与继承，也注意到厄普代克对当代美国文学发展的影响，同时还聚焦于厄普代克与同时代作家的平行关系，分析他们之间确实存在的共同与相异之处。多年的研究成果确定了厄普代克在美国文学横向和纵向坐标系中的明确位置。遗憾的是，厄普代克深受欧洲作家如詹姆斯·乔伊斯（James Joyce）和马塞尔·普鲁斯特（Marcel Proust）等人的影响已成为一个不争的事实②，但到目前为止，仍鲜有相关著作问世，厄普代克与世界文学关系的考察成为整个厄普代克研究中相对薄弱的领域。

---

① James A. Schiff, *John Updike Revisited*, New York：Twayne Publishers, 1998, p. 175.
② 厄普代克在1968年接受《巴黎评论》查尔斯·托马斯·塞缪尔采访，谈到在创作中受的文学影响时，声称美国前辈作家作品中的继承传统的部分已成为他自己创作的本能，他从欧洲作家那里学到的更多，他们有一些不属于清教主义的长处，而且不将真理与直觉等同。

　　再次，仅就厄普代克小说研究而言，从研究内容层面上看，国外学者从最初的关注作品中对性、宗教、社会、文化、艺术等主题表现，逐渐延伸到厄普代克小说的艺术手法研究。但是，从研究成果的数量上看，对于后者的研究较前者而言逊色不少。从研究涉及的作品层面上看，厄普代克的"兔子"系列小说一直以来都是众多研究者青睐的对象。"兔子"系列小说的巨大光环在某种程度上遮掩了厄普代克其他作品的风采，形成了厄普代克研究领域中的某些空白点。"兔子四部曲"固然代表了厄普代克最高的艺术成就，但是作家创作的多样性不能就此而被忽视。20 世纪 60 年代以来，文学经典重述之风盛行世界文坛，厄普代克也加入了经典的再创作行列。在重构作品中，厄普代克更多地运用了一些实验性的创作手法，我们看到了一个游走于现实主义与后现代主义创作风格之间的厄普代克。但是，即使是英美学界对于厄普代克这部分作品的系统研究也是处于一种缺失状态。目前仅有美国学者詹姆斯·斯基夫就厄普代克的改写作品"红字三部曲"进行过系统研究，出版了著作《厄普代克的版本：重写〈红字〉》（*Updike's Version：Rewriting the Scarlet Letter*，1992），其他再无系统的相关研究成果问世。

　　此外，厄普代克作为一位博学的文人，他一生致力于将自己塑造成美国文人的代表，而不仅仅是作家。因而，他在小说创作之余一直孜孜不倦地撰写书评，并形成自己的批评风格。关于这部分的内容越来越引起研究者的关注。事实上，早在 1981 年，美国厄普代克研究的代表性人物唐纳德·J. 格雷纳（Donald J. Greiner）就出版了专著《厄普代克的另一面》（*The Other John Updike：Poem/ Short Stories/ Prose/ Play*），研究厄普代克长篇小说之外的文学类型。1994 年詹姆斯·普拉斯（James Plath）收集出版了《厄普代克谈话录》（*Conversation with John Updike*），这部谈话录收集了 1959 年至 1993 年厄普代克接受的重要访谈记录，内容涉及作家对自己作品的诠释、对其他作家的评价以及对美国重要问题的见解，是研究厄普代克的珍贵资料。2013 年鲍勃·班契勒（Bob Batchelor）出版的《约翰·厄普代克：评传》(*John Updike: A Critical Biography*)聚焦于厄普代克的创作生涯、文人经历对作品的影响,将厄普代克从虚构的文本世界拉入真实的美国广阔壮观、变幻莫测的文化景观中考察,是近年来关于厄普代克的一部重要的文化批评专著。

不难发现,厄普代克研究从一开始就呈现出多元化的特点。这也许与厄普代克所处的时代密切相关,20 世纪后半期是一个理论辈出、多元共存的时代,他的作品一经问世,就会有各种理论从不同角度加以阐释。

中国文学接受与批评视野中的厄普代克。

厄普代克虽然在 20 世纪 50 年代末就已成名,但是在我国由于中美两国从 1949 年开始长达近 30 年的意识形态对峙,两国之间的文化交流一度中断。直到 20 世纪 70 年代末,国内学术界才开始介绍厄普代克,此时距离厄普代克在美国成名已有近 20 年的时间。从时间上划分,国内对厄普代克的接受可以大致分为三个阶段:第一阶段为 20 世纪 70 年代末至 80 年代中期,第二阶段为 80 年代中期至 90 年代中期,第三阶段为 90 年代中期至今。

20 世纪 70 年代末期对整个中国来说是一个历史性的转折点,国内在政治、经济、文化、教育等各方面都进入一个崭新的发展时期。国家间的意识形态分歧曾在很长一段时间内阻碍了文化交流,到了 70 年代末期,由于政治上的松动,国内学者开始尝试绕过存在于意识形态上的障碍,抱着批判与学习的态度,谨慎地引进一些西方国家的文化和文学。1979 年中美邦交,开始了中美文化交流的新纪元。厄普代克正是在这一政治文化背景下被介绍到了中国。

在中国,约翰·厄普代克的名字并不是同时伴随着他的作品而来的,绝大多数中国读者对厄普代克名字的知晓要早于对其作品的了解。我们较早地发现厄普代克的名字是在一些介绍美国文学发展状况的文章上。早在 20 世纪 70 年代中期,厄普代克就被学者们偶然提及,只是那时的政治和文化氛围决定了学者们不能较为客观、公正地看待他在文学上的地位。① 到了 1979 年，《外国文学动态》第 8 期刊登了《黑色幽默和历史：60 年代初期的美国文学》一文，已经能够从作品内容的角度介绍厄普代克。同年，《外国文学动态》第 12 期又刊登了《厄普代克谈美国作家近况》，这是厄普代克撰写的《美国作家近况——在阿拉伯与美国文化交流会议上的讲话》的译文。1980 年《外国文学动态》第 7 期刊登的《第二次世界大战后的美国文学》一文，从作家善于对社会形态进行细微的描绘这一角度来介绍厄普代克。1981 年《外国文学动态》第 4 期上刊登《当代美国超现实主义小说简介》，1984 年《外国文学动态》第 4 期再次刊登文章《当代美国文学的银色时代》。在《外国文学动态》刊登的这些介绍美国文学总况的文章中，厄普代克作为美国文学的重要组成部分，或多或少地总被提及。

20 世纪 80 年代初，厄普代克的短篇小说被引进了中国。1981 年《世界文学》第 3 期发表了他的《音乐学校》和《分居》两篇短篇小说，译者在前言中提到了厄普代克对于意识流手法的运用。《世界文学》的同期还刊登了厄普代克的介绍性文章。《美国文学丛刊》也在同年刊登了《分居》的另一译本。《外国文艺》在 1981 年第 6 期上刊登了厄普代克的另外两篇短篇小说《野鸽的羽毛》和《情欲》。1984 年《外国文学季刊》第 2 期选译了厄普代克的 3 篇短篇小说《医生太太》、《银城明眸》和《内华达》。

这一阶段国内对厄普代克作品的译介，主要有以下几方面的特点。首先，对厄普代克的介绍趋势体现了中国学者对美国文学的一种特有心态，表现出从面到点、从宏观到微观的接受过程。选择将厄普代克置于当代美国文学的背景中，率先加以提及，而不与翻译他的作品同步进行，读者在这样的一种译介过程中接触厄普代克，能够从宏

---

① 《外国文学情况》于 1976 年第 2 期和 1977 年第 5 期分别刊登了《一九七五年的美国文学》和《一九七六年的美国文学》。在这两篇文章中，厄普代克被划归为"反动流派和思潮"一类。

观上较为清晰地把握厄普代克在当代美国文学中的位置，但从另一个角度来看，缺乏相关作品的刊登，也使得读者不能形成自己直观的阅读体验，而只能是被动地去接受文章中的观点，容易造成一种先入为主的印象，在今后的作品赏析中失去自己的判断能力。其次，20世纪70年代末80年代初期的介绍文章虽然不像早期两篇文章那样强调阶级对立，但仍主要从社会历史批评角度出发，着眼于厄普代克作品中所反映的美国社会的矛盾和人物由此而产生的不安和苦闷。与此同时，厄普代克作品中的宗教和性两大重要主题被刻意忽略，几乎没有被提及。这种选择与当时的政治、文化背景息息相关，"宗教"和"性"对于当时的中国人来讲，是绝对禁忌的话题。但是这种人为的刻意夸大作品中的"对立"成分，而忽视其他的做法，很容易误导国内读者将厄普代克简单归类为所谓的"批判现实主义作家"行列，甚至于也主导了部分学者的批评观念。最后，可以清楚地看到，第一阶段对厄普代克的作品介绍主要集中在短篇小说的翻译上，长篇小说很少见到，除了《当代外国文学》于1984年第1期发表的盛宁翻译的《农庄》。另外一点值得注意的是，1979年《文史哲》第6期刊登了黄嘉德的评论文章《评约翰·厄普代克的〈莱比特，跑吧〉》，可以称得上国内第一篇关于厄普代克研究性论文。

总体上讲，这一时期对厄普代克的译介尚处于起步阶段，中国学者在这一阶段的评介带有较为强烈的意识形态倾向。除此之外，严格地说，这一时期中国学者还没有能够形成自己成熟的观点，很多都是从国外评论中直接借鉴而来的。

从20世纪80年代中期开始，国内对厄普代克的译介进入一个新的发展阶段。如果说第一阶段以译介短篇小说为主，那么到了第二阶段，长篇小说的翻译则成为主要工作。

1981年，厄普代克继获得美国全国书评家协会奖之后，又连获普利策奖（小说类）和美国图书奖（精装本小说类）。厄普代克接二连三的获奖刺激了国内的出版界，我国学者们也不再满足于对其短篇小说的翻译，更多地将眼光投向他的长篇小说。1987年，重庆出版社出版发行了《兔子跑吧》；1988 年，黑龙江人民出版社系统出版了"兔子三部曲"《兔子跑吧》、《兔子富了》和《兔子归来》；1989 年，南海出版公司翻译出版了厄普代克的另外一部长篇小说《咱们结婚吧：一桩罗曼史》。1991 年 4 月，厄普代克凭借《兔子歇了》再次荣膺普利策奖，这在美国文学史上是很罕见的。有评论说："第四部'兔子'小说《兔子休息了》在 1991 年 4 月的普利策奖评选活动中再次中鹄。一套小说连获两次文学大奖在美国小说史上是罕见的，连作者都感到意外，说他没有想到会为一套'兔子'小说而两次获奖。"① 厄普代克包揽了美国国内的所有奖项，这无疑提升了其作品的商业价值。很多出版社都加入发行行列。1990 年重庆出版社继《兔子跑吧》之后，继续推出厄普代克的另外两部"兔子"作品《兔子回家》和《兔子富了》，黑龙江人民出版社推出《兔子富了》；同年，外国文学出版社出版了厄普代克的《马人》，中国对外翻译出版公司出版了《约翰·厄普代克短篇小说集：英语注释读物》；1992 年，湖南文艺出版社推出《成双成对》；1993 年，重庆出版社继续出版了"兔子四部曲"的第四部《兔子安息》，至此，重庆出版社已全套推出了"兔子四部曲"。

这一阶段翻译的短篇小说主要有《疏远的朋友之死》（《名作欣赏》1988 年第 3 期）、《美妙的无人区——殖民时期弗吉尼亚州的无主女人们》（《国外文学》1992 年第 4 期）、《银都明眼》（《国外文学》1992 年第 4 期）和《情人的电话》（《译林》1995 年第 4 期）。值得一提的是，《外国文学》在 1986 年第 3 期刊登了厄普代克的自传《山茱萸树：一个少年时代》，在这篇文章中，厄普代克提到了他的创作中的三大秘密："性"、"宗教"和"艺术"，为国内学者研究其作品提供了第一手的资料。

"兔子"小说的成功推动了国内对厄普代克其他作品的关注。《读

---

① 郭继德：《美国社会〈浮沉〉的见证：约翰·厄普代克和他的〈兔子〉小说四部曲》，《外国文学研究》1992 年第 6 期。

书》连续几年跟踪厄普代克的新作出版情况，相继发表《厄普代克
〈贝赫回头〉》（《读书》1983 年第 5 期）、《约翰·厄普代克〈罗杰教
授的版本〉》（《读书》1987 年第 2 期）、《厄普代克二新作》（《读
书》1988 年第 10 期）、《厄普代克的〈自我意识〉》（《读书》1989
年第 11 期）、《厄普代克的〈来生〉》（《读书》1995 年第 6 期）、《厄
普代克论纳勃科夫》（《读书》1996 年第 4 期）等文章。

　　第二阶段国内的厄普代克研究主要集中在"兔子"系列小说研究
方面。相对来说，对其小说中的思想内容研究较多，艺术手法往往只
是捎带提及。归纳起来，研究者们主要从以下几方面阐述"兔子"小
说的思想内容：（1）兔子的命运与美国社会变迁的关系。[1] 评论者们
认为，兔子在各人生阶段中的主动抑或被动选择，折射出美国社会在
政治、文化、经济等方面发生的变化，是反映美国社会变迁的"斑斓
画卷"。（2）存在于个人意愿与社会现实之间的矛盾冲突和妥协。有
批评认为"哈里同现实的矛盾便在这种盲目、虚假、陈旧的宗教信条
和爱国观念下转化为同现实妥协和一致"[2]。（3）"兔子"哈里的形象
分析。在这方面，王守仁教授的《一个"失败者"的困惑——论厄普
代克的〈兔子休息了〉》（《外国文学评论》1993 年第 3 期）可以说
是较早地运用西方现代文学批评理论与方法对厄普代克作品进行文本
分析的一个范例，在当时的我国学界，是"兔子"形象研究中非常有
价值的一篇研究文章。此前学者更多的是运用社会历史批评方法，着
眼于社会状况对人物性格影响。从 20 世纪 90 年代开始，国外的一些
文学批评理论被陆续地引入中国，打破了以往国内社会历史批评方法
一统天下的局面，文学研究也逐渐摆脱单一的阶级分析模式，转向学

---

　　[1]　这方面的文章主要有林良敏：《约翰·厄普代克和兔子四部曲》，《文学报》1991
年 5 月 2 日；薛桐林、张敏生：《当代美国社会变迁的斑斓画卷——厄普代克和他的"兔
子"系列小说》，《文艺报》1991 年 5 月 4 日；郭继德：《美国社会"沉浮"的见证——约
翰·厄普代克和他的兔子四部曲》，《百科知识》1992 年第 5 期。

　　[2]　薛桐林、张敏生：《当代美国社会变迁的斑斓画卷——厄普代克和他的"兔子"系
列小说》，《文艺报》1991 年 5 月 4 日。

术性角度。在文学从"外部研究"向"内部研究"的转向过程中，细读文本成为一个必要的研究手段。《一个"失败者"的困惑》正是从细节入手，提出了"作品所要表现的不是成功者的颂歌，而是失败者的困惑"①，主人公哈里也成为 20 世纪文学中的一位"反英雄"人物。

　　这一时期，厄普代克的其他作品也开始逐步进入我国研究者的视野，但相对于"兔子四部曲"研究来讲，只能算是点缀。例如厄普代克的《罗杰教授的版本》，这一阶段就有 3 篇研究性的文章。② 对于厄普代克这部于 1987 年出版的《罗杰教授的版本》，文章的作者们都给出了各自的研究"版本"。有的是从主题方面将它归纳为"人情与两性"之战，③ 也有从宗教神学的角度来评析，描述厄普代克神学观点上的转变。此外，女性主义批评方法也被运用到对厄普代克的研究中。④

　　第二阶段国内对厄普代克的译介和研究状况的特点是，在翻译方面，长篇小说开始被引进国内，成为翻译的热点。尤其是"兔子四部曲"在这一阶段被全套推出，另外还涉及厄普代克 60 年代和 70 年代的 3 部作品。这一时期我国译者选择翻译的长篇小说，绝大多数是厄普代克的现实主义风格明显的小说。短篇小说的翻译的数量较第一阶段有所下降。促成长篇小说与短篇小说在数量上转变，可能有以下一些因素存在：第一阶段是厄普代克的引入期，目的在于帮助国内读者完成从不了解到了解的过程，因此选择的作品以短

---

　　① 王守仁：《一个"失败者"的困惑——论厄普代克的〈兔子休息了〉》，《外国文学评论》1993 年第 3 期。

　　② 分别是叶子：《约翰·厄普代克〈罗杰教授的版本〉》，《读书》1987 年第 2 期；里立：《约翰·厄普代克的新作——〈罗杰的看法〉》，《文艺报》1987 年 5 月 9 日；王元明：《厄普代克的让步——评〈罗杰的说法〉》，《外国文学》1988 年第 5 期。

　　③ 叶子：《约翰·厄普代克〈罗杰教授的版本〉》，《读书》1987 年第 2 期。这篇文章在对小说的内容介绍上与原著有一些出入，造成了在评论部分存在一定程度的误读。

　　④ 文楚安：《〈S.〉：厄普代克对"女性意识"的新探索》，《外国文学评论》1991 年第 1 期。

篇为主，让读者能够窥一斑而知全豹。此外，第一阶段，出版社尚未加入翻译介绍的行列，承担介绍工作的往往是一些刊物，有限的版面限制了长篇小说的刊登。普通读者是第一阶段介绍的主要受众，为了迎合他们的阅读习惯，短篇也是较佳的选择。第二阶段在厄普代克频频获奖的状况的刺激下，出版社开始介入对他的译介工作，这使得长篇小说的翻译成为可能。抛开商业考虑的角度，学者对厄普代克研究工作的升温，也是催化其长篇小说翻译的一个因素。毕竟对一个作家的把握更多的是要依靠对其长篇小说的研究。在作品研究方面，第二阶段取得了一些突破性的成果，尤其是这一阶段的后半期，研究者开始尝试运用多种批评理论去阐释文本，为之后的厄普代克研究奠定了基础。

20 世纪 90 年代中期以后，随着国际间的交流日益频繁，国内学者能够以更加开阔的视野和更为开放的心态去面对各类学术性的问题。厄普代克作品的翻译和研究在这一阶段也迎来了一个高峰期。这一阶段国内的研究特点可以用"多元共存"来描述。

在作品翻译方面，河南人民出版社于 1997 年开始，陆续推出厄普代克的长篇小说《S.》、《夫妇们》、《圣洁百合》、《巴西》和《罗杰教授的版本》。这几部作品的出版使国内读者领略到了厄普代克多样化的写作手法，能够从不同的侧面去了解厄普代克的创作成就。2002 年，译林出版社推出了《葛特露和克劳狄斯》；2003 年，上海译文出版社出版厄普代克短篇小说集《爱的插曲》，其中收录了厄普代克的 12 篇短篇小说和中篇小说《怀念兔子》；2008 年，上海译文出版社在继重庆出版社和黑龙江人民出版社之后，再次出版"兔子四部曲"。这样，目前关于"兔子"系列小说，国内就已经有了 3 个翻译版本。2009 年，人民文学出版社还翻译出版厄普代克 2006 年的新作《恐怖分子》。

在短篇小说方面，《外国文学》1995 年第 5 期刊登了厄普代克的 3 篇短篇小说《远航》、《分居》和《做外祖父母》，2001 年第 1 期和第 4 期又分别刊登《视觉高度紧张》和《回忆》；《世界文学》在

2001 年第 6 期登载了"美国作家厄普代克短篇小说小辑",选登了《纽约女郎》、《午餐时辰》、《冷战盛时的点点爱意》、《夺命》、《女人有外遇》和《过去到底怎么样》等作品,它们大多以家庭为主题描写了美国中产阶级的生活风貌;《外国文学动态》2001 年第 3 期介绍了《零碎的爱》;2003 年《小说界》第 5 期选登了《费城来的朋友》;《书城》于 2003 年第 9 期和 2004 年第 9 期分别刊登了《被查禁的暴行》和《幸存者和信徒》;《译林》在 2005 年第 2 期刊登了《娇妻》;《红豆》在 2005 年第 3 期刊登了《相信我》;《青年文学》在 2006 年第 15 期再次选登《音乐学校》。

　　厄普代克一些短篇的评论性文章也时有刊登,如《当代作家评论》在 2005 年第 4 期刊登书评《苦竹:两部中国小说》,这是厄普代克撰写的关于苏童的《我的帝王生涯》和莫言小说《丰乳肥臀》的评论文章。

　　这一阶段,意识形态因素已经不再是研究者们考察厄普代克作品的主要着眼点,他们更多的是从作品自身的价值着手,借助于各种文学批评理论进行文本分析。对厄普代克的研究主要集中于主题研究、艺术手法研究以及厄普代克在中国的接受情况研究。

　　厄普代克小说的主题是一个蕴藏丰富的宝藏,几十年来,它一直能够给予研究它的人回报,对厄普代克的主题研究无论是从广度还是深度上,都获得了丰硕的研究成果。宗教主题研究是厄普代克研究的一个重要部分,国内对厄普代克宗教主题的研究,主要集中在考察厄普代克作品中所反映出的宗教哲学思想。例如,有学者认为在厄普代克的艺术世界里,存在着基尔凯郭尔有神存在主义的"三步式"运动。但是,"基氏的三步是从沉沦走向天国,是耶稣的道路,而厄氏的三步则是从天堂走向沉沦,是亚当的道路"[①]。此外,还有学者探讨

---

　　① 石亦灵:《亚当的道路——试论厄普代克文学创作中的宗教思考》,《福建外语》1997 年第 3 期。

了厄普代克作品中反映的新教世俗化问题。① 厄普代克小说中的政治观是研究者们关注的另一主题，有学者认为"兔子四部曲"是有着强烈政治倾向的小说，"它没有在政治权力斗争上着墨，为的是让读者通过'兔子'的眼睛来看当代美国的政治给社会所造成的影响以及社会现状"②。

　　进入 21 世纪，厄普代克小说的性别意识逐渐为更多的学者所关注，国内学者主要从两个方面进行研究，一方面是依据女性主义文学批评理论，解读厄普代克作品中的男性思想。这方面研究的代表作品有张在新的《厄普代克的〈困境〉与男性记忆》（《外国文学》2008年第 3 期）。他在文章中从伊瑞格瑞的女性批评的角度揭示小说的男性话语主题。研究的另一方面是，针对国外女性主义评论家提出的厄普代克患有"厌女症"的观点，通过分析他那几部以女性为主角的小说，为厄普代克正名。苏新连在《为女性正名——论约翰·厄普代克的〈葛特露和克劳狄斯〉》（《当代外国文学》2004 年第 1 期）一文中，提出了"厄普代克解构了一个男性中心论的文本《哈姆莱特》，并以此为参照建构了一个具有女性话语特征的文本《葛特露与克劳狄斯》"③。此外还有郭令辉的《何处是归途——从〈S.〉看美国当代作家厄普代克对女性的态度》（《名作欣赏》2008 年第 20 期）。另有学者集中讨论了厄普代克的四部女性小说《伊斯特威克的女巫》、《S.》、《葛特露和克劳狄斯》和《寻找我的脸》，认为这 4 部作品在厄普代克中产阶级小说中的地位远高于在女性文学作品中的作用。④

---

　　① 参见郝蕴志《信仰的无奈：约翰·厄普代克与新教世俗化》，《四川外语学院学报》2006 年第 6 期。郝蕴志《约翰·厄普代克的宗教观与其笔下的东方宗教》，《天津外国语学院学报》2005 年第 3 期。

　　② 王约西：《政治小说的视角——兼论厄普代克"兔子"系列作品政治小说的倾向》，《当代外国文学》1998 年，第 168 页。

　　③ 苏新连：《为女性正名——论约翰·厄普代克的〈葛特露和克劳狄斯〉》，《当代外国文学》2004 年第 1 期。

　　④ 宋德发、王彬：《厄普代克的女性小说》，《湛江师范学院学报》（哲学社会科学）2008 年第 5 期。

关于厄普代克作品的艺术手法研究文章不是很多，文本的互文性研究是国内学者对其艺术特色研究的主要切入点。这类文章主要有靳涵身的《形的仿拟　意的承传——厄普代克的小说〈S．〉与〈红字〉之互文研究》（《四川外语学院学报》2003 年第 3 期）和姜海涛的《从神圣走向世俗——〈红字〉与〈整月都是礼拜天〉的互文性阅读》。

厄普代克研究专著的出现是这一阶段的一个重要成就。目前已有数部厄普代克研究专著问世。有代表性的是金衡山著《厄普代克与当代美国社会：厄普代克十部小说研究》（北京大学出版社 2008 年版）、罗长斌著《论厄普代克》（河南人民出版社 1997 年版）和靳涵身著《重写与颠覆：约翰·厄普代克"〈红字〉三部曲"之互文研究》（四川大学出版社 2008 年版）、罗朝晖《阅读心灵世界——厄普代克小说人物意识及其表现技巧研究》（光明日报出版社 2013 年版）。

厄普代克在中国的接受情况研究是国内厄普代克研究中具有较高参考价值的领域。这方面的研究总结了国内几十年的厄普代克研究成果以及研究成果的分布特点，能够在一定程度上折射出国内学者研究心态的嬗变。这方面研究最具代表性的是郭英剑于 2005 年 4 月发表在《外国文学》上的文章《约翰·厄普代克研究在中国》。这篇文章总结了自 20 世纪 70 年代到文章发表时的国内厄普代克译介和研究状况，分别介绍了国内在作品翻译和研究方面的成果，并且分析了各自的特点，具有很高的参考价值。此外，王小英的《人文知识分子的批判、自信与地位——以"厄普代克在中国（1975—1985）"为视角的考察》[《北京科技大学学报》（社会科学版）2008 年第 2 期]，以考察 1975 年至 1985 年 10 年期间厄普代克在中国的接受状况为媒介，具体分析了其中折射出的中国人文知识分子的心态。黄协安的《厄普代克的"兔子故事"在中国的译介和研究》，则聚焦于厄普代克最具代表性的"兔子四部曲"，梳理其在中国的接受状况。

总结国内 30 多年的厄普代克作品翻译和研究成果，不难发现，我们在取得丰硕成果的同时，还有很大一块需要拓展的空间，例如在系列作品翻译方面，目前我国只完成了"兔子"系列小说的全套翻译，厄普代克其他系列小说在中国还难寻译本。① 在作品研究方面，研究者涉及的也只是厄普代克整个作品中的一小部分，而且，很大一部分研究文章是针对"兔子四部曲"展开的。另外对厄普代克作品的艺术手法研究目前还很欠缺，需要予以更多的关注。

三

本书从厄普代克与西方经典作家、厄普代克与西方经典作品两个方面来考量欧美文学经典对他的影响。克尔凯郭尔为厄普代克创作提供了深厚的哲学根基，作家其后几十年的创作都能够看到克尔凯郭尔的身影；在主题选择上厄普代克与美国 19 世纪作家霍桑有着千丝万缕的联系，他的多部作品都在探讨霍桑的困境——灵魂与肉体冲突，厄普代克将之称为霍桑的信条。而在小说技法上，纳博科夫的创作方法极大地影响了厄普代克，厄普代克一方面积极吸收纳博科夫的创作手法，并将其作为文学元素融入自己的创作中。但同时厄普代克对于纳博科夫作品中表现出的故意的道德轻视又显得耿耿于怀。此外，厄普代克在后现代社会的文化语境中，反思与重构经典的观念与丰富实践，呈现出突破传统、尝试新的艺术形式的多元文本形态。作家并未受到"现实主义"框架的拘囿，相反综合运用了现实主义之外的大量创作元素，以创新活力和话语策略回应当代多元文化生活的内涵。另类叙事方式表象之下传递出的作家潜在话语是值得研究者关注的文学现象，这有利于我们从多种角度去把握厄普代克作为 20 世纪重要作家的复杂性和多样性。

约翰·厄普代克是 20 世纪后半期美国文学中的一位有成就、有影响、有特色的作家，本课题在欧美文学经典的视野中考察和研究他

---

① 厄普代克的"《红字》三部曲"目前翻译了《S.》和《罗杰教授的版本》，另一部《整月都是星期日》目前还没有中文译本。

的思想与创作，在开阔的欧美文学传统视阈中，围绕"对话"这一核心，力求从"继承"与"突破"两个层面对厄普代克的创作特色与地位加以宏观把握。这些对于理清厄普代克与文学传统的联系，深入揭示他的艺术个性，探讨文学经典作品重构的意义，都具有重要的学术价值，并且有助于推进学术界有关厄普代克创作特色与文学地位的认识。

本书分为上下两篇，分别从厄普代克与西方经典作家、厄普代克与西方经典文学作品两个层面，围绕"对话"这一核心概念，力求从"继承"与"突破"两个层面对厄普代克的创作特色与文学地位加以宏观把握。无论历史如何发展，人类社会始终需面对一些普遍性问题，本课题上篇集中论证厄普代克与克尔凯郭尔、霍桑、纳博科夫的文学联系，探讨在不同文化语境和宗教背景下，作家对待宗教、艺术和生活的迥异态度；下篇则主要针对厄普代克的几部重构作品如"红字"三部曲、《巴西》、《葛特露与克劳狄斯》、《马人》等，探究他如何将现代叙事技巧注入与经典的对话之中，给那些普遍性问题以当代思考。本课题既要论证厄普代克对欧美文学传统中的重要主题与原型有着继承与吸收，厘清厄普代克与欧美文学传统的联系；也要考察作家对 20 世纪欧美小说艺术新经验的借鉴，在历史的向度中准确地把握作家的美学个性。

上篇为"追根溯源：厄普代克与西方经典作家的对话"。

第一章　信仰与道德的分离：克尔凯郭尔神学思想影响下的厄普代克。关于厄普代克，评论界褒贬不一，很多评论家认为他的作品缺少成为高雅、严肃艺术的分量，有"道德怠惰"之嫌。与评论界指责其"道德空白"或"道德怠惰"相矛盾的是厄普代克称自己的每部小说的中心议题都是在"表现道德困境"，旨在引发"读者的道德辩论"。为何会出现此种悖论现象？要解决这一问题我们绕不开丹麦神学家克尔凯郭尔和他的哲学思想。首先，克尔凯郭尔对作家早期精神和思想影响极大。厄普代克接受克尔凯郭尔对人类生存状态三阶段划分，认为信仰与道德是分离的，信仰和宗教要高于现实道德和伦理；

同时，他认为人的道德困境本质上是无解的。厄普代克笔下主人公在对上述生存状态的理解基础上，大多对道德采取悬置的态度。此外，厄普代克在创作中呈现的"是—但是"特点，是他对克尔凯郭尔式"反讽"概念的诠释，并借哲学"反讽"的形式引发读者对个体生存的思考。

第二章　灵魂与肉体的张力：厄普代克对霍桑困境的思考。1979年厄普代克在美国艺术暨文学学会的年会上提出"霍桑的信条"——霍桑的内在宗旨是认为肉体与灵魂无可避免地处于交战状态之中。本部分围绕这一概念，探讨厄普代克对霍桑的艺术承袭与思想超越。霍桑身上具有独特的矛盾性，且他将无法摆脱的自身矛盾移植到了作品中，最终形成了晦暗、忧郁的霍桑风格。清教徒身上的模糊特质同样构成厄普代克人物塑造的显著面貌。但是，模糊性仅仅是两位作家的表层关联，在变迁的文化语境中，厄普代克一生通过创作去应答那些霍桑未能言明的道德困惑、情感纠缠与艺术责任：《夫妇们》是关于通奸罪恶的探讨，"红字三部曲"关于灵魂与肉体的探讨，《伊斯特威克女巫》关于世俗状态下的精神探讨，《贝克：一本书》关于艺术与艺术家的探讨。此外，霍桑在《红字》所表达的关于性、罪恶和救赎的困境也许仍旧困扰着当代的美国新教徒，但厄普代克从巴特正统神学出发，通过高度掌控的语言去表现保罗·蒂利希的"含混的灵魂原则"，在对信仰思考的基础上重建肉体与灵魂的关系。

第三章　作者·读者：厄普代克与纳博科夫的文学对话。在美国文坛，约翰·厄普代克常被认为是弗拉基米尔·纳博科夫的文学继承者。他不仅承袭了纳博科夫的文艺风格，并且将后者作为文学元素嵌入创作中，将自己、人物、读者与纳博科夫以互文的形式联结在一起。撇开厄普代克与纳博科夫在艺术表现手法上的相似性，二者在文学观上存在着显著分歧。虽为美国本土作家，厄普代克具有文学的国际性视野，他在将纳博科夫纳入美国文学传统的同时，也清楚意识到这位"外来者"之于美国本土文学有着巨大差异。厄普代克在不同阶段结集出版的评论集显示，他对待纳博科夫的态度是矛盾的：他既由衷喜爱这位文学"大师"的艺术风格，但又不安于纳博科夫对"非功利性愉悦"的追求，更无法容忍纳博科夫创作中对道德伦理的故意轻视。事实上，厄普代克与纳博科夫之间的文学联结很难用继承来概括。在某种程度上，纳博科夫与多种文化有着密切关联，启发了作家身份的厄普代克。但是，美国本土作家包括与他风格最为接近的厄普代克在内，从未完全接受纳博科夫的文学创造。

下篇为"走出现实主义：厄普代克重构文学经典"。

第一章　厄普代克与经典重述。经典作品在 20 世纪的后现代语境中被祛魅，但也通过重写被赋予新的生命力。厄普代克创作中的一项重要尝试便是对经典作品和神话的改写。厄普代克热衷于文本改写，首先源于作家的文学自觉，以及他对文学传统的重视和吸收；其次，质疑单一叙事，解构权威话语；再次，去除神话和经典小说中的浪漫倾向，借助经典神话框架思考现实问题；最后，通过故事重构，厄普代克旨在揭示在同一问题上过去与现在的不同态度。厄普代克在重写经典的过程中，既有对原著的忠实，但更多地流露出了对经典的疏离、修正甚至颠覆的倾向。

第二章　厄普代克后现代社会的经典反思。20 世纪下半叶，西方社会进入后工业时代，厄普代克的经典重构文本为后现代语境中文学特征的延伸研究提供了理想的范本，他的文本在一定程度上折射了后现代文化的通俗化、大众化和反中心化等特征。后现代社会中的大众消费文化展示、大众消费社会的"异化"以及个体主义与信仰追求的虚幻是厄普代克为陈旧、厚重的经典故事注入的新鲜气息。后现代主义作为一种文化潜移默化地作用于美国社会的各个角落，它将人们的思维方式从惯用的对终极意义的探求拖入各种意义的缺失状态。面对关于"深度"的古老神话的消解，人们所表现出的无助、迷茫甚至某些极端的反应成为厄普代克关注的重心。此外，重构文本也是厄普代克重新审视后现代语境中两性关系与种族关系的重要载体，借此，厄普代克传递"美国将是所有人的美国"这一重要观念。

第三章　厄普代克经典重述的语言张力。如何重新讲述一个大家早已耳熟能详的故事，对任何作家而言无疑都是一种挑战。20世纪下半叶盛行的不可靠叙事、隐含作者、元小说等叙事方法在厄普代克的创作中都可以找到理想的阐释范本。通过上述艺术技巧的运用，厄普代克将自己的文本置于意义不确定的状态之中，以此不露痕迹地引导读者去思考当代人"是—但是"的生存状态。他以后现代视角对经典的改写与重述，与经典原著形成了一种复调的对话关系。

第四章 厄普代克经典重构的空间形式。小说的空间形式是20世纪后半叶逐渐被重视的艺术形式之一，小说的空间安排和设置被有意识、有目的地注入小说的构思和创作中，被赋予了更多的叙事功能。厄普代克对小说的空间形式高度重视，并且有着驾驭空间形式的卓越能力。他通过设置诸如并置空间、对比空间、循环空间等多种物理空间形式，强化、解释和预言人物的行为、性格和命运；此外，作家常借助于象征、碎片、并置线索等隐性的文本空间结构，向读者传递表层话语之外的信息。在物理空间与文本空间的基础上，厄普代克进一步构筑读者心理空间，诸如，多重视角叙事丰富读者心理空间、空间对照冲击读者心理、象征的意象渲染读者心理、信息拼图强化读者心理的不确定性、运用绘画技法营造艺术感。

本书围绕厄普代克与西方文学经典展开研究，从厄普代克与克尔凯郭尔、霍桑、纳博科夫等思想家与经典作家的文学关系入手，既考量作家所受到的影响，更着眼于文学的对话，探讨不同文化背景下的作家在艺术、宗教、文化、生活等方面的迥异见解。在小说技法方面，在关注厄普代克对于欧美文学传统中的重要主题与原型的继承与吸收的同时，也观照到他广泛吸纳20世纪欧美小说艺术的新经验，在此基础上进行了大胆的试验和积极的创新。进而解释多元文本形态背后蕴藏的作家复杂的思想体系、自觉的艺术责任和不倦的审美追求。

上篇

追根溯源：厄普代克与西方经典作家的对话

第一章

信仰与道德的分离：克尔凯郭尔
神学思想影响下的厄普代克

> 上帝不会要一棵树成为瀑布，也不会要一朵花成为石头。
>
> ——《兔子，跑吧！》

关于约翰·厄普代克争议非常大。有评论认为他是当代非常重要的作家，因为他的作品以一种与众不同的方式讨论着美国当下的问题；而另一些评论则"更关注他应该怎么写，而不是他写了什么"①。最具代表性的负面评价是厄普代克小说在词语运用和节奏把握显示出惊人的敏锐，但是他的故事，无论是长篇还是短篇，都缺少成为高雅、严肃艺术的分量，因而有"道德怠惰"之嫌。关于厄普代克"道德怠惰"的指责本质上与西方传统上将信仰与道德视为一体不无关联，然而，我们不难发现厄普代克的宗教观早期更多地受到了丹麦哲学家索伦·克尔凯郭尔（S. Kierkegaard，1813—1855）的和瑞士神学家卡尔·巴特（Karl Barth，1886—1968）的影响，克尔凯郭尔和巴特的思想是厄普代克神学观和美学观形成的基础。因此，要解决厄普代克是否存在"道德怠惰"问题，我们绕不开克尔凯郭尔和他的哲学思想。

---

① Donald J. Greiner, *The Other John Updike*, Athens：Ohio University Press, 1981, p. xii.

第一节　厄普代克"道德怠惰"之争

　　韦恩·布斯在《小说修辞学》中提出："一个作家有义务尽可能明晰地表明自己的道德立场。"① 言下之意是小说必须搭建起具有明晰道德准则的空间，在这个空间里，读者能够依据作品提供的道德视角对人物作出评判。然而，在厄普代克的小说世界中，作家却不提供清晰、可识别的道德视角，他几乎从不在作品中明确表达自己的真实想法，这常常令读者无法在华丽的形式之下抓住实在的思想内容。厄普代克创作存在显而易见的矛盾性：他一方面追求语言的简洁、有力，另一方面又对无关紧要的琐碎事物进行巴罗克式的描写，常令读者昏昏欲睡；与他对作品形式的"过度"表现形成对照的是，他对主题表现一贯采取克制的处理方式，在他的小说世界中，道德观念是如此模糊，以至于他的作品被很多评论家指责呈现为道德核心的空洞。

　　在对厄普代克的批评中，以评论家约翰·W. 奥尔德里奇（John W. Aldrige）和诺曼·波德霍雷茨（Norman Podhoretz）最为激烈。奥尔德里奇坚持厄普代克的作品空洞无物，他认为从厄普代克的第一部小说《贫民院集市》（1959）开始，作家就在走下坡路，"观察他（厄普代克）多年的人感到熟悉的痛苦，这源于他由一位公认的才华横溢的年轻作家移向了令人不安且面目模糊的位置上。像《夫妇们》这类在大众领域获得成功的小说，较之以往没有一点进步"②。波德霍雷茨的批评更为尖锐，他的文章开宗明义，"在我文学批评生涯中，有很多事情令我感到困惑，其中之一就是约翰·厄普代克为何能享有如此高的声誉。"波德霍雷茨评价《马人》除了刻意地将读者注意力

---

　　① Wayne Booth, *The Rhetoric of Fiction*, Chicago：University of Chicago Press，1961，p. 389.

　　② John W. Aldrige, "An Askew Halo for John Updike," *Saturday Review*, 27 June 1970, p. 25.

吸引到它炫目的形式上，其他一无所长，并认为厄普代克未能逼真地描写苦痛，并且将现实主义的准确描写退化为令人眼花缭乱的混乱。他得出结论，厄普代克是一位无话可说的通俗作家，缺乏情感，喜欢表现"怯懦的怀旧情绪"，他的风格是"浮肿的，就像一个吃了太多糖果的孩子"①。对于二人的指责，厄普代克作了公开回应，他写道："不要接受去给一部因有成见而不喜欢的书写评论，也不要出于友谊去写评论表达自己的喜爱之情。……永远、永远不要（像约翰·奥尔德里奇和诺曼·波德霍雷茨）试图将一个作家放在'他的位置'上，让他成为与其他评论家较量中的棋子。"② 波德霍雷茨及其追随者对厄普代克的批判主要在《评论》杂志上发表，他们之间的论战，被厄普代克隐晦地写到《贝克：一本书》中。厄普代克曾就《贝克》附录中的参考文献部分作出解释，"坦白讲，参考文献是对各种恶意指责的反驳，是自我的净化。我从未被《评论》（Commentary）团体——在某种程度上它是个团体——友善对待，所以我为贝克列出了他心爱的书单。诺曼·波德霍雷茨一直不厌其烦地抨击我，我用这种方式跟他开个玩笑。"③ 其他较为和缓的批评归纳起来最终落在一点上：厄普代克的作品形式过度而内容不足。有评论说厄普代克的小说中从来不讨论重大问题，"当愚昧的大军在拼死夜战（出自马修·阿诺德《多佛海滩》）时，他笔下的人物也许在海滩的某处裸泳"④。《剑桥美国文学史》的撰写者莫里斯·迪克斯坦在 20 世纪 70 年代曾苛责厄普代克在作品中注入了性的内容，但是"几乎筛去了所有其他的内容"⑤。

---

① Norman Podhoretz, "A Dissent on Updike," *Doings and Undoings*：*The Fifties and After in American Writing*，New York：Noonday，1964，pp. 251 – 257.

② John Updike, *Picked – up Pieces*, New York：Random House Trade Paperbacks, 2012, p. xviii.

③ Frank Gado, "Interview with John Updike," *First Person*：*Conversations on Writers and Writing*, New York：Union College Press, 1973, p. 105.

④ D. Keith Mano, "Doughy Middleness," *National Review*, 30 August 1974, p. 987.

⑤ 莫里斯·迪克斯坦：《伊甸园之门》，上海外语教育出版社 1985 年版，第 94 页。

众多评论认为厄普代克从不涉及对严肃、重大问题的探讨，这点哈罗德·布鲁姆也认为厄普代克"太狡猾从不愿意冒任何失败的风险，……没有付出就没有回报，他的作品永远都不会被收录到《美国的崇高》中"。因此，厄普代克只能是一位具有"重要风格的次要作家"①。关于评论的指责，厄普代克也作了一些公开辩护，他认为评论界对他的指责很多是主观臆断，没有能够深入研究他的作品。"我的创作有'是—但是'的特点，这点避免了完全取悦某个群体。当下我们需要的是对现实，对秘密、对音乐给予极大的尊重，但是我发现评论却对疯狂的音乐和浓醇的美酒越来越挑剔和无法容忍。很多人只在研究地图，只有很少数是在作实地考察。"② 即便是一些友善的评论也常常由于小说的道德模糊而产生误读，他们简单地运用通行的社会伦理准则来阐释作品。例如，有评论认为，《兔子，跑吧》中牧师埃克里斯是"自由救赎的存在"，而兔子哈里则是一个"可鄙的"家伙③。

　　综合相关厄普代克的批评，不难发现，很多指责落在作家"恶作剧般唠叨"的形式背后，没有关于"重大问题"的探讨，更重要的是作品没有明确的道德视角，呈现为道德核心的空洞或某种意义上的"道德怠惰"。拉尔夫·伍德将厄普代克"烦琐的描述"归为叙事怠惰，认为作品光鲜的美学形式反射出一个没有深度的上帝；彼得·J.贝利则认为在对信仰的安慰作用这一问题上，厄普代克逐步走向怀疑论和不可知论。那么，厄普代克的作品为何拒绝给出明确的道德视角？其作品是否存在"道德怠惰"问题？

　　作品缺失"重大问题"表现，厄普代克早年访谈中曾说过的一句话成为这一指控成立的重要证据，他曾说："……如果你在一本小说

① Harold Bloom, "Introduction," *Modern Critical Views: John Updike*. New York: Chelsea House Publishers, 1987, p.7.

② Jane Howard, "Can A Nice Novelist Finish First?," James Plath, ed., *Conversations with John Updike*, Jackson: University Press of Mississippi, 1994, p.16.

③ Robert Detweiler, *John Updike*, New York: Twayne Publishers, 1972, p.158.

中引人时事题材，其结果只能危害你自己。我确信一个国家的生活是在个人及其所关心的琐碎事务中得到反映或遭到歪曲的。"① 这句话从侧面反映了厄普代克创作信条之一，即表现美国普通民众的日常生活和一般情感，在这点上厄普代克的现实主义继承了威廉·豪威尔斯式的"一般性"。结合他的另一观点——艺术家是"理想世界和现实世界之间的中间人"②，我们可以从厄普代克的创作观中找出作家不涉及"重大问题"探讨的原因：他认为作家作为"理想世界和现实世界"之间的中间人，应该避免对社会作戏剧性启示。尽管他的小说也表现个体的苦痛和灾难，但那不是社会和政治洪流对个人命运的波及，仅仅是作家对"日常生活的绝望"③ 的表现，这是厄普代克长期创作的兴趣所在。但是，在厄普代克的创作后期，"重大问题"逐渐进入他的创作视野，例如 2006 年出版的《恐怖分子》即是对热点问题全球性恐怖主义的思考。

很多批评认为厄普代克作品呈现出道德上的倦怠，根本上是作家创作态度的折射。基于此，我们首先要了解厄普代克究竟持着怎样一种创作态度。厄普代克的创作态度与他对世界的认识不无关联，他把世界比作一份值得我们认真对待的礼物，虽然世界充满各种各样的问题，如同礼物在递送途中遭到损坏，我们要做的不是恼火地将这份礼物退回而是应该重新包装。作家所做的事情就是珍重对待这份破损的礼物，重新包装它，然后耐心地等待读者将它打开。厄普代克对"礼物"的包装方式不同于当代的很多作家，后者在对世界感到悲观的同时，又会乐观地认为自己的文字能够影响到读者关于世界的认知。而

① 转引自莫里斯·迪克斯坦《伊甸园之门》，上海外语教育出版社 1985 年版，第 94 页。

② Eric Rhode, "Grabbing Dilemmas: John Updike Talks about God, Love, and the American Identity," *Vogue*, 1 Feb. 1971, p. 185.

③ Jane Howard, "Can A Nice Novelist Finish First?" James Plath, ed., *Conversations with John Updike*, Jackson: University Press of Mississippi, 1994, p. 11.

厄普代克作品"在表层下有很多未言明的、隐藏起来的东西"①，他满足于让事物本身说话，而不是利用作品中的人物证明自己的智慧，更不会以权威的声音介入故事讲述中。正是作家选择沉默，常常令读者苦恼于无法穿透错综复杂的文字，触及作家的精神层面，因此感觉厄普代克的大多数作品都披着一层华丽但是冷漠的外壳。

与评论界指责其"道德空白"或"道德怠惰"相矛盾的是厄普代克称自己的每部小说的中心议题都是在"表现道德困境"，旨在引发"读者的道德辩论"②。为何会出现此种悖论现象？传统现实主义和现代主义小说家确如布斯所言，大多会选择一种能够发现原因，并提供可能解决问题的道德视角来探讨人生困境。但是厄普代克却拒绝将文学当作灌输道德观念和道德准则的手段，更重要的是他认为他所探讨的道德困境"本质上是无法解决的，只有信仰能够助我们脱离彻底的绝望"③。在此，厄普代克所言的绝望是克尔凯郭尔式的"绝望"。克尔凯郭尔认为，绝望的产生源于个体对上帝的遗忘，希望创造自身并成为自我的主人，因而，对于绝望的人而言，唯一的途径是依靠上帝的力量摆脱绝望。在厄普代克这里，道德与信仰尽管密切相关，却是截然不同的两个概念，正如人与上帝在本质上的不同一样。在他看来，道德问题是有关人与他人的交往，而信仰问题则是关于人和上帝的关系。这一点使他与传统的道德观念区分开来。

自中世纪以来，信仰与道德就被大多数人视为密不可分的，传统基督教社会不仅建立在严厉的父权制道德体系之上，并且借助于基督教神学强化其道德准则；西方古典主义哲学也在理性上为信仰上帝作

---

① Kristiaan Versluys, "'Nakedness' or Realism in Updike's Early Short Stories," Stacey Olster ed., *The Cambridge Companion to John Updike*, New York: Cambridge University Press, 2006, p.34.

② Eric Rhode, "Grabbing Dilemmas: John Updike Talks about God, Love, and the American Identity," *Vogue*, 1 Feb.1971, p.184.

③ Jane Howard, "Can a Nice Novelist Finish First?" James Plath, ed., *Conversations with John Updike*, Jackson: University Press of Mississippi, 1994, p.14.

出辩护，例如康德就认为，宗教的核心教义必须被当作道德的前提加以接受。厄普代克在第一部小说《贫民院集市》（*The Poorhouse Fair*，1959）① 中就探讨了信仰与道德的关联，对于小说中的主人公约翰·胡克而言，美德由信仰而定，信仰令一个人对自己的行为负责。"没有信仰就没有善（goodness），只剩下碌碌俗事（busy - ness）。"② 在他看来，信仰的缺失会泯灭人的同情心，将人类从精神层面的追求拖入日常事务的忙碌中，从而变成一个没有精神的物体。在小说结尾处，面对本质上无法解决的困境时，胡克建立在信仰基础上的道德观与康纳的理性伦理观都被证明是无效的。值得注意的是，在《贫民院集市》之后，我们在厄普代克的作品中再也看不到类似的将道德等同于信仰的表述，这种转变根本上源于作家思想上经历了重大转折。正是这一转折造成了他关于道德和信仰分离的观念，而道德和信仰的分离乃是他作品呈现所谓"道德怠惰"现象的更深层的原因。

第二节 无解的道德困境

1958 年，厄普代克从纽约搬到马萨诸塞州的伊普斯威奇（Ipswich），遭遇一次严重的精神危机。"面对众多的新责任，我感受到了恐惧和孤独，虽然那时我还年轻，但是我看到了死亡。"③ 此后，厄普代克开始接触丹麦哲学家索伦·克尔凯郭尔和长期居住德国的瑞士神学家卡尔·巴特的思想。克尔凯郭尔的《恐惧与战栗》（*Fear and Trembling*，1843）、巴特的《神的话与人的话》（*The Word of God and The World of Man*，1928）这两部著作将他从精神危机的深渊中拯救出来，"有段时间，我如饥似渴地阅读这两位神学思想家的著作，这两部书（《恐惧与战栗》、《神的话与人的话》）给了我生活和工作下去

---

① 这部小说是 1957 年撰写，1959 年出版。

② Updike, John：*The Poorhouse Fair*，New York：Alfred A. Knopf，1972，p. 16.

③ Updike, John：*Odd Jobs*，New York：Alfred A. Knopf，1991，p. 844.

的哲理，并且改变了我的生活。"① 后来在 1970 年的一次访谈中，当被问到是否赞同加缪的存在主义或其他什么人的存在主义思想时，他回答克尔凯郭尔的存在主义神学对他的影响更大：

> 本质上我所受的教育，成长的家庭环境以及教会等因素在我二十岁出头时让我爱上了克尔凯郭尔。我读了他的很多书。我也读了其他一些存在主义者的著作，绝大多数基督教存在主义者很有趣，但是，这并不是说我转向了加缪和萨特，他们尽管放弃了有神论但我仍能看到持续道德关注的重心。……我记得在大学时读了《鼠疫》，对我而言它不能像克尔凯郭尔的研究那样有助于我解决问题。我已忘了克尔凯郭尔的书，甚至他的一些话，但是我从他那获得的关于存在先于本质的思想让我获得解放；它们似乎给了我处理生活的方式。②

厄普代克对克尔凯郭尔的兴趣并未止于二十多岁，事实上他也没有忘记克尔凯郭尔的书，上述所言实在是作家的谦虚之言。厄普代克在创作中展示了他对克尔凯郭尔哲学思想的熟稔：1974 年出版的戏剧《布坎南之死》(*Buchanan Dying*) 的卷首语即引自克尔凯郭尔；1975 年出版的《整月都是星期日》(*A Month of Sunday*) 叙事者托马斯·马斯菲尔德通篇都在时而戏谑时而严肃的语调中阐释克尔凯郭尔以及巴特的神学思想；此外，厄普代克分别于 1966 年和 1971 年撰写过两篇关于克尔凯郭尔的文章。在文章中，厄普代克不仅展示了对克尔凯郭尔的熟稔和专业，更显示出他对克尔凯郭尔神学的理解以及难以掩饰的欣赏之情。厄普代克从克尔凯郭尔的哲学理论中获得慰藉，克尔凯郭尔使他相信"在所有证明我们无关紧要、无价值，以及最终不存

---

① Updike, John: *More Matter*, New York: Alfred A. Knopf, 1999, p. 843.

② Frank Gado, ed., *First Person: Conversations on Writers and Writing*, Schenectady: Union College Press, 1973, pp. 88 – 89.

在的客观证据中，主观性也有它的合法主张，信仰不是推演的结果，而是一种意志行为"①。克尔凯郭尔认为信仰是纯粹主观体验，它不能被理性说明，也不能成为客观体系的组成部分，但它是合法存在的，且高于其他一切存在。

克尔凯郭尔的哲学体系中，对人的生存状态三阶段划分是他关于人的存在探讨的重要内容。克尔凯郭尔将人的发展分为审美阶段、伦理阶段和宗教阶段。审美阶段追求感官享受；伦理阶段追求理性和道德，伦理的人会因自己不能满足道德准则的要求，而产生罪恶感；宗教阶段则是个体摆脱罪感，摆脱普遍的道德原则和义务的制约，体验自身真正存在的阶段，人在此是作为他自己而存在，他所面对的只是上帝。在克尔凯郭尔看来，道德不能使人摆脱罪恶感，因为"罪就是绝望和处于上帝之前"②，唯有在宗教中人才能摆脱绝望的折磨。克尔凯郭尔将信仰和宗教置于理性和伦理之上，是对近代神学将信仰和道德混为一谈作法的反拨。巴特继承了克尔凯郭尔的思想，他在《神的话与人的话》中提出"人处在现实生活中时是无法回答道德问题的，他只能明白一点即人完全没有能力找到答案"。在这部书的其他部分巴特阐释了以下观点，"我在思考我们道德观的正义性，以及以优秀准则和美德来体现和表达的善的正义性。这个世界充满了道德，但我们从中获得了什么？……我们生活中最大的暴行能够纯粹在道德原则的基础上证明自己是正当的，这难道不值得关注吗？"③ 应该看到巴特不是在指责道德标准本身是有害的或是不必要的东西，他抨击的是道德主义或者说是人文道德的自以为是，以及那种认为严格遵从道德准则就能解决一切问题的想当然的观念。更重要的是，巴特批判的是将道德等同于信仰的做法，在巴特看来道德准则表达的是人的目的，截

---

① John Updike, *Odd Jobs*, New York：Alfred A. Knopf, 1991, p. 844.

② 索伦·克尔凯郭尔：《致死的疾病》，张祥龙、王建军译，中国工人出版社 1997版，第 72 页。

③ Karl Barth, *The Word of God and The World of Man*, New York：Harper, 1957, pp. 17 – 18、166.

然不同于上帝的旨意。同样，对于厄普代克而言，信仰和宗教要高于现实道德和伦理。信仰的问题是绝对的、单一的，而道德伦理的问题则是相对、模糊的，甚至是无解的。因而，我们看到从他的第二部长篇小说《兔子，跑吧!》（1960）开始，我们看到厄普代克创作思想上的转变，在此后的小说中，道德问题和信仰问题一直被作家严格区分。

《兔子，跑吧!》卷首语引用了17世纪法国思想家布莱兹·帕斯卡（Blaise Pascal）《思想录》中的话语："神恩的运动，内心的顽固；外界的环境"（五〇七）。厄普代克援引这句话旨在说明我们生活的环境是由我们顽固的心灵和上帝的恩典之间的张力构建而成。兔子哈里相信上帝，他认为对上帝的信仰是他与上帝之间的事，不牵扯其他人和其他事。因此在牧师埃克里斯问他是否相信上帝时，他毫不迟疑地回答"是的"，但当埃克里斯追问，"那么，你认为上帝会要你使你妻子伤心吗?"[1] 哈里的回答是："那我也问问你，你认为上帝会要瀑布变成树吗?"[2] 埃克里斯虽然是牧师，但他"并不理解他的工作"，路德教牧师克鲁本巴赫尖锐指出，"你以为你的职责就是干涉这些人的生活吗? ……你以为你目前的职责就是当一名免费医生，东奔西走，查漏补缺，让事情顺顺利利。我可不这么认为，我不认为这就是你的职责。"[3] 厄普代克借克鲁本巴赫之口，说出巴特的思想：

　　　　你的职责，就在于使自己成为信仰的典范，而安慰的源泉就在于信仰——而不在于肉体凡胎随时可为的小奸小猾或无事生非。你四处奔忙，却背离了上帝赋予你的职责：他要你信仰坚定，这样，一旦人们需要你，你就可以去对他们说，"是的，他已经死了，但你们将在天堂与他再次相见。是的，你们在受难，可你们

----

① 约翰·厄普代克：《兔子，跑吧!》，刘国枝译，上海译文出版社2008年版，第114页。

② 同上。

③ 同上书，第182页。

当爱你们的痛苦，因为这是基督的痛苦。"①

与埃克里斯相比，兔子似乎更了解信仰是什么，当鲁斯开玩笑地问兔子为什么"全天下人都爱他"时，兔子答道："我是圣人。我给人带来信仰。"② 埃克里斯代表了克尔凯郭尔三阶段论中处于伦理阶段人的状态，他试图劝诱兔子回到伦理社会，向道德信条屈服。虽然厄普代克认为信仰高于伦理道德，但在《兔子，跑吧!》最终，哈里并未能通过信仰走出道德困境问题，这是因为厄普代克认为人的道德困境本质上是无解的。

厄普代克曾提到人的良心会因触犯两种不同的道德体系而怀有罪恶感：一种是外部抽象的，由《圣经》训谕、社会文化习俗以及一切保障我们文明能够有序运转的戒律、条例构成；另一种道德则是要求诚实对待自己的内心需求。厄普代克小说中的困境形成常常是由于上述两种道德发生冲突，在作家看来，这两种道德的存在都是合理的，但又都不完善和充足，因此，无论作何种选择，都不能最终解决问题。当哈里在发现自己与现实世界产生裂隙之后，转向寻求精神世界满足，但是他仍旧生活在外部世界之中，因而无可避免地被困于厄普代克所说的两种道德之中。如果遵从前者，他则破坏了个体存在的完整性，如果服从内心，他必然对社会秩序造成破坏，这就如哈里自己发现的"如果你有胆量去实现自我，那么，别人就会为你付出代价"③。

兔子明确意识到选择的后果，在现实道德和内在道德之间摇摆不定。厄普代克其后小说中的主人公却鲜有类似的做法，他们大多对道德采取悬置的态度，不主动去选择，而是被动等待结果，这令他的主人公显得"麻木"或"惰怠"。詹姆斯·伍德评价厄普代克笔下的叙

---

① 约翰·厄普代克：《兔子，跑吧!》，刘国枝译，上海译文出版社 2008 年版，第 183 页。

② 同上书，第 154 页。

③ 同上书，第 159 页。

述者和人物都显得异常冷静，因为他们不是从自己的境遇出发讲述故事，他们折射出作家惰怠且自满的状态。① 厄普代克解释道："在一个有着过多莽撞、有害行为的时代中，我不想说被动、不行动、麻木就是错误的。我知道这有损正义，但是很多邪恶是在以正义的名义行事。"② 在丧失道德标准，并且意识到所采取的行动都有可能是莽撞且有害的，厄普代克让他笔下的主人公作了最简单的处理方式——什么都不做，只是等待和希冀。作家这种处理方式与他对人的生存状态的理解不无关联。他在诗歌《中点》（"Midpoint"）中曾经描述了他对未来的规划，他认为人生道路上有个中间点。处于这个中间点上的人大多会尝试给原有的生活增加点意义，去了解自己，理解周围人，信仰上帝，试图用信仰和性爱去对抗不可逃避的死亡。厄普代克将他的很多主人公都设在这个点上，《农场》中的乔伊·罗宾逊、《夫妇们》中的皮埃特·哈纳默，还有兔子哈里等，处于这一阶段的主人公感受到萦绕于四周的死亡气息，和精神上的茫然无助，他们在逃离"彻底绝望"的同时，必须忍耐来自现实道德世界中指责和猜忌。如果说厄普代克小说中的人物在道德方面怠惰，那么部分原因是他们对外部世界压迫的感知：他们嗅到死亡的气息，在追求信仰的过程中感到疲惫，以及对所作的道德决定将引发后果的畏惧。最终，他们选择等待，并且承受着等待过程中的罪感。

第三节　道德困境中的反讽

厄普代克在绚丽的形式背后常常留下很多空白，他不赋予描写必要的可靠性和完整性。然而，作家真实的道德、宗教思想恰恰就在这些未言说的空白之中，作家的观点总是在"是"与"但是"之间徘

---

① James Woods, "John Updike's Complacent God," *The Broken Estate：Essays on Literature and Belief*, New York：Random House, 1999, pp.195 – 202.

② Eric Rhode, "Grabbing Dilemmas：John Updike Talks about God, Love, and the American Identity," *Vogue*, 1 Feb.1971, p.184.

徊。厄普代克在创作中呈现的"是—但是"（yes－but）特点，呼应了克尔凯郭尔关于"反讽"（irony）主观辩证性的理解，并借"反讽"的形式引发读者对个体生存的思考。

厄普代克创作的"是—但是"特点是他对克尔凯郭尔式"反讽"概念的诠释。厄普代克曾说："一段时间，我觉得我的所有小说都在诠释克尔凯郭尔的思想。"① 克尔凯郭尔在《论反讽概念》（*Om Be-grebef Ironi*，1841）中提出了"反讽"的概念，借这一概念表达对事物两面性和不可解决特性的认识。克尔凯郭尔认为"反讽"方式源于苏格拉底，是苏格拉底揭示真理的途径。苏格拉底通过谈话唤醒人们对生存的自觉，却并不指示他人努力的方向，而是将他置于无数可能性之中，即所谓的"只破不立"②。反讽源于某种独特的主体，这个主体感觉到现实性对其失去了效力，在他的日常状态中涌现出某种新东西，但是，他又无法说清这种新的意识究竟是什么。尽管如此，反讽者与生存世界的"裂隙"已经出现，他的感觉已经与大众意识疏离，开始感觉到大众感受不到的东西，因而相对于大众来说是一个"局外人"。因为反讽者与其生存的分离，他对现实就获得了一种新的眼光。反讽将人们从沉睡的无知状态中唤醒，然而却在人们的渴望中保持沉默，这样被反讽唤醒的人就被置于不确定的状态中，他必须自己作出决断。克尔凯郭尔认为，对于反讽者而言，要使反讽最终为其服务，达到预定的目的，就必须使反讽成为一个被掌握的环节，"反讽作为被掌握的环节，通过教会我们使现实现实化，通过适当地强调现实而展示其真谛"③。被掌握的反讽（mastered irony）是真相缔造的途径。克尔凯郭尔认为，苏格拉底的反讽是其箴言"认识你自己"的实践，强调了主体性（subjectivity）和内在性（inwardness），本质上

---

① Updike, John: *Odd Jobs*, New York: Alfred A. Knopf, 1991, p. 844.

② S. Kierkegaard, *Journals and Papers*, volume II, Bloomington: Indian University Press, 1967, p. 265.

③ 索伦·克尔凯郭尔：《论反讽概念》，汤晨溪译，中国社会科学出版社 2005 年版，第 285 页。

是关注个体和生存。在《非此即彼》（*Other/Or*）中，克尔凯郭尔展示了自己之前所讨论的反讽，克尔凯郭尔在两卷本的著作中描述了审美人和伦理人的生存困境。《非此即彼》出版几年后，克尔凯郭尔解释了他的创作："没有结论、没有最终抉择是对内在真相的间接表达，是对真理作为知识的讨伐。"① 言下之意，克尔凯郭尔抨击的对象不是知识本身，而是将真正适用于表达个体存在的哲学或其他内容抽象化的做法。他所关心的真理是内在真相，他认为真理是读者的个体反应，正如他在《非此即彼》中所言：

> 问问你自己，不断地问你自己，直到你获得答案；因为一个人能够多次认识一样东西，多次承认它，一个人能够多次想要一样东西，多次尝试它，然而，只有那深深的内在运动，只有心灵的无法描述的感动，只有它使你确信：你所认识的东西属于你，没有任何力量能够将之从你这里拿走；因为只有那陶冶教化着的真相，对你才是真相。②

我们看到，克尔凯郭尔的反讽在苏格拉底反讽的无限否定性基础上，更加强调主观内在性在反讽中的作用。厄普代克在创作中吸收了克尔凯郭尔式的反讽方法。在诗歌《中点》中，厄普代克写道："赞美克尔凯郭尔，他击碎了黑格尔的信条/在存在的需要这块岩石上。"③厄普代克将克尔凯郭尔展示的反讽用"非此即彼"（either/or）来概括，并用来解释自己创作中"是—但是"的特点。"无论是'是—但是'还是'非此即彼'（either/or）都在暗示事物的两面性。在某种

---

① S. Kierkegaard, *The Concluding Unscientific Postscript to the "Philosophical Fragments"*, Princeton：Princeton University Press, 1992, p.252.

② 索伦·克尔凯郭尔：《非此即彼——一个生命的残片》（下），京不特译，中国社会科学出版社 2009 年版，第 449 页。

③ John Updike, "Midpoint," *Collected Poems*, 1953－1993, New York：Alfred A. Knopf, 1993, p.64.

程度上，这是克尔凯郭尔式的，一旦你看到了事物的一面，你就会看到另一面。"① 厄普代克称之为辩证状态，这种辩证不是黑格尔的客观辩证，即一个肯定的概念之中必然隐含了一个否定的概念，解决这组矛盾的方法是融合彼此，形成一个新的概念；厄普代克所言的辩证是克尔凯郭尔式的主观辩证，视人的存在本质上是处于对不可削减矛盾的个体思考中，人一旦摆脱了张力就不能成其为人。"未堕落的亚当是一只猿，我发现作为一个人，应该处于一种张力之中，处于辩证之中。一个完全调整好的人根本就不是人——只是一只穿着衣服的动物或只是个数字。"②

　　厄普代克的作品中，主人公的道德困境常常是通过"反讽"引发的。例如，"兔子"对自己生存状态的否定即起于退役之后的一场自娱自乐的篮球赛，他在高中时代曾是一位篮球明星，他在这一运动中能够获得的内在独特性的肯定，这是他现在所从事的厨具促销员工作无法给予的。在具有"反讽"性的运动中，哈里回忆起了自己曾经的优秀，感受到与生活世界的裂隙，并激发了他对当下自我的重塑。他甚至打算戒烟，这引发了妻子詹妮丝的质疑"你不喝酒，这会儿又不抽烟，你是要干什么？当圣人吗？"③ 苏格拉底的反讽让人感受到与生存世界的裂隙，却不指示努力的方向，被反讽唤醒的人被置于不确定的状态中。厄普代克设置的"反讽"并未就此结束，他进一步戏剧性地借迪士尼米老鼠吉米之口说出苏格拉底箴言——认识自己。"上帝不会要一棵树成为瀑布，也不会要一朵花成为石头，上帝赋予我们各自的特长"，在说完一大段话之后，吉米"撮起嘴唇，眨了眨眼"④。

---

① Jeff Campbell, *Updike's Novels：Thorns Spell a Word*, Texas：Midwestern State University Press, 1987, p. 295.

② Charles Thomas Samuels, "The Art of Fiction XLIII：John Updike," James Plath, ed. *Conversations with John Updike*, Jackson：University Press of Mississippi, 1994, p. 34.

③ 约翰·厄普代克：《兔子，跑吧!》，刘国枝译，上海译文出版社 2008 年版，第 9 页。

④ 同上。

这里，厄普代克运用了克尔凯郭尔式的反讽。克尔凯郭尔将内在性和主体性引入苏格拉底的反讽中，赫尔曼·蒂姆（Hermann Diem）将克尔凯郭尔的反讽理解为一种"辩证的对话"：说话者将自己的观点隐藏于反讽立场背后，听者"自由地给出自己的答案，他生存的理想状态被唤醒"①。兔子哈里在"眨眼"中捕捉到吉米对"欺骗"的坦白，"不管是沃尔特·迪士尼还是魔力削皮公司，你知道都是些骗人的把戏"②。哈里在吉米的话中得出自己的答案：厨具促销员的社会身份如同一张欺骗性面具，掩盖了自己的内在，扭曲了他对自我的认识。换言之，哈里意识到，在社会身份的面具之下，他无法接触到本真的自我，吉米"是—但是"的辩证反讽令兔子开始反思"什么是真实的自己"，这一想法最终引发了兔子的"焦虑"，导致了他的离家出走。

厄普代克描写的焦虑是一种本体论上自我意识的体验，是对有限与无限、约束与自由、决定与潜力的不可调和张力的感知。兔子的焦虑本质上发现了虚无，发现自己在这个世界的生存毫无根基，如海德格尔所言，"焦虑启示着虚无"③，焦虑无确定的对象，当焦虑的情绪袭来时，人只是感到茫然失措。在某种意义上，哈里感觉到周围的一切变成令人窒息的压迫，他对生活的种种抱怨、对妻子的不满是他内在焦虑的外部投射，是表现而不是原因。焦虑产生的根本原因是预见自由的无限可能性，是克尔凯郭尔所言的人类在面对他的自由时所呈现的状态，当个人预见无限自由的可能性时，焦虑因此而产生了。焦虑并不引向自由，而是对自由可能性的认识。兔子在感受到焦虑的那一刻发现了自由的可能性，他的离家出走是对自由无限性的探寻，是对不可调和的辩证状态的主观反应。兔子哈里按照自由行事的同时，

---

① Hermann Diem, *Kierkegaard: An Introduction*, Trans. David Green, Richmond: John Knox Press, 1966.

② 约翰·厄普代克：《兔子，跑吧！》，刘国枝译，上海译文出版社2008年版，第10页。

③ Martin Heidegger, "What is Metaphysics?" David Farrel Krell, ed. *Basic Writtings*, San Francisco: Harper Collins, 1993, p. 101.

他的焦虑转化为罪感。由焦虑引发的罪感是本体论上的，是我们固有的内在本质。本体论上的罪是海德格尔的观点，他把罪归结为人的纯粹主观性存在的根本方式，指出所谓人的原始的罪并不是日常所说的法律上的罪，同样它也不是道德意义上的罪，不能用道德标准来衡量和判定。海德格尔认为人的原罪就在于"此在"本质上的虚无，即"此在"没有能从根本上掌握自己存在的意义。

　　哈里对自由的探寻过程最终引发了悲剧，在兔子第二次离家之后，妻子詹妮丝在浴缸中溺死了他们刚出世的女儿。小说的最后几十页实际是在探讨谁该为悲剧负责这个问题，是兔子哈里、妻子詹妮丝、牧师埃克里斯，还是上帝？厄普代克除了把"全能的他者"上帝排除之外，没有给我们最终答案，但是结尾的空白再次将读者引向反讽。留白不仅能够引向"反讽"的裂隙，且空白本身即是"反讽"的一部分。克尔凯郭尔在论述苏格拉底的反讽时谈到留白的重要性，"苏格拉底对生存越是进行瓦解、销蚀，他的每一句就越来越深地、越来越必然地趋向于反讽的整体，而作为一种精神状态这个反讽的整体是深不可测、无影无踪、不可分割的"[1]。他以一副关于拿破仑墓的雕刻品来解释这种状态，在雕刻中，两棵树的阴影遮蔽了墓，两棵树之间空荡荡的什么也不见，但是随着视线的深入，"在这个空荡荡之中拿破仑自己突然呈现出来，你怎么也不能使之重新消失"。在克尔凯郭尔看来，苏格拉底的反讽与雕刻是一样的，"什么也没有隐藏着最重要的东西"。[2] 厄普代克留下无解的困境，这样兔子还可以保留内心的"火花"，"所有蒙昧无序的物质都是在这种火花下尽显本来面目，"[3] 虽然在旁观者眼中它是那么难以捉摸。这句话很好地解释了厄普代克为何会留下一个没有结局的结尾，因为他认识到反讽的力量在于沉默，而不是滔滔不绝、唠唠叨

　　① 索伦·克尔凯郭尔：《论反讽概念》，汤晨溪译，中国社会科学出版社2005年版，第11页。

　　② 同上书，第12页。

　　③ 约翰·厄普代克：《兔子，跑吧！》，刘国枝译，上海译文出版社2008年版，第320页。

叨，"我的书试图揭示事物的多个层面，让读者针对一个困境去思考，而不是告诉他们生活的箴言。"① 在哈里的故事中，厄普代克通过艺术性的省略成功地激发了读者存在主义意义上的自我反省，引发读者对"什么是善"，"什么是善良的人"这类最初始的问题作出思考。读者在尝试解决作品呈现的道德困境的过程中，面临着对自身生存的重新评价。

第四节　在性爱中感受恐惧

复杂的性爱是厄普代克探讨道德困境的一个重要途径。《马人》中，厄普代克借维纳斯之口说出"爱情有它自己的伦理"②。相同的意思曾经在 20 世纪英国作家 C. S. 路易斯（C. S. Lewis）《天路回程》（the Pilgrim's Regress，1933）第三版后记中出现过：我们必须认识到"人类的灵魂被造得如此，乃是要享受某种我们目前这种主观状态和时空经验从来没法完全给予——哦不，甚至给予本身都无法想象——的对象"③。"爱的伦理"与上文所提及的"内在需求"是一致的，是道德的合法正当形式。同样，"爱的伦理"常常被置于社会伦理的对立面，因为我们社会对合法的性行为有伦理规定。然而我们可以看到，厄普代克的小说创造了一个并不太具有现实性的空间，这个空间有时看起来充满自私与自利，身处其中的人们常常"抵御美德的诉求"④，不顾一切地追逐自己的性爱与欲望。有学者将厄普代克所描写的"出于性爱的冲动而产生的欲望"归结为"克尔凯郭尔式的逃避死

---

① Stout, Elinor："Interview with John Updike"，James Plath, ed., *Conversations with John Updike*，Jackson：University Press of Mississippi，1994，p. 75.

② 约翰·厄普代克：《马人》，舒逊译，上海译文出版社 2010 年版，第 24 页。

③ C. S. 路易斯：《天路回程》，赵刚译，中国社会科学出版社 2014 年版，第 259 页。

④ John Updike, *Self - Consciousness*：*Memoirs*. New York：Knopf, 1989，p. 211.

亡的方式"①；乔治·亨特（George Hunt）在《约翰·厄普代克与三大秘密：性、宗教和艺术》（*John Updike and the Three Great Secret Things*）中也指出厄普代克在表现性爱主题时，总会涉及罪感、恐惧和罪恶的讨论。② 因此，了解性爱中的恐惧对于我们理解厄普代克至关重要。

罪恶（sin）、罪感（guilt）和恐惧（dread）是克尔凯郭尔哲学和神学思想的核心词汇，他在《恐惧的概念》一书中对这些词汇作出了界定和阐释。克尔凯郭尔最先将"罪感"、"罪恶"、"恐惧"这三个词以及人类对死亡的畏惧与性冲动放在一起，本书将从这些概念出发，探讨性爱在厄普代克作品中的作用，以及他是如何通过性爱观照克尔凯郭尔所言的"恐惧"的。

一　精神在原罪中苏醒并延续

对克尔凯郭尔而言，"罪恶"属于神学范畴的概念，他将罪恶定义为"在上帝面前，或者带着关于上帝的观念绝望地不想要是自己，或者绝望地想要是自己"③，即人只有选择信仰上帝，才会产生罪恶的意识。"罪感"既可以归为神学范畴也可以归为心理学范畴，它是破坏了人与上帝次序关系之后必然产生的心理感受。罪感是一种普遍经验，是所有人都会感受到的不安和焦虑，但它不同于世俗生活中的苦恼（unhappiness）。苦恼是人类经验的世俗判断，与之关联的因素很多，诸如：身体衰弱、经济困境、社会恶习等。换言之，当我们希望很多而获得很少时便会产生沮丧、苦恼等情绪，这种情绪可能是暂时的。而"罪感"则指向人类个性中永恒的部分。克尔凯郭尔在《致死

---

① Charles Berryman, "Updike and the American Renaissance", in Stacey Olster ed. , *The Cambridge Companion to John Updike*, New York：Cambridge University Press, 2006, p. 196.

② George Hunt, *John Updike and the three great secret things*：Sex, Religion, and Art. Grand Rapids, Mich：Eerdmans, 1980, p. 120.

③ 索伦·克尔凯郭尔：《概念恐惧·致死的疾病》，京不特译，生活·读书·新知三联书店 2004 年版，第 347 页。

的疾病》中以《创世纪》中亚当和夏娃堕落的故事解释罪感，并重新思考基督教神学家们对"原罪"的定义。

克尔凯郭尔在《致死的疾病》中解释了原罪的形成，他在书中写道："人是精神。但什么是精神？精神是自我。但什么是自我？自我是一种自身与自身发生关联的关系，或者是在一个关系中，这关系自身与自身所发生的关系；自我不是这关系，而是这关系与自身的关联。人是一个有限与无限、暂时与永恒的综合、自由与必然的综合，简言之，是一个综合体。"[1] 他将自我（self）划分为三部分：第一部分为肉体（body），与尘世中的所有物质一样，肉体是暂时的有限的，最终会死亡；第二部分为灵魂（soul），这一部分令人超越本质，突破有限延伸至无限，是永恒的；第三部分为精神（spirit），它是肉体与灵魂、暂时与永恒的综合力量。三者的关系是：灵魂与肉体是两极因素，它们对立存在，始终处于冲突中，自我因此成为肉体与灵魂交战的阵地，始终处于不安定的状态中。灵魂和肉体这两极因素须通过精神综合为一体。精神不仅综合为自我，更是存在于人类对世界、世俗之爱与对上帝和永恒渴望间的张力。上帝禁止亚当吃智慧果，违背了这一禁令的判决是死亡，无论是禁令本身还是违反禁令的惩罚均诱导出亚当恐惧的状态。因为按照克尔凯郭尔的理解，恐惧"不同于害怕和类似害怕的那些概念，那些概念涉及某些确定的东西，而恐惧所涉及的是由可能性所产生的，作为可能性的自由的现实"[2]。恐惧是人面对无限可能时的一种状态，克尔凯郭尔称之为"自由的晕眩"：

> 我们能够把恐惧和晕眩作比较。一个人，如果他的眼睛对着一个张开豁口的深渊看下去，那么他变得晕眩。但是，为什么会这样呢，这是由于他的眼睛，并且在同样的程度上也是由于那深

---

① 索伦·克尔凯郭尔：《致死的疾病》，张祥龙、王建军译，中国工人出版社1997年版，第9页。

② 转引自克尔凯郭尔《恐惧的概念》，徐崇温编《存在主义哲学》，中国社会科学出版社1986年版，第2页。

渊；因为如果他没打向下看的话……这样，那恐惧就是那自由的晕眩，——它之所以出现是因为那精神要设定那综合，而这时那自由对着其自身的可能性看下去，并且抓住那有限性以支承住自己。①

在上帝的禁令中，亚当面对两种对他而言都是全新的、真实的可能性——知善恶与死亡的经验，这让他意识到自己可以改变未来，由此产生了恐惧。于是，化身为蛇的撒旦只是利用了人的恐惧，诱惑人类犯下了原罪。蛇作为诱惑者在人类堕落的故事中起到至关重要的作用，这个形象是迦南人的生殖崇拜，被希伯来人所鄙视。当亚当的精神因恐惧而出现时，他发现自己在无限可能（上帝）与有限可能（世界）之间撕扯。这种撕扯没有因为亚当的堕落而停止，他既渴望尘世又希望接近上帝。克尔凯郭尔认为在人类始祖堕落之后，善与恶的精神矛盾得以延续，道德意识、精神渴望、罪感、对死亡的恐惧、对性的欲望、人的完整性等是亚当留给子孙的遗产。每个个体被赠予了这些遗产处于矛盾的张力中，必将重新演绎亚当的转变，罪恶也随之而来。因而，在这种层面罪恶是原罪。面对自由可能性时产生的恐惧是人类普遍面临的状态，它使我们所有人都变成了潜在的亚当，成为原罪的继承人。

二　在性爱中发现恐惧、逃避死亡

后人对《创世纪》故事的演绎很多是从性爱诱惑的角度，例如，弥尔顿的《失乐园》。在《圣经·创世纪》中，关于亚当吃禁果的事，只是简单地说：夏娃受到蛇的引诱，"就摘下果子来吃了；又给她丈夫，她丈夫也吃了"。弥尔顿的《失乐园》则生动地展示了亚当得知夏娃吃了禁果后的心理，他在完全知道后果的情况下，

① 索伦·克尔凯郭尔：《概念恐惧·致死的疾病》，京不特译，生活·读书·新知三联书店 2004 年版，第 92 页。

经过认真思考作出了与夏娃"同死"的决定，这一决定意味着亚当选择了背弃上帝。弥尔顿的《失乐园》显然成了厄普代克的创作灵感，厄普代克借灵魂与肉体的冲突戏剧化了克尔凯郭尔所言的人面对性爱诱惑时的矛盾张力，小说中的人物均意识到张力的存在，选择在性爱中发现精神，追寻"自我"。很多读者会因为厄普代克小说中翔实、大胆的性爱描写而尴尬，对他们而言，这种对性爱的直言不讳与他们所信奉的宗教、理性与情感背道而驰。但是，没有人能够否认厄普代克在小说中是以严肃的态度处理性爱。在一次访谈中，他谈道希望在《夫妇们》中呈现"性的真相"①——克尔凯郭尔式的真相。1968 年《夫妇们》出版后，厄普代克接受采访时被问到小说的结尾，他回答：

> 我想我要说的是在一个仁慈的上帝之外还存在一个暴躁的上帝，他是皮埃特所信仰的。至少，当教堂被焚毁，皮埃特在道德层面松了口气，并且能够选择福克茜……能够走出因罪感而产生的无力，进入到某种自由。他摆脱了超自然转而拥抱自然……因而，这部书是一个幸福的结局。……随着教堂的毁坏，罪感的消散，他变得无足轻重。在最后一段，他仅仅是个名字，他变成了一个满足的人，在某种意义上他也死了。换言之，一个人一旦拥有了他希望的东西，成为了一个满足于现状的人，他就不再为人。未堕落的亚当是一只猿。我认为成为一个人意味着处于张力之中，处于辩证之中。一个完全调整好的人根本就不是人——只是一只穿着衣服的动物或只是个数字。所以，结尾是具有"但是"的幸福结局。②

---

① John Updike, Interview on the Dick Cavett show, *WNET - New York*, December 15, 1978.

② Charles Thomas Samuels, "The Art of Fiction XLIII: John Updike," James Plath, ed. *Conversations with John Updike*, Jackson: University Press of Mississippi, 1994, p. 33.

"未堕落的亚当是一只猿"，厄普代克的观点接近于克尔凯郭尔：堕落之前的亚当拥有一个未苏醒的"精神"。但是精神构成完整的人，精神将人置于辩证之中，因而无论是克尔凯郭尔还是厄普代克，对于他们而言堕落之前的亚当是不完整的。《夫妇们》中皮埃特·哈纳默最终作出了与亚当相同的选择，通过拥抱辩证的一端——福克茜的肉体，放弃了灵魂的探索，他成了一个满足的人。讽刺的是，虽然二者都选择了性，但是皮埃特的选择回归到"沉睡"（asleep）状态，进入人类始祖堕落前的状态，而亚当则通过选择性从"沉睡"状态下的永生走向"苏醒"状态下的类似永恒。事实上，上帝的判决"否则你会死亡"，在很多学者看来与性爱有着本质的关联，性爱是人类在被上帝剥夺永生后通向永恒的唯一途径。性行为预示着人类对死亡的征服：人类通过性爱繁衍后代，从而进入类似的永恒状态。亚当对永恒的渴望暗示人类与生俱来对于类似永恒的向往，并且能够在性爱中获得子孙后代，通过此种方式令生命延续永恒。

性爱是人类获得类似永恒的途径，但是，性行为本身的短暂强度也引发了人类的恐惧。克尔凯郭尔探讨的亚当堕落后的性影响必须结合他对"自我"的理解。自我是精神对肉体与灵魂的合成，自我不是三种物质的捆绑，因而我们不能简单地对灵魂、肉体和精神进行功能划分，好似它们是彼此独立的物质。克尔凯郭尔认为人类肉体与其他生物的肉体截然不同之处在于肉体中有精神的存在，并且与灵魂始终处于动态的两极冲突中。人类的性行为与动物的性的本质区别也不在于理智让他对时间、场所和对象作出选择，而在于在人类的行为中有精神存在。换言之，即便是出于性欲的性爱行为也会成为自我追求、自我实现或自我毁灭的时机。性爱可以让人意识到成长或毁灭的新的可能性，在看到可能性的同时，他便感受到了恐惧。因而性经验是激发潜在可能的戏剧性时刻，无可避免地每一次性经历都会带来恐惧。所有诗人都与恐惧的元素有联系，我们可以看到厄普代克笔下的主人公虽然谦逊但是利己、畏惧虚无、精神空虚，在性爱中他们不仅享受身体愉悦也发现了恐惧，经历了成长。

　　恐惧包含了无限的可能，死亡是其中之一。厄普代克通常选择将人类的恐惧通过死亡主题表现出来。厄普代克的小说《贝克：一本书》从一个男人的视角捕捉到性爱与恐惧、死亡的关系。"他的阴茎，一个冒牌的骨头，一个幻想出的物体，如同人类处于实质与幻觉，死亡与生存的边界。"[①] 厄普代克的小说中大多数"英雄"，譬如：兔子哈里、乔伊·罗宾逊、彼得·考德威尔、皮埃特·哈纳默，杰瑞·科南特、托马斯·马斯菲尔德等都将性与死亡联系起来。通常他们在性爱中的经验被作家描绘为坠落、头晕目眩、失重，这些症状是对由性爱激发的恐惧的心理反应的隐喻。如克尔凯郭尔对于恐惧的描绘："那恐惧就是那自由的晕眩，——它之所以出现是因为那精神要设定那综合，而这时那自由对着其自身的可能性看下去、并且抓住那有限性以支承住自己。在这种晕眩之中。自由倒下沉陷了。更进一步的话，那心理学就无法并且也不愿深入下去了。正是在这一刻，一切都改变了，而那自由——在它重新站起来的时候——它看见自己是有辜的。"[②] 并不奇怪，厄普代克小说中的主要人物在性爱中追求本质，追求身体的狂欢，最终都归结为他们对恐惧既着迷又厌恶的矛盾情绪。

　　厄普代克在很多方面异于同时代的其他作家，他试图去捕捉现象背后多层面的矛盾本质。其中，性的主题是厄普代克认为最为有效的表现方式之一。依据西方作家，如弥尔顿等对《创世纪》的诠释，亚当受到的诱惑之一是性诱惑，他此后的堕落导致了人类在性爱上的悖论性影响：堕落将死亡带到这个世界上，但生命通过性繁衍得以延续；性"认识"既可以贬损也可能成为人类"自我"认识中最戏剧性的层面，成为精神上的激励。这种"是—但是"的矛盾性正是厄普代克毕生致力于表现的存在状态，它呼应了叶芝的诗句"爱情却在排污处，筑起它的殿堂"[③]。而作为人，我们始终处于选择之中。只是，

---

　　①　John Updike, *Bech*：*A Book*, New York：Knopf, 1970, p. 130.
　　② 索伦·克尔凯郭尔：《概念恐惧·致死的疾病》，京不特译，生活·读书·新知三联书店 2004 年版，第 92 页。
　　③ 出自叶芝的诗歌《疯简妮与主教的谈话》。

厄普代克作品中主人公的选择往往与传统道德标准背道而驰，而我们也无法判断作家的真实态度，这令厄普代克的作品呈现出某种"虚无主义"特点。但是如果结合克尔凯郭尔的思想，不难发现"虚无主义"背后的作家的道德严肃和将信仰置于最高层次的生存态度。

综上所述，在了解厄普代克所持"道德困境无解性"的基础上，我们发现正如作家自己所言，他的一些小说在某种程度上是在诠释克尔凯郭尔、卡尔·巴特、海德格尔等存在主义思想和神学观，作家没有采用传统的叙述方式赋予作品整体确定性，他有意识地运用克尔凯郭尔式的反讽，唤起读者的矛盾困境的思考。也许同时也如评论所言，"厄普代克的现实主义在表层之下隐藏了很多未曾言说的东西。它要证明的不是传统现实主义对于现实掌控力，而是要说明令生活变得奇特的语言包装的脆弱、易碎特性。"① 厄普代克对克尔凯郭尔哲学和神学思想的吸收奠定了其后创作的思想基调，正是作家对于信仰与道德相分离的坚持，以及他对克尔凯郭尔式哲学反讽的吸收和运用，造成了作家作品中道德模糊的状况。然而，如果我们理解了克尔凯郭尔的哲学观念，就会发现厄普代克的道德模糊表层下隐藏着对于当代人的生存状态的严肃思考。

---

① Kristiaan Versluys, " ' Nakedness' or Realism in Updike's Early Short Stories," Stacey Olster ed. , *The Cambridge Companion to John Updike*, New York: Cambridge University Press, 2006, p. 34.

第二章

灵魂与肉体的张力：厄普代克
对霍桑困境的思考

> 我们所能想象出的唯一乐园就是这块土地，我们渴望的唯一
> 生活就是当下的生活。
>
> ——《整月都是星期日》

1968 年，35 岁的厄普代克接受《巴黎评论》采访时曾被问及是
否认为自己属于美国文学传统的一部分，厄普代克没有直接回答这一
问题，他在评价了诸多美国作家之后说："我爱麦尔维尔和詹姆斯，
但我从欧洲作家那学到更多的东西，因为我认为他们在越过清教主义
回顾过去方面占有优势。"[①] 厄普代克不知是有意还是无意地绕开了霍
桑的名字，但他对清教的提及又无可避免地令我们联想到了霍桑，以
及霍桑作品中无处不在的清教气息。据厄普代克自己所言，他接触霍
桑的作品相对较晚，在 30 岁左右才阅读了《红字》，他坦陈《红字》
令他一见倾心，作品中的"宗教良知"和"宗教苦难"深深吸引了
他。并且对厄普代克而言，《红字》似一团迷雾，不会因为阅读遍数
增加而变得面貌清晰，相反每一次阅读只会使他越发困惑于"正确的
事情是什么"。

关于厄普代克与霍桑的关联，有评论这样描述："年轻时的厄普

---

① James Plath, ed., *Conversations with John Updike*, Jackson: University Press of Mississippi, 1994, p.32.

代克明显认为自己与霍桑和美国文学传统有关联是一个不成熟的观点，年长的厄普代克就会轻松、简单地说：'任何人都会爱上霍桑，甚至渴望像他一样出色。'① 事实上，厄普代克也许向欧洲作家学习得更多，但是纵观其一生的创作，霍桑在《红字》中所表现的灵魂与肉体冲突主题贯穿于厄普代克所有重要作品之中，是他一生创作的一条重要主线。

第一节　厄普代克的霍桑探索之旅

1979 年 5 月 24 日，厄普代克在美国艺术暨文学学会的年会上选择以霍桑为演讲主题，这篇演讲稿于 1981 年被正式冠以标题"霍桑的信条"（Hawthorne's Creed）公开发表。他在演讲开篇即提出一个问题："霍桑的信仰是什么？"② 厄普代克认为这是一个难以给出明确答案的问题，虽然清教思想弥漫于霍桑的所有作品之中，但作家本人并不是一个坚定的清教主义支持者，厄普代克甚至暗示霍桑"威胁到了祖先的清教世界"。在信仰问题上，霍桑表现出明显的模棱两可甚至是矛盾的态度。20 世纪 50 年代批评家们常常提到霍桑作品"模棱两可"的意义，80 年代中期出版的《哥伦比亚美国文学史》则认为霍桑"与其说是一个模棱两可的人物还不如说是个充满难以调和的矛盾的人物"③，这一观点与厄普代克在演讲中提出的观点相吻合。可以说，厄普代克对霍桑的理解和感悟是敏锐甚至是超前的。

厄普代克认为霍桑试图躲避宗教的外在形式，但宗教信仰又成为霍桑生命中无法逃避的一部分。他思索如何界定霍桑的信仰难题，写

---

① James Plath, "Updike, Hawthoren, and American literary history", in Stacey Olster ed. *The Cambridge Companion to John Updike.* New York：Cambridge University Press, 2006, p.122.

② John Updike, "Hawthorne's Creed," *Hugging the Shore*, New York：Knoof, 1983, p.73.

③ 埃默里·埃利奥特主编：《哥伦比亚美国文学史》，朱通伯等译，四川辞书出版社 1994 年版，第 336 页。

道："一个基督教幽灵从他的文字中盯着我们，……令人惊恐且怪异。"[1] 霍桑身上具有独特的矛盾性，且他将无法摆脱的自身矛盾移植到了作品中，最终形成了晦暗、犹豫的霍桑风格。关于霍桑笔下的清教世界，厄普代克曾作如下描述："美国新教徒群落可以追溯到霍桑的塞勒姆，他们在文学中留下了阴暗的印象：模糊的渴望和单调的乏味，与生俱来的满足感是他们的本质。"[2] 清教徒身上的模糊特质常常构成厄普代克人物塑造的显著面貌，他笔下的人物，如兔子哈里·阿姆斯特朗、皮埃特·哈纳默、理查德·梅普尔、杰里·科南特、罗杰·兰伯特、托马斯·马斯菲尔德等，他们性格迥异，行为处事大相径庭，或逃避怯懦，或离经叛道，或道貌岸然，但矛盾性是所有人物共有的显著特征。爱丽斯·汉密尔顿和肯尼斯·汉密尔顿曾评论厄普代克笔下的人物是一群在性爱追求中步履蹒跚走向离婚的朝圣者。模糊性仅仅是两位作家的表层关联，下文将具体探讨在变迁的文化语境中，厄普代克如何应答那些霍桑未能言明的道德困惑、情感纠缠与艺术责任。

《夫妇们》：通奸罪恶的探讨。

《夫妇们》是厄普代克霍桑探索之旅的起点。《夫妇们》的故事是对霍桑《红字》的暗示，作品清晰显示出厄普代克对霍桑重要主题——通奸罪恶的态度演变。《夫妇们》描写了一群生活安逸、思想开放的夫妇，他们居住在虚构的小镇塔博斯（Tarbox）。福克茜·怀特曼因为怀孕暴露了与他人通奸的行为，如同海斯特·白兰。她的情人皮埃特·哈纳默对应丁梅斯代尔，福克茜的丈夫凯恩·怀特曼是一位满腹才学但缺少情感的生物学家，在他的言谈中，人只是不带任何感情的化学元素，作为妻子的福克茜深深憎恶这位齐灵渥斯式的"冷冰冰"的丈夫。关于故事背景设置，厄普代克曾说："我的主角是美

----

[1] John Updike, "Hawthorne's Creed," *Hugging the Shore*, New York: Knoof, 1983, p. 76.

[2] John Updike, *Odd Jobs*, New York: Alfred A. Knopf, 1991, p. 307.

国新教小镇中的中产阶级，许多这类小镇中蕴藏着性爱的迸发。"① 厄普代克力图描绘一幅中产阶级美国嬗变中的性道德全景。尽管在塔博斯镇人们对待性和通奸的态度远没有清教时代严酷，但是人们普遍还是认为通奸是有罪的。在厄普代克的故事中我们看到了劳伦斯在分析《红字》时所言的"罪恶源于秘密"。相互隐瞒成为小镇上夫妻间的常态，他们既享受造成亚当和夏娃在上帝面前畏缩的秘密，同时竭力在配偶面前掩藏自己的不忠。丈夫凯恩如同齐灵渥斯那般试图窥探福克茜的思想；福克茜则像丁梅斯代尔那样困扰于自己的秘密——通奸和怀孕。通奸的秘密更是戏剧性地影响了皮埃特，内在坦白的需求"烧灼着他的嗓子"②，但在罪恶暴露之后，皮埃特表现出了不同于丁梅斯代尔的优雅，他与福克茜共同分担了来自外界的苛责。

在《红字》的时代，宗教和法律基本融为一体，宗教渗透进社会生活的每一个角落。而《夫妇们》的时代背景是约翰·肯尼迪执政时期，宗教已经丧失了曾经的显赫地位，性解放运动使得性爱成为隐秘的公众话题。因而，厄普代克作品中迫使人物隐藏起他们隐秘罪恶感的原因也不再是宗教教义。与《红字》中海斯特绣在衣服上的"A"字相反，塔博斯镇上的妇女发明了"H"（Horsy people）。通过此种方式，《红字》中表达的堕落、衰退主题在当代美国社会得到成熟表现，在那里"清教主义退化为唯一神教，然后从那里进入禁欲主义的不可知论"③。厄普代克虚构的塔博斯坐落在曾经神圣的土地上，在那里，公理教会最终偕同它的"朝圣赞美诗"和"哥特式尖顶的唱诗布告牌"被"上帝的雷电"包围并被烧毁，这宣告了新教在当代美国社会的衰落。在看似松散、宽松的道德面前，皮埃特还是遭遇了海斯特般的社会孤立——他被其他夫妇排斥在社交圈之外。但是，皮埃特最终

---

① James Plath, ed., *Conversations with John Updike*, Jackson：University Press of Mississippi, 1994, p.267.

② 约翰·厄普代克：《夫妇们》，彭军等译，中国人事出版社 1989 年版，第 381 页。

③ John Updike, *Hugging the Shore：Essay and Criticism*, New York：Knopf, 1983, p.66.

在费雷迪·索恩的诅咒中获得救赎，如同丁梅斯代尔在齐灵渥斯的罪恶中得到拯救一般。

"红字三部曲"：灵魂与肉体的探讨。

厄普代克的"红字三部曲"：《整月都是星期日》（*A Month of Sundays*，1975）、《罗杰教授的版本》（*Roger's Version*，1986）和《S.》（*S.*，1988）是对霍桑《红字》的直接改写。在三部曲中，厄普代克集中探讨了从始至终纠缠着霍桑的一个重要主题——灵魂与肉体的关系。三部曲不仅呈现出一个后现代的厄普代克，与此同时他的博学也得到充分展示，各类知识被作家熟稔地融于一体之中，既有计算机科学、粒子物理、生物进化论、宇宙学等现代科学，也有佛教、印度教、基督教的神学理论。

《整月都是星期日》是三部曲的第一部，"在《整月都是星期日》中，我以一种现代的、歪斜的、不可靠的方式给出了丁梅斯代尔的故事版本"①。小说由牧师托马斯·马斯菲尔德的日记构成。和阿瑟·丁梅斯代尔一样，马斯菲尔德是位处于焦虑、困惑生存状态中的新教牧师，他也卷入了与教区女子的通奸中。在为期31天的放逐中，马斯菲尔德以日记的方式记录下自己的布道、告解、玩笑、剖析、批评、辩护，这些文字构成了整部小说。在马斯菲尔德不知厌倦地炫耀修辞技巧的欲望中，他设定了一位理想的读者——白兰女士，他通过文字与这位读者调情，并最终将她诱惑到自己的床上。小说让读者看到语言对于马斯菲尔德具有与众不同的意义，也让我们转而关注丁梅斯代尔演讲之下的另一层含义——演讲暗示了他分裂的个体。上述观点在后文会详细阐述，此处不再赘言。

《罗杰教授的版本》从当代罗杰·齐灵渥斯的视角写了一个关于现代技术与宗教结合的故事。读者可能会抱怨小说中过量的知识信息，厄普代克正是通过构建信息交流氛围，想象霍桑笔下复仇的医生

---

① Richard Burgin, "A Conversation with John Updike," *John Updike Newsletter* 10 and 11 (Spring and Summer 1979), p. 10.

转变成神职人员之后，在自然科学与神学之间可能发生的讨论。主人公罗杰·兰伯特是位知识渊博的神学教授，与齐灵渥斯一样拥有智慧但情感冷漠。由于在与妻子的性生活中日渐感到无力和厌倦，他开始想象妻子与他人的通奸场景。在整个故事中兰伯特更多地扮演了观察者角色，他既臆想妻子与戴尔的性爱画面，更试图窥探戴尔的灵魂，罗杰·兰伯特危险地靠近了霍桑所描述的不可饶恕之罪（unpardonable sin），即触犯人类心灵的神圣性。

《S.》是三部曲的最后一部，这部小说不仅有《红字》的印记，还影射了霍桑的另一部小说《福谷传奇》，令读者自然联想到霍桑1841年在布鲁克农场生活经历以及他对布鲁克农场实验改革的态度。"真正的我从未与这个群体融为一体；在那里的工作是一个幽灵而已，凌晨时而听号角吹响，时而挤牛奶，白天在烈日下劳动流汗：锄白薯地、晒干草。"①霍桑原以为农场劳动是一项崇高的事业，没想到竟然是一场"噩梦般"的经历。因为在霍桑看来农场机械化的劳作类似于《好小伙布朗》（"Young Goodman Brown"）中的魔鬼，是能够随心所欲控制他人的"幽灵"。从人物塑造角度，三部曲中的《S.》与《红字》的互文表现得最为明显。萨拉·沃斯是当代的海斯特：反叛、意志坚强、不屈不挠、充满活力且无视周围人的看法。她同样遭受到父权制的禁锢和背叛。萨拉与海斯特都断绝了与传统世界的关系并且在新的道德标准和新的领域内发现自己的价值。霍桑笔下的海斯特流放到远离居民区的半岛边缘，住在一间废弃的茅屋中；厄普代克则将他的萨拉安置在亚利桑那的沙漠中。对于许多读者而言，海丝特是一位被套上了神圣光环的圣洁女性，她聪慧美丽、无私善良、富有牺牲精神，而厄普代克笔下的"海丝特"——萨拉·渥斯则彻底颠覆了海丝特的圣女形象，以一个世俗的面貌呈现在读者面前。

因为后文会涉及对"红字三部曲"的详细解读，此处就不赘述它

① 萨克文·伯科维奇主编：《剑桥美国文学史》第二卷，史志康等译，中央编译出版社2009年版，第691页。

们与《红字》之间的关联。

《伊斯特威克女巫》：世俗状态下的精神探讨。

《伊斯特威克女巫》（*The Witches of Eastwick*，1984）被认为是厄普代克"最具霍桑风格"① 的作品，甚至超越了他的"红字三部曲"。考虑到小说的背景设置在一座弥漫着各种巫术以及各类流言蜚语的新英格兰小镇，自然而然读者会在脑海中浮现出霍桑笔下的塞勒姆。这座小镇上曾经发生过恶名昭著的"塞勒姆女巫审判案"，这起发生在1692 年的历史事件，前后导致 29 人被定罪，至少有 25 人被处死。《伊斯特威克女巫》在邪恶、巫术、通奸、艺术、男女关系、肉体与灵魂等主题上的探讨，让我们看到厄普代克正一步步走近霍桑。詹姆斯·斯基夫称《伊斯特威克女巫》将"脆弱、光亮与黑暗、恶意融于一体，这种特质在霍桑的很多故事中可见"②。这部小说既有《红字》的身影，同时我们也看到了霍桑曾经讲述的很多故事，诸如《好小伙布朗》、《拉伯西尼医生的女儿》（"Rappaccini's Daughter"）、《创造超凡之美的艺术家》（"The Artist of the Beautiful"）、《卓恩的木像》（"Drowne's Wooden Image"）以及《羽毛冠》（"Feathertop"）等。

《红字》类似于一个神话，而《伊斯特威克女巫》则是一则传奇，这两个概念的区分是显著的。詹姆斯·斯基夫观察到《红字》发生在神话时间和空间中，即所谓"神圣的时空"，霍桑描写了一个不太真实、超越尘俗的世界。故事的背景是新英格兰清教徒聚居区，彼时彼地宗教与法律基本是统一的。在高度宗教化的社会里，女巫们被看成魔鬼的同伙，隐藏在舞台背后，"在穿越定居点和孤独的村庄时会听到她们的声音，她们与撒旦共骑"③。霍桑在很多作品中都提到如果镇上的居民进入黑暗森林就会遇到魔鬼（The Black Man），并最终成为女巫或魔鬼般的人物。厄普代克的《伊斯特威克女巫》所设置的故事

① James A. Schiff, *John Updike Revisited*, New York：Twayne Publishers, 1998, p. 79.

② Ibid. .

③ Nathaniel Hawthorne, the Centenary Edition of the Works of Nathaniel Hawthorne, William Charvot eds. Columbus：Ohio State University Press, 1962, Vol. 1, p. 149.

背景是世俗的时间和空间，宗教从生活的主体式微为生活的背景。如果说"红字三部曲"分别给了丁梅斯代尔、齐灵渥斯和海斯特言说当代意志和欲望的机会，《伊斯特威克女巫》则让霍桑小说中被驱逐的角色——女巫和撒旦，从社会的黑暗边缘地带走到了舞台中央。"我并不觉得新英格兰清教徒至今仍在坚持的精神具有亲和力。……就我成长的背景而言，我可能会称自己是路德教徒，我的作品包含了一种路德教立场的模糊性。……路德关于魔鬼与世界的立场令我感兴趣，他看起来极度崇拜喜爱魔鬼。"① 很明显，厄普代克在《伊斯特威克女巫》中给了魔鬼应得的关注，男主人公范洪恩即是出现在女巫聚会中的魔鬼；厄普代克笔下的女巫们自然也就不具备《红字》中的罪感，女巫亚丽珊卓解释道："我们必须让自己愉悦地生存下去。"② 厄普代克让魔鬼和女巫们在小镇上拥有固定的职业、自己的家庭，像普通人一样生活，他通过此种方式暗示，宗教在约翰逊时代已失去了往日的效力，成为日常生活中的装饰物。

　　厄普代克正是在世俗状态下，在"清教主义退化为唯一神教，然后从那里进入禁欲主义的不可知论"③ 的背景中探讨婚姻的三角关系和精神性三角构造——罪恶、罪感、救赎。两部小说在神圣和世俗层面的巨大差异是读者无可回避的阅读体验。霍桑执着于让丁梅斯代尔处于灵魂与肉体的争执之中，让牧师在"内在自我"煽动下去做"一些奇怪、狂热、邪恶的事，伴随着无心的或蓄意的意识"④，然后陷入灵魂的罪感中。厄普代克则让整个镇子的人都对自然冲动屈服，上演着或大或小的恶作剧。例如，在伊斯特威克小镇中，离婚女人有数百人之多，她们恶作剧般地围绕在镇上已婚男子四周。选择忠诚或外遇

　　① James Plath, ed., *Conversations with John Updike*, Jackson: University Press of Mississippi, 1994, p. 94.

　　② John Updike, *The Witches of Eastwick*. New York: Knopf, 1984, pp. 97 – 98.

　　③ John Updike, *Hugging the Shore*: *Essay and Criticism*. New York: Knopf, 1983, p. 66.

　　④ Nathaniel Hawthorne, *the Centenary Edition of the Works of Nathaniel Hawthorne*, William Charvot eds. Columbus: Ohio State University Press, 1962, Vol. 1, p. 217.

等同于亚当在伊甸园中曾经面对的选择，恰如唐纳德·格雷纳所言"通奸是连接伊甸园与世界之间的桥梁"①，通奸成为伊斯特威克小镇的风俗，而不是正常生活状态下的轨道偏离。

《伊斯特威克女巫》是厄普代克以撒旦和女巫视角重写的《红字》，这部作品或许受到劳伦斯评价《红字》的观点启发，劳伦斯认为海斯特是邪恶的。也有评论认为在《伊斯特威克女巫》中，厄普代克表达了霍桑未敢直言的观点：自然最终赦免了人的罪行。② 这种赦免与厄普代克所处时代，通奸成为非常普遍现象有一定关联，厄普代克曾说过美国人对待通奸的态度已发生改变，因此表现"一颗泄密的心"在这个时代变得不合时宜，甚至滑稽可笑。

《贝克：一本书》：艺术与艺术家的探讨。

《夫妇们》、《伊斯特威克女巫》和"红字三部曲"着重从肉体与灵魂的关系，以及通奸中的三角关系与《红字》形成关联，出版于1970年的《贝克：一本书》则从表现艺术家的困境来呼应霍桑。在厄普代克的早期小说中，我们常常看到一位不成功的艺术家，例如《马人》中彼得·考德威尔是一位二流抽象表现主义画家，《农场》中的乔伊·罗宾逊是位失败的诗人，《夫妇们》中的皮埃特·哈纳默则希望恢复艺术的典雅，他们渴望拥抱艺术却一再受挫于当代人的艺术品位。不难发现，这些人物与他们的生存环境存在裂隙，他们是富有创造性的艺术家，但他们天真乐观的艺术理想在人类作为道德主体所构成的复杂现实面前不断碰壁。简而言之，他们夹在审美理想与道德现实之间。在霍桑的作品中，我们也能发现类似的角色和张力。关于艺术家在美国的位置，霍桑的作品表现出多层面且看似相互矛盾的焦虑。R. W. B. 路易斯（R. W. B. Lewis）总结了霍桑的困境：

① Donald J. Greiner, *Adultery in the American Novel*: *Updike*, *James*, *and Hawthorn*, Columbia: University of South Carolina Press, 1985, p. 23.

② James Plath, "Updike, Hawthoren, and American literary history", in Stacey Olster ed. *The Cambridge Companion to John Updike*. New York: Cambridge University Press, 2006, p. 128.

　　霍桑展示了对同时代艺术资源几乎是故意贫乏的不安意识，他创造的艺术家都有这种意识，或至少对失意的艺术家而言是这样的。……当创造性被认为是通向救赎的一种近似可能的替代时，这一观念加剧了霍桑的焦虑感。因为霍桑既无法赞同清教祖先的观念，即艺术最多只是拯救人类灵魂这一令人钦佩事业的比喻；也未有后期浪漫主公开宣称的观点——那些被表述为拯救灵魂的事物，事实是人类最伟大成就——艺术的隐蔽性暗喻。①

　　在霍桑时代美利坚民族认同尚未成型，美国也尚未被树立成理想形象，那时的美国正处于孕育希望的惠特曼式理想与沉迷回忆的清教理想的交战状态中，前者希望在未来的美国，宗教的存在出自于爱而非恐惧。而在厄普代克时代，已被接受的美国形象似乎面临破碎的危机，一些作家如莱斯利·马门·西尔克（Leslie Marmon Silko）、尼尔·斯蒂芬森（Neal Stephenson）等，开始通过文学表现"民族自嘲与自憎"，而非20世纪上半叶多数文学作品中流露出的"民族希望和理想"②，"在大众文化和精英意识中，人们对21世纪美国形象的描述都很低调，充满了自我嘲讽或反感"③。在严肃的艺术家看来，无论是表现希望还是表现回忆都不再是艺术发展的方向。就美国国家而言，它要依靠艺术家和知识分子去塑造民族形象。那么一位作家应该怎么做？根据霍桑的困境，路易斯总结出两种当代最普遍的选择：一种是受爱尔兰作家詹姆斯·乔伊斯的启发，艺术家可以令自己的探索显示出现代思想和追求，而自身则成为现代世界中的代表性人物，让艺术家在现代社会中变得醒目；另一种做法是作家对模仿感到绝望，从探测、捕捉现实活力和周围世界的道德矛盾中退却，转而关注创作

---

　　① R. W. B. Lewis, *The American Adam*, Chicago: Univeristy of Chicago Press, 1955, pp. 118 – 119.

　　② 理查德·罗蒂：《筑就我们的国家——20世纪美国左派思想》，黄宗英译，生活·读书·新知三联书店2006年版，第5页。

　　③ 同上书，第2页。

实验以及艺术领域中相对专业性的问题。但是，霍桑和厄普代克的处理却不属于上述中的任何一种，他们试图将二者融合，令作品呈现出一种模仿意图与艺术自我审视相结合的特征，这也为他们作品蒙上一层与众不同的模糊性。

1970年第一部贝克故事出版后，厄普代克在一次访谈中谈到了艺术处理的专业性问题：

> 现在关于贝克故事……对于一位作家而言，生活远不仅限于作家的生活。发生在你身上的事不会发生在其他人身上，当然，充分利用这点的方法是创造另一个作家。最初，他非常自我，但最终不是那样的。不管怎样，我让作家成为《贝克》的主角，目的是以一种真实的方式坦陈贫瘠……在书中我竭力去包装、处理某些张力，这些张力是我写作时感受到的……我的人物仅仅是抱怨美国作家发现自己处于古怪的位置上；他是个有些陈腐过时、古怪的家伙，一点都没意识到自己是个敏锐的专业人士。

这段话读起来与路易斯对霍桑的艺术困境的评价很类似，如同霍桑在《福谷传奇》中塑造了一位拘谨且目光短浅的卡瓦戴尔，并通过这一人物保持自己与艺术的距离，厄普代克也塑造了一位与自己相去甚远的犹太作家亨利·贝克。贝克在生活状态、经历、宗教信仰等方面都与作家厄普代克大相径庭。阅读《贝克：一本书》必须在艺术审视的语境中开展，因为这本书涉及艺术家关于一些特定问题的思考以及关于"美国图景"的普遍观照。例如，关于异域的表现，厄普代克承认1964年在结束苏联与东欧的交流后返回美国，他对作家有了新认识，为了表达自己的感想他以作家亨利·贝克的视角写了《保加利亚女诗人》（"The Bulgarian Poetess"）一文，这个故事同时被收录到短篇集《音乐学校》（*The Music School*）中。之后，厄普代克又写了《贝克在罗马尼亚》（"Bech in Rumania"）和《里奇在俄罗斯》（"Rich in Russia"）。20世纪60年代风云变幻的美国同样激发着厄普代克的创作灵感，他以美国为背景写了《贝克碰运气》（"Bech Take Pot Luck"），之后他又以伦敦为背景创作了《贝克来回摆动?》（"Bech Swings?"）。为了关联上述各个独立故事，厄普代克又写了"贝克惊慌失措"（"Bech Panics"）作为桥梁性的一章，并且以"贝克进入天堂"（"Bech Enters Heaven"）作为书的最终章节。在《贝克：一本书》出版后，厄普代克又相继出版了另外三部贝克故事，分别为《贝克回来了》（*Bech is Back*，1982）、《贝克陷入困境》（*Bech at Bay*，1998）和《他的全集》（*His Oeuvre*，1999），最终形成完整的贝克故事系列。

　　贝克系列既有作家对世界的探索和"模仿"，又呈现出某种艺术的自我审视。贝克系列的第一部《贝克：一本书》被厄普代克称为一本书而不是一部小说，不是因为它缺少富有想象力的统一情节，而是因为它的结构形式呈现为零散化，即它是由多个短篇组合而成。不断转变的视角、多层面的反讽、由不同场景引发的精神变化、对经典作家的评论、问与答的交叉穿梭，这些既连接了故事又不断终止叙事进程。上述叙事形式既是贝克文学创作观念的直观呈现，艺术实验使得贝克看起来像一位依靠直觉的专业作家，同时贝克的艺术实验也是他的创造者厄普代克在艺术领域内的新尝试。因此，在对艺术的理解方面，作家厄普代克与作家贝克是极具重合性的统一。

　　钮顿·艾文（Newton Arvin）评论霍桑是"严肃地洞察了人类经验，他不应该被忽略或被遗忘"①。事实证明，霍桑被后辈作家们牢牢记住。厄普代克一生的创作与霍桑有着千丝万缕的联系，他通过丰富的小说创作与霍桑进行戏剧性对话，这种对话不仅是艺术层面的互文，更是作家厄普代克在当代宗教、文化、哲学、伦理语境中对霍桑困境的重新审视，在此基础上，为读者展示了解决困境的可能途径。

---

① Newton Arvin, *Hawthorne*, New York: Russell and Russell, 1961, p. 220.

第二节　霍桑的信条与厄普代克的"红字"

性与宗教在厄普代克的小说中无法分开，厄普代克从圣·奥古斯丁、克尔凯郭尔和霍桑的文字中发现，性爱对于那些有着强烈宗教信仰的人同样具有力量。受此启发，他将宗教戒律与性爱吸引之间的张力视为小说创作的首要主题。"同样像《整月都是星期日》这样一本书，其中充满了各种观念——也就是说，主人公很博学，这点不同于以往我笔下的人物。我的中心想法是去揭示性爱对牧师而言更具诱惑力，而且在宗教虔诚与性爱冲动之间存在着紧密联系，二者都是令我们生命永恒否定肉体限制的途径。"① 早在 1970 年，厄普代克谈到性行为的自然主义描写与作家类型之间关联时曾指出，D. H. 劳伦斯、詹姆斯·乔伊斯和弗拉基米尔·纳博科夫这三位作家以优雅的语言展示出真实的性爱；霍桑则在美国文学的主流中注入了性爱关注，他是美国"唯一一位探讨性的经典作家"②，"让我们将性爱从私室中带出，使它走下圣坛被安置在人类行为的链条上"③。

一　肉体与灵魂的关系

在《霍桑的信条》中，厄普代克注意到霍桑的内在宗旨是认为肉体与灵魂无可避免地处于交战状态之中，当宗教强加额外的束缚时，灵与肉的冲突将被激化，即个人内在的冲突将上升为自我与社会的冲突。如果说，霍桑倾向于在堕落的肉体与纯洁的灵魂之间划上一条清晰的界线，厄普代克笔下的主人公则坚持追求肉体与灵魂的合二为一。厄普代克的"红字三部曲"重新诠释了霍桑《红字》中肉体与

---

① Richard Burgin, "A Conversation with John Updike," *the John Updike Newsletter*, 10 and 11（Spring and Summer 1979）, p. 7.

② James Plath, ed., *Conversations with John Updike*, Jackson: University Press of Mississippi, 1994, p.178.

③ Ibid., p.34.

灵魂的冲突。

《红字》的故事开始时，海斯特·白兰与牧师丁梅斯代尔的"通奸"的关系已结束，他们的恋情也已被激情过后不同形式的罪所取代。各人所犯下的罪恶以及由此而产生的罪感被霍桑或公开或晦涩地展现在读者面前。霍桑的清教道德观与原罪思想令他对海斯特的浪漫主义行为无法作出一个明确的道德判断。整部小说中，霍桑笔下的这对情侣一直在反省自己在道德上犯下的罪过，几乎不去回忆他们曾经的激情。只有一次，海斯特这位被 17 世纪清教思想囚困的纤弱妇女发出了 20 世纪女权主义的声音，暗示不管外界怎样看待，他们的爱情有自身的合理性："我们干的事具有自身的神圣之处。我们是这样感觉的！我们彼此也这样说过！"① 作家没有否认海丝特所犯通奸是错误的，但同时表达了对犯过者内心隐秘的同情和尊重，他既断定通奸行为的罪恶，又认为"那是一种欲望的罪恶……不是有意的"②。厄普代克将这种矛盾性归结为霍桑在试图躲避宗教的外在形式的同时，"灵魂永远不会失去信仰的本能"③。他认为霍桑将自己从严格的清教形式中脱离，他在《霍桑的信条》中提到霍桑多次写信向母亲抱怨宗教的外在形式，教堂的仪式总是在装模作样，嘲讽唯一神教。厄普代克思索着如何界定霍桑的信仰，他写道："一个非常清晰的基督教幽灵从他的作品中盯着我们，显得令人惊恐且怪异……四肢支离破碎但又能微动；面貌模糊不清，但其他部位即便倒置又异常的清晰敏锐。"④ 厄普代克认为霍桑信仰的一个奇怪特征是"霍桑天生的宗旨是肉体与灵魂是无可避免地处于交战状态之中"⑤，即肉体与灵魂彼此分离，无法达到和谐，这构成了霍桑的困境。

---

① 霍桑：《红字》，姚乃强译，译林出版社 1996 年版，第 176 页。

② 霍桑：《红字：霍桑小说选》，侍桁等译，上海译文出版社 1990 年版，第 237 页。

③ John Updike, "Hawthorne's Creed," *Hugging the Shore*, New York: Knoof, 1983, p. 77.

④ Ibid., p. 76.

⑤ Ibid., p. 79.

　　D. H. 劳伦斯曾总结过霍桑的困境，"我们自身分裂为二，相互斗争。这就是那个'红字'的意义。"① 他将这种肉体与灵魂的分裂描述为"人伦意识"与"理智意识"的冲突，"我们都有这两种意识。这两方面在我们体内势不两立。它们永远如此。"② 灵与肉的二元对立被劳伦斯描绘为《红字》的魔鬼基调，当亚当和夏娃分享了智慧果后，他们"窥视着，想象着。他们在观看自己。随后他们感到不舒服。他们有了自我意识，所以他们会说：'这行为就是罪恶。咱们藏起来吧，咱们犯罪了。'"③ 劳伦斯将肉体与灵魂的冲突归为原罪，厄普代克则将这种二元对立定义为"尘世/肉体/血液"与"天堂/心灵/精神"之间的博弈，它不仅浸透于霍桑的小说中，也成为厄普代克创作的主旋律。

　　霍桑故事中存在的三角关系：丁梅斯代尔——海斯特——齐灵渥斯，这一三角婚恋关系是西方骑士爱情叙事模式的原型，例如：中世纪的"特里斯当与伊瑟传奇"中，特里斯当——伊瑟——国王马克构成了三角婚恋关系；同样在"亚瑟王传奇"中，骑士兰斯洛特——王后格尼维尔——亚瑟王也构成了相同的三角模式。丹尼斯·德·罗格蒙特（Denis de Rougemont）在《西方世界的爱情》（*Love in the Western World*，1939）一书中指出三角婚恋模式中存在着激情与婚姻两种本质上不相容的状态。霍桑将这种西方婚恋三角关系的原型移植到美国土壤，嫁接到清教习俗上。劳伦斯认为在霍桑构筑的三角模式中，海斯特如同夏娃是个诱惑者，丁梅斯代尔任随自己的意愿甘愿受海斯特的勾引，罪在行动中，之后"就是隐瞒他们的罪恶。他们自我满足，试图相互理解。这就是新英格兰的神话"④。然而对厄普代克而言，亚当与夏娃的堕落是悖论性的：堕落是人类进入知识王国的途径，堕落使人获得自我意识脱离了动物状态。"未堕落的亚当就是一

---

　　① D. H. 劳伦斯：《灵与肉的剖白》，毕冰宾译，漓江出版社 1991 年版，第 133 页。
　　② 同上书，第 134 页。
　　③ 同上书，第 133 页。
　　④ 同上书，第 136 页。

只猿"，作为人应该始终处于张力之中处于辩证状态之下。因而，厄普代克热衷于通过构筑婚姻中的三角关系，让人物处于辩证张力之中进而探讨霍桑的困境。不同于霍桑面对通奸时的不安态度，厄普代克激进地认为通奸比一段婚姻将两人束缚更贴近自然法则，类似于罗格蒙特的观点——在三角关系中"激情被幻想为一种理想，而不是类似于恶性热病的恐惧"①，劳伦斯也认为三角关系中激情令海斯特·白兰成为"神秘的朝圣者"。纵观厄普代克的创作历程，我们发现他企图通过婚姻三角中的激情解决灵魂与肉体的二元对立。"红字三部曲"以及"兔子"故事中的男主人公们多将拥有激情的性当作高尚且具精神性的行为，如同马斯菲尔德为自己行为辩解："不是作为负担家庭开支的人，而是作为浪漫的牧师、崇拜生殖器的骑士，作为各种角色、象征和英雄，当代美国人在何处可以重新获得他们的价值感？在通奸中。"②

厄普代克认为霍桑灵魂与肉体冲突的宗旨扭曲了他的性爱观念，进而导致其艺术中存在某种不和谐。在他眼中，霍桑应是一位极度痛苦的作家，因为对霍桑而言，"肉体趋向邪恶的边缘，美德是脆弱的"③，结果是霍桑"坚持塑造的那些雅致、清幽的女主角们不仅接受不了我们现代的食物，也消化不了他那个时代的……霍桑的世界由两个不相容的空间构成，在它们的相互撞击中，某些东西渗漏出来，那儿就有了一个污点"④。丁梅斯代尔遭受厄普代克所言的污点的致命影响，在灵魂与肉体的困境中日渐衰弱。如果说霍桑将性爱愉悦的诱惑视为一个男人的弱点，那么面对丁梅斯代尔的脆弱与霍桑的疑虑，厄普代克在《整月都是星期日》中塑造了一个现代的对立——牧师马

---

① Denis de Rougemont, *Love in the Western World*, trans. Montgomery Belgion, New York: Pantheon, 1956, p.24.

② John Updike, *A Month of Sundays*, Penguin: Penguin Group, 2007, p.46.

③ John Updike, "Hawthorne's Creed," *Hugging the Shore*, New York: Knoof, 1983, p.76.

④ Ibid., p.78.

斯菲尔德。男主人公托马斯·马斯菲尔德认为上帝给亚当的第一条诫命——"要生养众多"，字面下传递的信息不是加尔文教的戒律而是性爱的愉悦释放。因而，马斯菲尔德总结：婚姻仅仅是一种没有束缚力的仪式，男人渴望自由，没有婚姻的束缚就不会存在通奸。马斯菲尔德无法赞同肉体是邪恶的这一观点，事实上他能从沙漠中的汽车旅店重返教区的圣坛，部分缘于他在肉体性爱中找到了救赎。当肉体与灵魂发生撞击时，无论是马斯菲尔德还是霍桑都能感觉到"一个污点"的存在，霍桑也许会通过毒药、梦境、镜子等意象来象征污迹，在马斯菲尔德那则成了"性爱果汁的污点"①。厄普代克总结他对霍桑的发现，"霍桑是表现罪感的行家，他的作品弥漫着罪感但又没有对罪恶有任何确凿的证明。……如同他的清教祖先，他认为人的精神很重要，认为灵魂会被扭曲、玷污、迷失；相信对抗肉体的无形力量……霍桑在作品中界定的范围，在那里'实际的事物可能会遭遇到想象的事物'，我们仍旧生活在这块领域中。"② 忧虑于无形的灵魂与实质的肉体之间的碰撞，霍桑试图通过想象性与实体性的暗喻将无形与有形融合。马斯菲尔德同样看到了灵魂与肉体之间的界限，并且发现这条界限并非清楚明晰而是模糊不清，他在旅程结束时摸索出调和肉体与灵魂间冲突的方法——在性爱中肉体和灵魂可以成为一回事。毫无疑问，罪恶没有以折磨霍桑的方式啃噬马斯菲尔德的心灵，相反，他抛弃了罪感，呈现出洋洋自得的自信。

　　因而，关于通奸以及认知的痛苦、关于困窘的性欲、关于最终的流放，这些既是霍桑作品的主题也为厄普代克所青睐。在处理上述主题时相对于霍桑的小心谨慎，厄普代克则表现得非常直率大胆，有评论说："当霍桑踮着脚尖走过房门时，厄普代克直

---

① Donald J. Greiner, *John Updike's Novels*, Athens：Ohio University Press, 1984, p. 165.

② John Updike, "Hawthorne's Creed," Hugging the Shore, New York：Knoof, 1983, p. 80.

接闯入卧室。"① 虽然方式不同，但两人都在坚持表达性和宗教二者间与生俱来的联系。在厄普代克的小说中，追逐肉体欢愉的后果可能是放逐、痛苦或死亡，但他笔下的人物绝没有丁梅斯代尔承受的罪恶意识和精神折磨。霍桑小说的力量来源于作家所处的那个时代中多数人的信仰，他的读者不欢迎对宗教教义大胆挑战的行为，因此作家在发现灵魂中困境时，他小心翼翼地通过伪装的方式将之释放；厄普代克的读者则大多不希望作家以严肃的方式表达宗教思想和观念，因此作家采用戏谑的方式探讨着与霍桑相同的主题。

二　语言的高度掌控

霍桑在语言上具有巫术般的力量，他能够将海斯特胸前佩戴的代表耻辱的"A"字描绘成刺绣艺术品，"A"既意味着通奸（Adultry）也意味着艺术（Art）。海斯特和霍桑成功地令通奸与罪恶背道而驰，许多读者拒绝从原本的意义来理解"A"字，他们认为这是"Able"。与海斯特相反，丁梅斯代尔则是一位失败的艺术家，在《红字》中，海斯特呼吁丁梅斯代尔从自我折磨中走出，"布道吧！写作吧！行动吧！做任何事，就是不要躺下死去。"② 然而丁梅斯代尔忽略了海斯特的恳求，厄普代克却关注到了，他在《整月都是星期日》中让马斯菲尔德以第一人称开口说话，让他记录下自己的行为，将自己的罪过包装成为艺术，如同海斯特将代表耻辱的红字最终变成了众人眼中的艺术品。在这点上，厄普代克继承了霍桑对语言的掌控技巧，马斯菲尔德与海斯特·白兰一样都是具有创造力的角色，他们都能在混乱中追求艺术。这一特质同样表现在罗杰·兰伯特身上，他是《罗杰教授的版本》中的齐灵渥斯。厄普代克曾评价霍桑笔下的齐灵渥斯："这个人物用他的神秘药水和双刃剑般的治疗将他人围困住，并且操控着他

① Donald J. Greiner, "Body and Soul: John Updike and the Scarlet Letter", *Journal of Modern Literature*, XV: 4（Spring 1989），p.480.

② 霍桑:《红字》，姚乃强译，译林出版社1996年版，第179页。

们的故事。"①兰伯特俨然同齐灵渥斯一样成为操控故事的导演，他同时又是一位具有丰富想象力的编剧，幻想出妻子埃斯特与戴尔的幽会场景。带着枯萎灵魂的兰伯特并没有像齐灵渥斯那样实行残酷的报复，他做这一切的动机是希望在心灵的荒原中找到生机，而创造性的幻想确实满足了他的愿望。

霍桑的精神游走于丁梅斯代尔的忏悔与马斯菲尔德式的语言掌控之间，使得《红字》染上了某种模糊色彩。作为一个庄严的演讲者丁梅斯代尔拥有"火焰舌头"②，他初一出场，面对的就是用自己模棱两可的语言劝说海斯特说出通奸者的姓名，他的表达充满感情，博得听众的一致同情。"海斯特·白兰……如果你觉得那样会使你的灵魂安宁些……那我责令你说出与你同伙的罪人和难友的姓名。"丁梅斯代尔在这里用了欺人之谈的修辞。厄普代克在语言艺术的控制方面比霍桑走得更远，他在霍桑的基础上进一步发挥控制肉体与精神双重性的语言技巧，这也成为贯穿厄普代克作品始终的艺术。马斯菲尔德将通俗的语言与神学修辞混杂使用，这虽显示了厄普代克的幽默，但在幽默的背后是作家关于情欲与宗教之间张力的严肃思索和感知。既然上帝让人类拥有性，那么在性爱的愉悦中能否发现上帝的恩典？这既是厄普代克的思考也是马斯菲尔德的问题，他们的答案是只有在性爱愉悦中，精神与肉体才能真正融合，这也解决了霍桑关于无形与实体如何统一的困境。

《整月都是星期日》的很大部分是由布道文和日记构成，语言是解读马斯菲尔德坦白和小说思想的钥匙。文中充斥着大量的双关语、语言恶作剧和对弗洛伊德式精神分析的戏仿，但是问题来了，马斯菲尔德的思想是否就是作家厄普代克的思想？厄普代克本人如何看待在道德模糊的世界里，具有强烈宗教信仰的人面对性诱惑这一问题？伯

---

① John Updike, "A special message for the first edition," *Roger's Version* (The Franklin Library, 1986), p. 2.

② 霍桑：《红字》，姚乃强译，译林出版社 1996 年版，第 125 页。

纳德·肖邦认为厄普代克的确接受了马斯菲尔德的观点："毫无疑问，托马斯·马斯菲尔德在信仰和道德上的观点被他的创造者所分享。事实上，这些观点弥漫于厄普代克的小说中。"① 作家在接受《巴黎评论》采访时指出："我否认在我的生活与我所写的内容之间有任何本质的联系。我认为这种思考是病态的，不正确的。……我的作品，我写在纸上的文字必须与我的生活状态保持一定的距离。"② 上述言论暗示厄普代克意图将自己的生活与笔下人物的公众生活区分开。第一人称叙事常常令读者无法确定作家的态度，不能确定作家是在嘲讽叙述者，还是叙述者在有意识地运用嘲讽。同样，由于马斯菲尔德的文字被他的自我意识高度控制，读者无法确定牧师是在对自己文字方式的治疗做反讽式批评，抑或是他的确喜爱自己的文字花招。事实似乎偏向于后者，马斯菲尔德似乎过于关注自己，以至于将小说中其他人物视为可被操纵的木偶："这太有趣了！你先削制一个木偶，然后让他们动起来。"③ 面对这些模糊性的语言，读者有理由怀疑厄普代克很享受《整月都是星期日》创作过程中的语言和文字游戏，并且他在借马斯菲尔德之口表达了将宗教与性合二为一的观点。

　　事实上，20 世纪 70 年代厄普代克表现出对语言能否正确表意这一问题的强烈兴趣。1974 年 3 月即《整月都是星期日》出版前的一年，他作了一次题为"为什么写作？"的演讲，在演讲中他认为作家不再是语法的坚持者和使用正确语言的捍卫者，作家所写的东西不再是准确表达的范本；他指出语言是变幻的，读者不能够再指望通过作品学习写作。他说："我发现在评论中，我被描述成一位过分注重语言的人。我很感激我出生在英语国家这一现实，但我关注的不是英语本身，不是顺滑的语法和丰富的同义词，而是语言变成现实或对另一

---

① Bernard A. Schopen, "Faith, Morality, and the Novels of John Updike," *Twentieth Century Literature*, 24 (Winter 1978), p. 534.

② James Plath, ed., *Conversations with John Updike*, Jackson: University Press of Mississippi, 1994, pp. 27 - 28.

③ John Updike, *A Month of Sundays*, Penguin: Penguin Group, 2007, p. 12.

种现实模仿的潜能，因为词汇和段落存在空间。"① 厄普代克认为语言
在揭露现实主观情感和准确描写客观物体方面均具有不可靠性，换言
之，语言不能完全实现上述目的。如同罗伯特·戴特威勒注意到的，
《整月都是星期日》的暗示内容是"性和宗教作为交流的形式本质上
是有瑕疵的，它悖论性的组成结构呈现出模棱两可、无法掌控、失
真，甚至破碎、零散的状态"②。戴特威勒认为马斯菲尔德的困境也是
厄普代克的困境，"这令人沮丧的评价似乎也针对厄普代克自身，这
点通过语言在交流中无能为力得到证明，……在《整月都是星期日》
中，语言变得如此自觉，呈现为一种语言的自我批判。……所有这些
都显示，语言超出控制，试图自己发声，说出一些言说者无意言说的
内容"③。

　　那么，厄普代克是否真如戴特威勒所言，失去了对语言的控制
呢？事实并非如此。尽管霍桑与厄普代克都有意识地利用了语言的
模棱两可和不确定性，例如，丁梅斯代尔在选举日的布道让清教徒
看到了虔诚，同时也让读者感受到他的骄傲。但是两人在语言掌控
上的根本区别在于厄普代克是在有意识地戏谑语言的不可靠性，按
乔治·斯坦纳所言，厄普代克揭示了"在事物的表层之上没有牢固
的王国，没有补偿的深度"④。而霍桑则无此意图。《整月都是星期
日》或许展示了语言超出主体控制的可能性，对主人公马斯菲尔德
而言，他意识到笔下的语言看似在某些时候背叛了他的意志，但是
总体而言，他还是确信语言传递出了自己的意思。而对他的创造者
厄普代克而言，上述的效果正是他意图传递出的信息，可以说他本
人对小说语言有着高度的控制力。作家借助此种方式，让读者去思
考语言的本质究竟为何，进而思考我们所能接触到的所有事物本质

---

① John Updike, "Why Write?" *Pick - Up Pieces*, New York: Knopf, 1975, p. 38.

② Robert Detweiler, "Updike's A Month of Sundays and the Language of the Unconscious," *Journal of the American Academy of Religion*, 47 (December 1979), p. 611.

③ Ibid. , p. 611.

④ George Steiner, "Scarlet Letters," *New Yorker*, 10 March 1975, p. 116.

是否具有确定性。

三 含混的灵魂原则

语言的含混解释了厄普代克为什么选择《诗篇》第 45 章中的一句"我的舌头是快手的笔"作为《整月都是星期日》的卷首语。卷首语的第二则取自保罗·蒂利希（Paul Tillich）的"灵魂的这一准则，普遍的或个体的，是含混不清的原则"①。蒂利希以含混和不确定性指涉人类的困境——人类陷入被迫承认天堂与尘世对立，即精神与肉体对立的困境之中。厄普代克与霍桑二人笔下牧师的差异在于前者能够生活得模棱两可，而后者面对困境只能处于绝望之中，试想丁梅斯代尔面对马斯菲尔德式的将宗教、性与艺术诙谐融合会作何种反应，极可能会大惊失色吧。马斯菲尔德是如何理解蒂利希的"灵魂准则"呢？丁梅斯代尔与马斯菲尔德均受到性的诱惑，但马斯菲尔德牧师接受性爱是上帝与犹太人之间爱的圣经隐喻。他没有像丁梅斯代尔那样惩罚自己的肉体，他在最后一篇布道中称，否认肉体就是拒绝保罗的信息——基督的肉体从坟墓里复活。换言之，他认为精神即是肉体，"因为无论在肉体层面还是精神层面，我们都不愿像天使那样生活，我们的肉体是我们自己；我们渴望永恒……不是渴望进入那我们无法想象的生活，而是将我们在世俗生活中漂泊、麻木无知的普通生活永远地延续下去。我们所能想象出的唯一乐园就是这块土地，我们渴望的唯一生活就是当下的生活。保罗是正确的……"② 对蒂利希"灵魂准则"的肯定，对含混性的承认，令马斯菲尔德既接受灵魂的超越又拥抱世俗的满足，欣然将白兰女士引导至自己的床上。困扰于清教思想的霍桑与他笔下的丁梅斯代尔是无法适应这样的模糊性的，因为它直接导致道德考量与宗教信仰发生冲突。

正如我们在前文所探讨的传统基督教是将道德作为存在准则，而

---

① John Updike, *A Month of Sundays*, Penguin：Penguin Group, 2007, preface.

② Ibid., p. 209.

在厄普代克的小说世界里道德与信仰是截然不同的问题，信仰与道德的分离令厄普代克小说中的道德问题模糊不清。因此，对于模糊性的接受既成为厄普代克小说中的问题所在，但同时又是他解决问题的方法。马斯菲尔德满怀信心地认为自己是否道德并不构成问题，因为最终的问题只在于信仰。厄普代克在这个问题上的看法非常直率："我认为所有问题本质上是无法解决的，只有信仰能够助我们脱离彻底的绝望。"① 马斯菲尔德是竞选日站在刑台上的丁梅斯代尔，他通过日记纾解自己坦白的冲动，他享受性爱与写作带来的愉悦，并将此当作自己信仰的表现，他认为自己在叙述过程中的困难本质上反射出探知上帝的困难。

上帝通过耶稣基督降临使世人看到他的存在。马斯菲尔德对与他通奸的女子讲了耶稣的话："我也不定你的罪"。《约翰福音》第八章记载：文士和法利赛人，带着一个行淫时被拿的妇人来，叫他站在当中。就对耶稣说，"夫子，这妇人是正行淫之时被拿的。摩西在律法上吩咐我们把这样的妇人用石头打死。你说该把她怎么样呢？"耶稣回答："你们中间谁是没有罪的，谁就可以先拿石头打她。"他们听见这话，就从老到少一个一个地都出去了，只剩下耶稣一人，还有那妇人仍然站在当中。过了许久，妇人听见耶稣问她，"妇人，那些人在哪里呢？没有人定你的罪吗？"妇人回答没有，耶稣说："我也不定你的罪。去吧！从此不要再犯罪了。"（约 8：3 - 11）丁梅斯代尔在犯了通奸罪之后渴望被定罪，但马斯菲尔德引用耶稣的宗教语言为自己的罪行辩护，如同上帝永久地宽恕了不忠的以色列人，耶稣宽恕了通奸的妇女，马斯菲尔德的结论是"通奸是我们与生俱来的状态，……通奸不是一个该回避的选择，它是我们该接受的一种情况"②。他挫败了困扰霍桑与丁梅斯代尔的罪感，"令我们感兴趣的不是善（good）

---

① Jane Howard, "Can a Nice Novelist Finish First?," James Plath, ed., *Conversations with John Updike*, Jackson: University Press of Mississippi, 1994, p.14.

② John Updike, *A Month of Sundays*, Penguin: Penguin Group, 2007, pp.44 - 45.

而是对神的敬虔（godly）"①。读者从马斯菲尔德的叙述中看到他所信奉的巴特神学"是"与"否"的两面性。巴特认为"上帝即是上帝"，是人无法触及的彼岸，即我们不能将上帝与人依据自己思想臆造的范畴、形式、概念、需求等东西等同起来。而现实是，长久以来人类一直以上帝的名义去行使自己的欲望，将世俗法则规约下的道德观混淆为上帝的意志。

围绕在马斯菲尔德周围的三位女性，艾利西亚代表了肉体，简代表伦理，弗兰基代表了信仰，她们象征了克尔凯郭尔关于人的生存的三阶段伦理。弗兰基灵魂的清澈导致牧师阳痿，而简的良善也使得马斯菲尔德无所适从。简是一个好妻子，有道德感，但在马斯菲尔德眼中善不是全部，"道德如同下水管道，必须但肮脏，道德激情是琐碎思想中的妖怪，令我们感兴趣的不是善（good）而是对神的敬虔（godly）；不是生活美好而是永久活着"②。马斯菲尔德在此并未使用反讽，他是巴特主义者，对他而言没有信仰的善毫无用处。他需要做的是平衡三位女性最好的品质，从而使自己的灵魂相信应该接受神圣的肉体，只有这样才能达到和谐。白兰女士就是这种和谐的具化。

在厄普代克对霍桑清教世界的改写中，离婚取代通奸成为社会的羞耻。马斯菲尔德教区的信众将他在性上的异常视为一种尴尬而非罪恶。结婚后的几年，马斯菲尔德感受到了婚姻的危机，但他在婚姻面前退避、躲闪，除了自嘲无能为力。"嘲讽不是我的启示，它们是一个体面的人试图减轻不得体的束缚，缓和一个不光彩的，见不得光的困惑所作的可怜的努力。"③ 来自外界的嘲笑声使他保持清醒理智，自我的嘲讽则令他成熟。有评论指出："在对《红字》的指涉中，厄普代克让我们看到他的目的——拒绝肉体与灵魂的分离，拒绝传统中认

---

① John Updike, *A Month of Sundays*, Penguin: Penguin Group, 2007, pp. 192 – 193.

② Ibid., pp. 192 – 193.

③ Ibid., p. 64.

为信仰出自善的观念，这些在那部小说中被全面有力地表现出。《红字》反映了我们宗教的一部分以及有关过去的文献记载。在对上述的重新定义中，厄普代克试图修正我们的宗教和文献遗产"①。简·齐灵渥斯对没有信仰的善的坚持是她婚姻中的真正问题。

如同马斯菲尔德在一篇布道中所言，基督之路不是人类的道路。他用丧失信仰和堕落来描绘当代人，但他没有哀悼而是接受。在某种程度上，马斯菲尔德传递了厄普代克关于信仰与伦理、肉体与灵魂、巴特神学与自由神学的态度。在他作的一篇关于上帝的荒漠的布道中，马斯菲尔德总结生活是上帝手掌中的一片沙漠，他劝告信徒牢记上帝的祝福："我在昨天布道结论背后的空白区觉察到了额外苍白的一块，如同被擦拭过？将这块可疑的斑点对着光线，我没有看到铅笔划过的模糊线条吗？这些线条似乎是大写的 N，是一种缺乏想象力的学院派的字体——这个字是 Nice 吗？理想的读者，这可能是你吗？"②巴兰女士成为了马斯菲尔德的理想读者，是治愈他的良药，因为她融固定性与神秘性于一体。作为一位汽车旅店未露面的经理，她如同神秘的上帝隐迹却又显示出无处不在的控制。她让马斯菲尔德知道第一眼看似虚无的荒漠实则是上帝的掌心，信仰无处不在，即便是在无尽的沙漠中。"难道我们没看见在我们四周约书亚树笨拙地伸展它们的枝干在祈祷，听到烛台仙人掌如雷鸣般吟诵着卓越的赞美诗。"③荒漠的虚无只是错觉，因为上帝创造的一切都带着荣耀。白兰带给了马斯菲尔德超越性爱的东西，同时马斯菲尔德也最终说服白兰相信：生活是建立在模糊之上的，只有耶稣拥有真正的信仰，而人类最终必然满足于表达信仰。

霍桑在《红字》所表达的关于性、罪恶和救赎的困境也许仍旧困扰着当代的美国新教徒。但厄普代克从巴特主义出发，通过对正统神

---

① Suzanne Henning Uphaus, "The Unified Vision of *A Month of Sundays*," *University of Windsor Review*, 12 (Spring – Summer 1979), p. 15.

② John Updike, *A Month of Sundays*, Penguin: Penguin Group, 2007, p. 167.

③ Ibid., p. 165.

学中"人无法触及上帝"的神学观念的表达，坚持霍桑将肉体与灵魂的分离是对《圣经》经文的无效诠释。厄普代克笔下的人物同时拥抱信仰和性爱，却没有因此获得罪感，他在对信仰思考的基础上重新建立了肉体与灵魂的关系。

第三章

作者·读者：厄普代克与
纳博科夫的文学对话

富裕、健康、耀眼、物质上获得成功，他没有普鲁斯特、乔伊斯、卡夫卡和曼等现代主义作家脆弱内心的神经衰弱。

——《拾起的碎片》（*Picked – Up Pieces*）

在美国文坛，约翰·厄普代克常被认为是弗拉基米尔·纳博科夫（Vladimir V. Nabokov）的文学继承者，"华丽的句法、冷漠的情感混合着炙热的诗性回忆、将可视世界加工成艺术品的视觉模式"①，厄普代克的这些艺术特质常被认为是承袭了纳博科夫的文艺风格。事实上，撇开厄普代克与纳博科夫在艺术表现手法上的相似性，二者在文学观上存在着显著分歧。厄普代克对待纳博科夫的态度是矛盾的：他既由衷喜爱这位文学"大师"②的艺术风格，又无法遏制阅读之后的内心焦虑；虽为美国本土作家，厄普代克具有文学的国际性视野，他在将纳博科夫纳入美国文学传统的同时，也清楚意识到这位"外来者"之于美国本土文学有着巨大差异。

---

① Rand Richards Cooper, "To the Visible World: On Worshipping John Updike." *Commonweal* 8 May, 2009, p. 17.

② John Updike, "Grandmaster Nabokov", *Assorted Prose*, New York: Alfred A. Knopf, 1979, p. 318.

第一节　厄普代克故事中的纳博科夫幽灵

纳博科夫对于厄普代克而言不仅仅是作家与读者的关系，事实上，纳博科夫如幽灵一般出没于厄普代克的作品中。这点在 2009 年 1 月 27 日厄普代克去世后的很多悼文中被提及，例如，亚当·高普尼克（Adam Gopnik）和兰德·R. 库珀（Rand Richard Cooper）等人均在厄普代克的作品中捕捉到了纳博科夫的身影①，这其中也包括英国当代作家马丁·艾米斯（Martin Amis）。艾米斯能够关注到厄普代克与纳博科夫的关联并不奇怪，二人均是他非常喜爱的作家。在《拜访纳博科夫夫人及其他》（*Visiting Mrs. Nabokov and Other Excursions*，1993）中艾米斯就谈及了自己对厄普代克的敬佩，之后在随笔集《反对陈词滥调的战争》（*The War Against Cliché*，2001）中，收录了他于 1971 年至 2000 年所撰写的评论，其中有关厄普代克的文章占据了全书的很大部分，仅次于纳博科夫。2009 年 10 月，在艾米斯发文悼念厄普代克的数月之后，他又在一家报纸上撰文回忆他与厄普代克唯一一次在医院的碰面。二人的谈话涉及纳博科夫，当厄普代克听到纳博科夫喜爱自己撰写的评论时，他的反应是谨慎和谦逊的，"他友善地给我写了信，信具有极简主义风格，令我不得不怀疑纳博科夫只喜爱我写的那些褒奖他的评论"。亚当·高普尼克在《纽约客》上谈及厄普代克创作，尤其是早期短篇小说中表现出的纳博科夫影响。例如，厄普代克的短篇故事《音乐与女人》（"Museums and Women"），高普尼克称之为一篇充分表现厄普代克混合风格的成熟的短篇，"从第一个长句开始，纳博科夫就萦绕在整个故事的语言中"②；兰特·理查

---

① See Adam Gopnik, "Postscript: John Updike", 9 February 2009, *The New Yorker*, 3 November 2009. Rand Richards Cooper, "To the Visible World: On Worshipping John Updike," *Commonweal* 8 May 2009, pp. 16 – 20.

② Gopnik, Adam, "Postscript: John Updike", *The New Yorker*. 3 November 2009 〈http://www.newyorker.com/talk/2009/02/09/090209ta_talk_gopnik〉.

德·库珀（Rand Richards Cooper）在《通向看不见的世界》一文中也瞄准了纳博科夫对厄普代克的影响，他评论道："1966 年出版的故事集（*The Music School：Short Stories*）中好几个故事如《音乐学校》背离了讲故事的传统方式，华丽的句法、冷漠的情感混合着热烈的诗性回忆，对视觉图像的古怪关注，将看到的世界加工成了一件艺术品：这些是厄普代克直接从纳博科夫那儿继承来的声音，而纳博科夫又是部分地吸收了普鲁斯特的风格。"[①]

在 1966 年撰写的《我曾遇到的作家》（"Writers I Have Met"）一文中，厄普代克提到作家的实际存在如同一道来自星星的光束，是不断移动变化的。他提醒读者注意，一部作品中的作者形象如同一场表演，并且作者随身携带着表演中需要的道具——一种能令所有事物与他们的文体风格一致的力量。他认为和其他人一样，作家们的人格世界在某种程度上也是被创造的。在文章中，厄普代克注意到每个读者能够在文本中充分体验作家以文字提供的信息，而无须再去接触实际的人，他写道："我想，我希望能与纳博科夫、亨利·格林碰面，但又觉得这种渴望是一种迷信，是将我们良好的接触（我一个读者身份在写）形式化的一种仪式追求。""我一个读者身份在写"，意味着所有作家首先是一个读者。厄普代克的整个创作生涯都伴随着对纳博科夫的认真阅读，他在不同时期出版的评论集中始终都有收录与纳博科夫相关的评论。在 20 世纪 60 年代厄普代克的观念中纳博科夫是杰出作家的代表，他的第一篇评论《大师纳博科夫》（"Grandmaster Nabokov"）中，厄普代克称纳博科夫是目前美国最出色的以英文写作的作家，"纳博科夫按照创作应采取的唯一方式来写作：那就是心醉神迷"[②]。

厄普代克在众多评论中点明纳博科夫的创作特点是：冷淡、残

---

① Rand Richards, "To the Visible World：On Worshipping John Updike", *Commonweal* 8 May 2009, p.17.

② John Updike, "Grandmaster Nabokov", *Assorted Prose*, New York：Alfred A. Knopf, 1979, p.319.

酷、嬉闹、游戏和高度的艺术性。事实上，我们在厄普代克语言中同样能够感受到这些特点。厄普代克不仅在语言风格上继承了纳博科夫，他的长篇小说和短篇故事中大量使用互文手法隐射纳博科夫，甚至将纳博科夫作为文学符号嵌入到故事的建构之中，体现了互文的对话性特点。

　　厄普代克长篇小说"贝克四部曲"的第一部《贝克：一本书》借用了纳博科夫于 1962 年出版的《微暗的火》的结构模式。《微暗的火》结构十分奇特，全书由"前言"、"诗篇"、"评注"和"索引"四部分组成，有 18 世纪英国古典主义诗人蒲柏《群愚史记》的影子。厄普代克的《贝克》则由"前言"、"正文"以及两部分"附录"（附录 A 是贝克的日记、信件和便条组成，附录 B 是参考文献，由贝克创作列表、未收录的文章和短篇故事、相关文学评论构成）构成。此外，厄普代克突破了传统文学的封闭模式，使纳博科夫成为文学元素进入自己的文本空间，在文本世界中展开与纳博科夫的对话。亨利·贝克是"贝克三部曲"中的犹太主人公，1971 年，在第一部《贝克：一本书》出版后，厄普代克在《纽约时报书评》上虚构了贝克与自己的第一场访谈，[①]厄普代克让自己与小说人物共处于同一空间，以此模糊虚构世界与真实世界的界限。在访谈中，厄普代克模仿纳博科夫的语言风格回答了贝克的提问，厄普代克使用了顽皮、嬉戏但又冷漠、华丽的纳博科夫式的语言风格，这是他的刻意模仿，他在访谈中承认"这样的表达令我听起来更像纳博科夫式的"[②]。

　　这不是厄普代克虚构人物贝克与真实人物纳博科夫的第一次碰面，《贝克：一本书》的故事从始至终都萦绕着纳博科夫的气息。例如，写于 1969 年的《里奇在俄罗斯》后被收集在《贝克：一本书》中，在贝克访问苏联期间，被问到美国仍健在的作家中谁是最好的，

---

①　厄普代克共虚构了三次贝克与自己的访谈。

②　James Plath, ed., *Conversations with John Updike*, Jackson：University Press of Mississippi, 1994, p.56.

贝克恶作剧般地选择了纳博科夫这位在苏联被禁的白俄罗斯流亡作家作为美国文学的典范，呼应了厄普代克对纳博科夫的评价；再如，《贝克：一本书》中作为正文参考文献中有一条是：

> 理查德·吉尔曼，"贝克、加斯和纳博科夫：超越普鲁斯特的版图"，《威斯康星当代文学研究》1964年第2卷，第1267—1279页。①

厄普代克将自己、贝克、读者与纳博科夫以互文的形式联结在一起，在互文中虚构与真实的界限被模糊。厄普代克在虚构世界中授予了亨利·贝克诺贝尔文学奖，我们知道作家本人生前数次被提名，但最终都与奖项失之交臂。厄普代克借虚构情节表达对诺贝尔文学奖的评价：

> 这些专业人员在一个能力水平上的操作令贝克的头脑伸展，如同一个人试图扯掉鞋子上的口香糖。特里·格罗斯以她具有欺骗性的少女般柔弱结巴的声音向他残忍地提出："你如何解释它呢？这很像是一种奇迹，我的意思是当亨利·詹姆斯、西奥多·德莱斯、罗伯特·弗罗斯特和弗拉基米尔·纳博科夫都没能获奖时……"
>
> "我读不了瑞典式的思维"以歉意的方式表达是贝克唯一能做的，"我甚至没有瑞典式的头脑。"②

在这一段文字中，我们不难捕捉到厄普代克对诺贝尔文学奖评选标准的不满情绪，他以调侃的笔调纾解自己与该奖项始终无缘的郁闷之情。

---

① John Updike, *The Complete Henry Bech*, New York: Alfred A. Knopf, 2001, p.152.
② Ibid., p.468.

西林（V. Sirin）是纳博科夫俄语创作时所使用的笔名，厄普代克早在 1964 年创作奥林格故事的时候就塑造了一位名叫西林的人物，1978 年，西林再次出现在厄普代克的长篇小说《政变》（The Coup）中，身份是一位苏联军官，类似于纳博科夫在《庶出的标志》（Bend Sinister）、《斩首之邀》（An Invitation to a Beheading）以及其他作品中反复出现的独裁者形象。厄普代克通过同名现象和类型人物的巧妙运用，试图唤起读者关于纳博科夫的联想，西林成为厄普代克设置的联结自己与纳博科夫的符号。《政变》是厄普代克的第一部将故事背景设置在美国域外的小说，很多评论也的确注意到了二者的关联，《金融邮报》评论："故事自一个讲法语的独裁者口中说出，听起来就像纳博科夫对百忧解的描述。"但是厄普代克笔下的西林又不等同于纳博科夫，他在与纳博科夫对话的同时，又在刻意地拉开与后者的距离。厄普代克塑造的贝克和西林分别代表了纳博科夫身上的两种文化和身份，贝克隐射了移居美国后的纳博科夫，小说中，这位犹太作家处于俄罗斯、瑞典、捷克斯洛伐克等文化背景之中，他是位外来者，能够勾起读者对居住异域的纳博科夫的联想；而厄普代克笔下的西林则是流亡的符号，这一符号更多地承载了俄罗斯与苏联的文化。

如果说作家厄普代克在虚构的文本世界中以欣赏和接受的姿态与自己心目中的"文学大师"展开对话，那么作为读者的厄普代克，在对纳博科夫的阅读中则更多了一层审慎批判目光，他既以开放的姿态将纳博科夫归入美国文学传统，同时又站在美国文人的立场对作家作品中道德伦理轻视强烈地表现出了自己的忧虑。

第二节　美国作家与美国文学传统

俄国流亡女作家尼娜·别尔别洛娃（Нина Берберова）在她的自传《着重号是我加的》（Курсив мой）中称纳博科夫超越了俄罗斯移民文学的二元传统，他属于"整个西方世界（或整个世界），而不仅仅是俄罗斯"①。关于纳博科夫的文学归类和身份归属问题一直是世界文坛的困扰，美国主流媒体如《纽约客》（*New Yorker*）、《时代周刊》（*Time*）、《新共和》（*The New Republic*）等都认为纳博科夫是继福克纳、海明威之后美国最伟大的小说家；而且众多访谈显示，纳博科夫本人从不讳言自己是位美国作家，即便是移居瑞士之后，他也不时表达对美国的眷念之情。1964 年，《花花公子》访谈中，纳博科夫直言"我是一位美国作家，出生在俄国，在英国受教育"②；1967 年接受《威斯康星研究》访谈时，再次谈到身份归属问题，"我认为自己现在是一个美国作家，而曾经是一个俄国作家"③。但是这些没能抑制住不同的声音，俄罗斯当代文学评论家阿列克谢·兹维列夫（Aleksei Zverev）认为纳博科夫抗拒"美国作家"身份④。仔细推敲不难发现，无论是作家本人还是美国媒体在界定身份时均以国籍作为划分依据。1969 年，《纽约时报》在访谈中问及"如何成为美国作家"时，纳博科夫从"美国公民"、"作品首先在美国出版"、"精神和情感上有归属感"⑤ 三个层面回答了他对"美国作家"的理解。在回答这一问题时纳博科夫狡猾地规避了作家身份的立足点——作品，即自己的艺术创造是否属于美国。这让人联想到他的一个重要观念，"一个有价值的作家的国籍是次要的……作家的艺术是他真正的护照"⑥。兹维列夫质疑纳博科夫是否真正将自己归为美国作家之列的重要理由也在于此。我们不得不怀疑，公开承认自己的"美国作家"身份之于纳博科

---

① See Aleksei Zverev, "Nabokov, Updike, and American Literature." *The Garland Companion to Vladimir Nabokov*, New York & London：Garland Publishing, Inc. 1995, p.537.

② 弗拉基米尔·纳博科夫：《独抒己见》，唐建清译，浙江文艺出版社 2012 年版，第 27 页。

③ 同上书，第 64 页。

④ Aleksei Zverev, "Nabokov, Updike, and American Literature," *The Garland Companion to Vladimir Nabokov*, New York & London：Garland Publishing, Inc. 1995, pp. 536 – 548.

⑤ 弗拉基米尔·纳博科夫：《独抒己见》，唐建清译，浙江文艺出版社 2012 年版，第 136 页。

⑥ 同上书，第 64 页。

夫是否是在为自己涂上一层鳞翅目的保护色。

厄普代克绕开了纳博科夫在身份归类问题上所设的圈套，直击问题的本质——文学元素。在厄普代克眼中，纳博科夫的小说是"独特的"，混合了多种文化，但又无法归类。尽管如此，厄普代克仍坚定地将纳博科夫的艺术归为美国文学传统，"（纳博科夫创作）在美国文学中没有先例。无法将麦尔维尔和詹姆斯与之比较。但是我们的文学……奇特到足以包容这个傲慢的移民，作为流亡者的纳博科夫在美国文学的传统中是正当存在的"①。厄普代克毫不犹豫地将纳博科夫归为美国作家，不是因为作家的国籍，也不是因为他在纳博科夫身上找到了与美国本土文学的共性，而是出于他对美国文学所具有的广泛包容性和多元特质的理解。纳博科夫的作品中找不到美国本土文学的创作元素，但是也无法将他与同时代的任何一位作家作类比，纳博科夫是独一无二的，而美国文学是开放和包容的，并对这位"外来者"做出欢迎的姿态。从这一层面厄普代克认为纳博科夫填补了美国本土文学的多处空白，他的作品是美国文学传统的延展。

纳博科夫的文学创作清晰分为两部分，即署名"西林"的俄语创作部分和署名"纳博科夫"的英语创作部分。俄语创作在"回溯过去"，而第二次世界大战后流亡者文化氛围的消逝最终令纳博科夫放弃了俄语写作；"指向未来"的英语创作，在厄普代克看来"是他创作中最好的部分"②，纳博科夫的俄语创作视野相对狭窄，充斥着脆弱和死亡意象，移民美国后纳博科夫的创作视野拓宽了。以厄普代克为代表的美国主流评论认为，《洛丽塔》是纳博科夫文学皇冠上最璀璨的宝石，在此之前的文学创作都是在为这部伟大作品的诞生作铺垫，而之后的作品则是《洛丽塔》艺术风格的延续和

---

① John Updike, "Grandmaster Nabokov," *Assorted Prose*, New York：Alfred A. Knopf, 1979, p. 319.

② John Updike, "Mnemosyne Chastened", *Picked – Up Pieces*, New York：Random House Trade Paperbacks, 2012, p. 179.

完善。纳博科夫"重新发现了我们的残暴，他那神奇的散光型营造立体画面感的幻灯投射出的不仅是美国风景……更是这个暴力社会中干渴的心灵，他们绝望地透支情爱"①。美国文化的开放包容特质令美国文学对纳博科夫呈现为即时性接纳。《洛丽塔》开创了美国文学中表现"巨大空虚"（grand emptiness）的主题，继它之后"巨大空虚"成为美国文学中持久不衰的表现主题，并且一度是美国20世纪60年代文学创作的主旋律。美国当代实验派先锋作家约翰·霍克斯（John Hawkes）、约翰·巴思（John Barth）、爱德华·阿尔比（Edward Albee）等人均在不同程度上受到《洛丽塔》的影响。"心灵干渴的人绝望地透支爱情"反复出现于爱德华·阿尔比的戏剧中；约翰·霍克斯60年代早期创作的《酸橙树枝》（The Lime Twig，1961）以及《第二层皮》（Second Skin，1964）包含了无可争辩的纳博科夫元素；厄普代克创作于60年代的短篇故事集《同一扇门》（The Same Door）、《鸽子羽毛》（Pigeon Feathers）以及小说《兔子，跑吧!》（Rabbit，Run，1961）吸收了纳博科夫"立体幻灯"的创作技法。此外，厄普代克从《贫民院集市》（The Poorhouse Fair，1959）开始所延续的艺术风格：对细节的精准描写，艺术性再现郊区中产阶级生活场景，以及"公然表现中产阶级玩世不恭"②的创作倾向，这些无不凸显纳博科夫的艺术旨趣。

　　无论作家如何回避，纳博科夫对于美国文学的影响是清晰可辨的，而厄普代克选择最大限度忽略作家的主观意愿，客观地从文学和文化视角切入纳博科夫与美国文学的关系：对于一位在美国居住了20年的作家而言，他能否完全置身美国风俗、人情和价值观之外；他的英语创作为他带来世界性声誉的同时，是否影响了美国文学的发展风貌；美国文学的后继者们是否有意识地吸收纳博科夫的文学元素。答

①　John Updike，"Mnemosyne Chastened"，*Picked - Up Pieces*，New York：Random House Trade Paperbacks，2012，p. 179.

②　John Updike，"Grandmaster Nabokov"，*Assorted Prose*，New York：Alfred A. Knopf，1979，p. 321.

案是显见的。厄普代克不仅在言论上将纳博科夫归为美国文学传统之列，并在创作中积极地延续纳博科夫的风格。或许在阿列克谢·兹维列夫之前，厄普代克就已经敏锐捕捉到纳博科夫对将自己作品划归为美国文学的内在抗拒，因而在纳博科夫移居到瑞士后，他叹息了一声："唉，纳博科夫终究还是不愿做一位美国作家。"①

第三节　　"艺术即游戏"与"艺术表现现实"

"纳博科夫按照创作应采取的唯一方式来写作：那就是心醉神迷。"② 在美国，很多读者通过厄普代克撰写的书评，学会去欣赏纳博科夫。厄普代克在不同阶段结集出版的评论集显示，对纳博科夫的认真研读贯穿了他的整个文学评论生涯。在阅读中，厄普代克发现了纳博科夫对"非功利性愉悦"的追求，对此深感不安，并且随着时间的推移厄普代克越来越无法容忍纳博科夫创作中对道德伦理的故意轻视。

"风格和结构是一部书的精华，伟大的思想不过是空洞的废话。"③ 纳博科夫的艺术观明显与美国文学的传统背道而驰。F. R. 利维斯在《伟大的传统》中指出，英国小说的伟大之处在于对道德关系和人性意识有着严肃的兴味关怀。美国文学与英国文学有着千丝万缕的联系，直至 20 世纪初期，还有很多美国学者认为美国文学是英国文学的一个分支，因而在美国文学中，小说创作的唯美主义是鲜见的，霍桑、麦尔维尔、福克纳、海明威、梅勒等美国本土作家无一例外地遵守着小说的道德教化，探讨生活、道德、宗教、政治问题始终是"文

---

① John Updike, "Mnemosyne Chastened", *Picked - Up Pieces*, New York：Random House Trade Paperbacks, 2012, p.179.

② John Updike, "Grandmaster Nabokov," *Assorted Prose*, New York：Alfred A. Knopf, 1979, p.319.

③ 弗拉基米尔·纳博科夫：《文学讲稿》，申慧辉等译，上海三联书店 2005 年版，"前言"第 22 页。

学具体关心的事情"①。第二次世界大战后，整个美国社会"渴望通过把道德力量应用于文化来克服绝望和暴行"②，因而恢复文学中的人道主义，"伦理道德的沉思"③ 成为美国小说中的一种风气。但是，作为"外来者"的纳博科夫对文学的偏好明显背离了美国文学传统，他热衷于小说的文字游戏和迷宫结构，厌恶"表现普遍观念"④ 的说教，他甚至直言不讳"没有比政治小说和具有社会意图的文学更让我讨厌的了"⑤。因而，在努力打造"美国文人"形象的厄普代克看来，纳博科夫对文学形式的过分强调以及伴随而至的对伦理道德的轻视就成了其作品中无法容忍的瑕疵。

早在评论《防守》时，厄普代克即指出小说所表达的"抽象观念"，"美则美矣，但分量不及人文小说"⑥。在几年后的《爱达》(Ada) 评论中，厄普代克再次指出纳博科夫的小说缺少人文关怀，并将之归咎为作家"艺术即游戏"的文艺观。厄普代克站在美国本土文学传统的立场，流露出对将小说推向极致艺术形式的焦虑；"艺术是游戏？纳博科夫将自己的创作押在这个观点上……我不这么认为，艺术部分是游戏，部分是与事情真相的无情纠缠"⑦。言下之意，小说不仅是语言和结构的游戏，更是真实的表现。什么是真实？厄普代克与纳博科夫之间存在着较大分歧。纳博科夫认为艺术的创造蕴含着比生

---

① 萨克文·伯科维奇主编：《剑桥美国文学史》第七卷，孙宏译，中央编译出版社2009年版，第274页。

② 埃默里·埃利奥特：《哥伦比亚美国文学史》，朱通伯等译，四川辞书出版社1994年版，第953页。

③ 同上。

④ 弗拉基米尔·纳博科夫：《独抒己见》，唐建清译，浙江文艺出版社2012年版，第127页。

⑤ 同上。

⑥ John Updike, "Grandmaster Nabokov," *Assorted Prose*, New York：Alfred A. Knopf, 1979, p.326.

⑦ John Updike, "Van Loves Ada, Ada Loves Van," *Picked - Up Pieces*, New York：Random House Trade Paperbacks, 2012, p.192.

活现实更多的真实；小说世界是个独立的自足体，作家如果能在
"自成一体的天地"中呈现与"那个天地格局相吻合"的人物或事
件，即可令读者体验到"艺术真实的快感"①。厄普代克称"小说是
模仿"②，"精确"、"逼真"是厄普代克真实观的标签。但是厄普代
克坚持的"真实"是融合了主观观念的艺术真实，不同于左拉的自
然主义或是梅勒的新新闻主义照相式实录生活，即他不否定想象的
愉悦，不排斥对客观世界作印象派描绘，但是一切必须依附于现实。
如果说纳博科夫的真实隔绝在自成一体的艺术天地中，厄普代克对
艺术的定义则再次强调了他对"模仿"的重视，要求在艺术世界与
现实世界之间取得联结，"艺术部分是游戏，部分与真相残忍地纠
缠在一起；这些盒子必须有孔，通过这些孔，（小说）现实可以逸
出，而读者也能够窥视进去"③。在贝克的故事中，厄普代克创造了
一个与现实相通的艺术真实世界，贝克被安排参加各类读书会、书
籍签售、访谈等，以此展示现实中的作家生活。可见在厄普代克的
艺术观中，艺术真实是基于现实真实的基础上，作品一旦割断自己
与真实现实的关联，即失去了文学存在的基础和意义，沦为纯粹的
作家臆想。在厄普代克看来，纳博科夫执着于表现自己的主观概念，
并使它们成为小说的重要主题，这令现实真实在作品中变得轮廓模
糊、难以辨识。三年后评论《透明》（*Transparent Things*）时，厄普
代克更加尖锐地指出纳博科夫的艺术审美驱使他在小说中"故意轻
视人文内涵"，撇开俄罗斯传统文学中托尔斯泰、陀思妥耶夫斯基
等作家对灵魂的探索，即便是欧洲现代主义作家中，纳博科夫钟爱
的"乔伊斯也爱用双关，普鲁斯特有类似于亨伯特·亨伯特的情感

---

① 弗拉基米尔·纳博科夫：《文学讲稿》，申慧辉等译，上海三联书店 2005 年版，
第 7 页。

② Donald J. Greiner, *The Other John Updike*, Athens：Ohio University Press, 1981,
p. 235.

③ John Updike, "Van Loves Ada, Ada Loves Van", *Picked - Up Pieces*, New York：
Random House Trade Paperbacks, 2012, p. 196.

表现"，但是他们旨在表现"历史的共性"①，而不是毫无目的地玩
文字游戏。

　　厄普代克对纳博科夫的评价是基于美国公认的审美价值体系，以
及他自己对小说艺术的理解。纳博科夫的审美理想是对小说艺术形式
和风格的极致追求，美国本土文学中"唯美主义"传统的缺失是纳博
科夫在美国遭诟病的重要原因之一。无独有偶，纳博科夫逝世之后，
厄普代克面临了类似的指责，他的小说被很多批评指责为道德核心的
空洞，认为作家过于注重形式的完美而忽略关于"重大问题"的探
讨，有"道德怠惰"之嫌，厄普代克为此通过多种渠道对自己的创作
进行了申辩。

　　综上所述，厄普代克与纳博科夫之间的文学联结很难用继承来概
括。纵观约翰·厄普代克对纳博科夫持续十数年的关注以及他本人的
文学创作，在某种程度上，厄普代克确可视为纳博科夫的继承者，纳
博科夫与多种文化有着密切关联，他启发了作家身份的厄普代克。但
是，厄普代克是否认同自己的继承者身份是不确定的，至少作家从未
明确肯定过。兹维列夫断言纳博科夫在美国没有文学继承者，没能形
成类似于霍桑风格的一脉相承的文学流派，这有一定的道理，美国本
土作家包括与他风格最为接近的厄普代克在内，从未完全接受纳博科
夫的文学创造。对于"本土的"厄普代克而言，纳博科夫清晰地表明
了他之于美国文化和文学始终是位"外来者"。

---

① John Updike, "The Translucing of Hugh Person", *Picked - Up Pieces*, New York:
Random House Trade Paperbacks, 2012, p.202.

下篇

走出现实主义：厄普代克
重构文学经典

第一章

厄普代克与经典重述

我认为 20 世纪小说家的职责不仅仅在于重新讲述古老的故事。

——《厄普代克谈话录》（*Conversations with John Updike*）

厄普代克的作品通常被认为是呈现 20 世纪后半叶美国社会生活的斑斓画卷。《哥伦比亚美国文学史》和《哥伦比亚美国小说史》都将厄普代克归为战后最具代表性的新现实主义小说家之列，与杰罗姆·大卫·塞林格、约翰·契弗、菲利普·罗斯等作家齐名。在创作中，厄普代克倾向于选择以中产阶级作为表现对象，从反映"美国历史"、"大众文化"、"社会风俗"和"宗教伦理"等角度展现美国社会发展和历史变迁。正如斯黛西·奥尔斯特（Stacey Olster）在其主编的《剑桥文学指南：约翰·厄普代克》序言中所指出的："从广义上讲，厄普代克作品的主题一直是美国。……事实上，厄普代克跨越 20 世纪整个后半叶的创作为探究战后的美国变化提供了历史性路标。"[1] 跨越近半个世纪的"兔子"系列作品即是很好的证明，"兔子"四部曲描述了 20 世纪 50 年代到 80 年代末 90 年代初的美国社会和文化的变迁，紧扣时代脉络。小说主人公"兔子"哈里因此而成为"一个典

---

① Stacey Olster, ed., *The Cambridge Companion to John Updike*, New York：Cambridge University Press, 2006, p. I .

型的美国人"①。

"兔子"四部曲的成功在给厄普代克带来巨大声誉的同时，在某种程度上也为厄普代克的创作风格贴上了强烈的现实主义"标签"。诚然，厄普代克的基本创作风格表现为现实主义风格，但坚持现实主义创作并不意味厄普代克是一个故步自封、墨守成规的作家，事实上，无论是在小说的创作题材方面还是在创作技巧方面，厄普代克都表现出乐于开拓的一面。他一生都在不断地尝试新的题材、新的写作技巧和新的表现手法，这些尝试为读者呈现出一个丰满、多面的厄普代克。它们不仅丰富了厄普代克作品的整体形象，而且拓展了作品的研究和阐释空间。

厄普代克创作中的一项重要尝试便是对经典作品和神话的改写，这一尝试几乎贯穿了他的整个创作生涯。对经典作品的重构不仅说明厄普代克与美国文学，乃至世界文学传统间的千丝万缕的联系，这类改写作品的创作风格更表明他对艺术追求不拘一格，呈现出传统现实主义之外的多元化的创作特征。

第一节　神话的降格：当代经典重述

谈论经典重构这一话题必然涉及对重构对象——"经典"一词的定义。何谓经典？在当下社会里，我们面临着过度消费"经典"的困境，这一词汇出现的频率之高已达到泛滥的程度，它频繁出现在我们的视野中，被运用到各个领域。在被过度使用的过程中，"经典"一词也逐渐失去了它原有的历史厚度和深度，以及这一词汇最初被赋予的崇高感和权威性。从希腊语词源上来看，经典原是指一根笔直的竿子，由此逐渐引申为衡量事物的度量工具，再后来衍生出标准性的、权威性的书籍、文本这一含义。在文学领域，经典文本自有其标准，而作品的经典化也是一个漫长而复杂的过程，它既可能是某种审美标

---

① Paul Gray, "Perennial Promises Kept," *Time*, Oct. 18, 1982, p. 81.

准选择的结果，也可能是某种意识形态推动的产物。哈罗德·布鲁姆在其 1994 年出版的《西方正典》中曾提出：

> 西方经典的内涵还具有高度的复杂性和矛盾性，而绝不是一种统一体或稳定的结构。没有一个权威可以告诉我们西方经典是什么，当然，这不是指自 1800 年到现在这个时期。它不会也不可能正好和我及其他人所开列的书单一样。即便是一样，这样的书单也只是一个崇拜物，另一件商品。①

虽然布鲁姆看到了经典形成的本质，经典没有统一的标准，但是他在西方经典面临"反经典"危机时仍然提出要以审美标准来确定文学经典，"美学尊严是经典作品的一个清晰标志"②。简而言之，文学经典是由各国历代文学遗产中最优秀的部分所组成，经典作品具有普遍的崇高性、代表性和权威性。而作为整体的文学经典体系本质上是一个动态的接受系统，随时会有新的作家和作品进入体系，并且由于各个历史阶段文学趣味和审美接受标准的差异，原处于体系中的作家和作品也面临着重估和调整。

正是由于经典作品的权威性和代表性，它们成为后世作家被衡量、被评价的标准，同时也是作家们试图超越的对象。与经典文本产生互文关系是后世作家常用的创作方法。事实上，从文学诞生之日开始，文学形式历经了从口头传诵到文字记载的转变，故事重述一直是文学创作中经久不衰的方法。公元 1 世纪，古罗马作家彼特隆纽斯（又译作佩特罗尼乌斯）戏拟荷马史诗《奥德赛》，写成《萨蒂里孔》，开启了重述文学经典之先河。《萨蒂里孔》已具有了当代文学创作中的"反英雄"特点，它把英雄奥德赛重塑为一个四处流浪的流氓

---

① 哈罗德·布鲁姆：《西方正典：伟大作家和不朽作品》，江宁康译，译林出版社 2005 年版，第 27 页。

② 同上书，第 26 页。

无赖和同性恋者。重述经典之风在西方日益盛行，改写似乎变成了一种普遍和自觉，但丁的《神曲》、弥尔顿的《失乐园》、乔伊斯的《尤利西斯》均成为经典改写的典范之作，其本身又成为另一种经典。20 世纪 60 年代以来各类改写层出不穷，英国先有女作家简·里斯的《茫茫藻海》（1966）重述《简·爱》，以其前篇的形式补述了伯莎·梅森的故事，给了《简·爱》中可怕、阴森的疯女人开口的机会，讲述自己被逼疯的经历。简·里斯的改写具有强烈的反父权制和后殖民批判意识，罗切斯特在作家的文字中褪去了骑士光环，成为大英帝国海外殖民掠夺的代言人和父权制的执行者。唐纳德·迈克尔·托马斯的《夏洛特——简·爱的最后旅程》（2000）则是《简·爱》的后续，为原著童话般的结局抹上现实的色彩。此外，克雷厄姆·斯威福特改写狄更斯的《远大前程》为《沃特兰》（1983）；爱玛·坦南特改写哈代的《德伯家的苔丝》为《苔丝》（1993）；在美国，约翰·巴思的《羊孩贾尔斯》（1966）是对《圣经》和古希腊神话的改写，《客迈拉》（1972）中有《一千零一夜》和古希腊神话元素；巴塞尔姆的《白雪公主》（1967）则是对格林同名童话的改写；库弗的《对位旋律与分枝旋律》（1969）也是对《圣经》的改写，他的《威尼斯的皮诺乔》（1991）是改写《木偶奇遇记》，《布莱厄·罗兹》（1996）则是对"睡美人"故事的改写；汤亭亭的《女勇士》（1976）对中国古典故事《木兰诗》的改写，《孙行者：他的伪书》（1988）是改写中国神话《西游记》等等，各国对经典神话的改写行为不胜枚举。经典重述伴随着人类的文学创作，这一文学行为不仅是个体的文学自觉，随着图书出版业的发展，它也成为一种营销策略。2005 年英国坎农格特出版公司（Canongate Books）在全球发起的"重述神话"项目，将经典重构延续为跨世纪的文学创作热点。这是一场世界范围内大规模、有组织的重构行为，英、美、中、法、德、日、韩等 30 多个国家和地区的知名出版社参与了该项目，该项目的策划重点是"重述"，要求作家们结合自己的创作风格对神话加以重构。日本的大江健三郎，加拿大的玛格丽特·阿特伍德，英国的简妮特·

温特森和凯伦·阿姆斯特朗，美国的托妮·莫里森，意大利的翁贝托·艾柯，中国的苏童、叶兆言等人均加入此项创作规划中。

可以看到，在进入 20 世纪之后，对经典作品进行重述已逐渐成为英美文坛一个带有某种普遍性的文学现象，这种现象的产生与 20 世纪的文学和文化氛围不无关联。首先在 20 世纪的最初三四十年里整个欧美文学经历了由现实主义向现代主义的转变，现代主义作家偏爱借用神话框架结构文本，将现代生活的琐碎、混乱、无序置于庄严、雄伟的神话语境中，以远古神话的崇高、雄健、英勇反衬现代人的卑微、懦弱、庸俗。神话的移植不仅在昔日西方世界和当下世界间形成强烈对照，更增强了作品的历史厚度。乔伊斯的《尤利西斯》、艾略特的《荒原》、福克纳的《喧哗与骚动》等均采用了神话元素和神话结构。1923 年艾略特评价《尤利西斯》时说："乔伊斯先生借用神话，在古代和当代之间连续使用可相比拟的人和事，以此来寻求一种方式。在他之后，其他人不得不追随……现在我们可以运用神话方式替代叙事方式。"① 现代主义作家借用神话叙事增加作品的深度和历史厚重感，增强产生于伟大与卑微间的阅读冲击力。神话叙事不仅使古老的神话具有了新的活力，而且赋予现代主义作品启示意义。

其次，20 世纪 60 年代以来西方文学逐渐进入了后现代主义语境，与现代主义追求神话中的崇高和庄严不同，后现代语境下对神话和经典的再创造倾向于一种文本解构。随着 60 年代大众文化的兴起，文学原则和欧美文化环境的改变，去中心化、解构权威、消除历史厚度一度成为西方的流行思潮，在后现代主义思潮的影响下，女性主义批评、后殖民主义理论和身份研究、新历史主义批评、后结构主义、解构主义、心理分析及符号学等理论在学术上有力地冲击着曾经居于中心地位的一切事物，"经典"这一概念不再是坚不可摧的壁垒。消解存在于"文学经典"光环下的逻各斯中心主义，释放在经典文本中被

---

① Frank Kermode, ed., *Selected Prose of T. S. Eliot*, New York: Harcourt Brace Jovanovich, 1975, pp. 177 – 178.

压制、被边缘化的声音，成为后现代主义语境中文本重构的一个重要目标。例如，简·斯迈利（Jane Smiley）的《一千英亩》（*A Thousand Acres*）是对莎士比亚戏剧《李尔王》的改写，作家的创作动机是要从另一个角度创作一个现代版的《李尔王》。莎士比亚在《李尔王》中将口蜜腹剑的大女儿高纳里尔和二女儿里根的不孝行为归咎于她们的邪恶本质，而斯迈利却从一个新的批判的角度进入旧的文本，采用了大女儿吉妮的视角，讲述一个"被玷污环境中遭受损伤的女人"① 的故事，为不孝女儿们的行为寻找动机和缘由。厄普代克的《葛特露与克劳狄斯》无论在创作目的还是创作手法上与《一千英亩》异曲同工。《葛特露与克劳狄斯》是莎士比亚名剧《哈姆莱特》的前传，在莎翁的原剧中，哈姆莱特以其话语主导着读者对事件和剧中人物的评判，王后在哈姆莱特的言说中是一位变节、不忠、脆弱的女性形象。厄普代克在《葛特露与克劳狄斯》中给予了王后葛特露为改嫁克劳狄斯自我辩护的机会，将她由原剧中的被言说者改写成自己故事中的叙述主体，讲述自己如何成为权力争夺的工具，沦为父权制的牺牲品。因而，与现代主义文学中的重构行为不同，后现代主义的经典重构更多的是一种颠覆性的重构，通过重新讲述故事表现被遗忘、被压制的某些声音、观点和被欺骗的经历。同时揭示事物的不确定性、非逻辑性和肤浅性，例如，玛格丽特·阿特伍德在《珀涅罗珀记》中将《荷马史诗》中忠贞、机智、善良的皇后塑造成善妒的伪装者。在对经典文本祛魅之后，笼罩于它们四周的光环也随之褪去，读者不再把经典看作"神圣不可侵犯"，可以更加理性且带有距离地去重新认识作品。

文学史赋予了经典作品卓越与权威的地位，那么对于那些以经典作品为创作蓝本的重构文本，它们的文学价值体现在何处？

重述经典最大的文学价值体现在赋予经典文本新的生命力。审美

---

① Lin Nelson, "The Place of Women in Polluted Places", *Reweaving the World: the Emergence of Ecofeminism*, eds. Irene Diamond &Gloria Orenstein, San Francisco: Sierra Club, 1990, p.176.

主体在重复阅读中产生的审美疲劳是经典作品面临的问题之一，"一个不一样的孟姜女或花木兰或潘金莲，自然会引起读者和观众极大的兴趣"①。经典重构文本打破了读者业已存在的期待视野，产生一种出乎意料的惊奇感。由经典改写而成的文学作品首先唤起读者对他们所熟悉的蓝本的体裁、语言、情节、人物等相关内容的记忆，继而用改写、戏仿等方式制造陌生化效果，颠覆读者已有的前在思维和接受习惯，读者在新旧两种阅读图式的碰撞间产生审美张力，感受因陌生化而带来的阅读愉悦和挑战。此外，重构文本同样具有不容忽视的独创性。"一切强有力的文学原创性都具有经典性"②，这是哈罗德·布鲁姆在谈及《失乐园》时的一句总结性评价。《失乐园》是弥尔顿根据圣经《创世纪》改写而成的，数百年来，它一直牢牢占据着文学经典的一席之地，布鲁姆更是认为"西方经典中只有很少几部作品比《失乐园》更重要"③。只要与原文本相比，重写文本在主题表现、人物塑造、情节设置、语言运用、叙事方式等方面有新的生发，在当时或后世能够产生一定的社会价值和审美价值，我们理应承认重写文本的独特性和创造性，不能回避其超越经典的可能性，也许它们就是下一个《失乐园》或《浮士德》。在原文本和重写文本相互参照和生发的动态过程中，考察重写文本的新变并进而发现某种一般的文学现象和规律，也是文学重构的价值体现。

经典作品的再创造不仅是当下的写作潮流，也体现出跨文化视野中的对经典的关注视角。文学经典在被不断阅读、不断汲取灵感、不断重新改写的过程中，焕发出它恒久的生命力，重述经典成为普及、拓展经典的一种方式。而新的创作也在与经典的生发关系中获得重视，成为新时代的精神财富。当代快餐式的文化摄取方式正在让我们越来越远离传统，遗忘历史，而文学的改写行为则为我们在所存在的

---

① 张中载：《经典的重述》，《中国外语》2008 年第 1 期。

② 哈罗德·布鲁姆：《西方正典：伟大作家和不朽作品》，江宁康译，译林出版社 2005 年版，第 18 页。

③ 同上书，第 19 页。

当下与已逝的传统之间架起了一座精神桥梁。

第二节　影响的焦虑

当重构之风吹遍英美文坛时，作为 20 世纪美国文坛中坚力量之一的厄普代克也加入了经典的再创作行列。厄普代克对文学经典的再创造不是一种偶然行为，他谈起自己的创作时曾说："在创作新作之前，我的脑海中总浮现出他人的作品。我认为作家们会相互之间提供创作的灵感。而我作品的源头常常会让你感到惊讶。"[①] 厄普代克坦诚地告诉我们，文学创作不是孤立的行为，作家间的彼此影响不可避免。纵观他半个多世纪的文学创作，可以发现，他的绝大多数作品中都或多或少地隐藏着某个神话或经典文本的身影，它们在厄普代克的创作中扮演着重要的角色，可以说与过往经典作品的自觉对话成为厄普代克创作的一个显著特征。

1967 年约翰·巴思（John Barth）写下了《枯竭的文学》（The Literature of Exhaustion），认为在上帝已死和作者已死的"终极"时代里，传统文学模式中的表征模式已走到了山穷水尽的地步，他提出将往昔的文学作为重新叙述的对象，"让文学反观文学自身"便成为枯竭的文学为自己开辟的新领域[②]。巴思认为理想的后现代主义作家对于 20 世纪的现代主义作家或 19 世纪的现实主义作家，应该是既模仿又批判，小说家们若想复兴几近枯竭的小说，就必须返回小说传统的根基改写以往的故事，从往昔的故事中发掘小说创作资源，让改写服务于自己的目的。巴思认为赋予故事新的形式和思想内涵以吻合后现代文化语境，应该成为作家们进行文本重构的重要动机之一。不难发现，厄普代克谈及的创作灵感与巴思对于后现代语境中文学创作出路

---

① James Plath ed., *Conversations with John Updike*, Jackson: University Press of Mississippi, 1994, p.179.

② Charles B. Harris, *Contemporary American Novelists of the Absurd*, New Haven: College and University Press, 1971, p.102.

的思考有异曲同工之处，他们不约而同地将前人的作品列为创作的源头和资源。巴思从人类整体创作视角出发提出了文本改写的建议，而厄普代克则是从自我创作实践和体会中发现了对他人作品借鉴的重要意义。

厄普代克在重写行为中，既选择了在文学发展史中具有里程碑性质的作家作品作为挑战对象，例如，莎士比亚的《哈姆莱特》被认为是西方文学"经典中的核心"，霍桑的《红字》则是美国文学中的"神话"，"《红字》不仅仅是一部小说，它已成为了一个神话，它已成为某种文化、某个地域以及某类人群的象征"①。他也不断在传统的民间故事中发掘创作资源，赋予传统故事新的内涵。读者不禁要问，厄普代克为何如此热衷于文本改写？

首先，源于作家的文学自觉，以及他对文学传统的重视和吸收。厄普代克认为在古老的故事中总有吸引我们所有人的方面，并且"神话可以作为衬托枯燥的真实层面的理想化的对应物，可以作为写进大量戏谑内容的手段，可以严肃地表达一种感觉：我们所接触的人都是伪装的，掩饰了某些神话的原型或者内心的渴望"②。美国厄普代克研究者詹姆斯·斯基夫认为厄普代克很久以来就依赖先辈作家的成功作品进行自己的翻新创作，利用神话模式，重写古老故事已成为厄普代克小说创作的突出特点。例如：创作于20世纪60年代的《贫民院集市》种有圣·斯蒂芬故事的模糊身影；《兔子，跑吧！》有凯鲁亚克《在路上》和亚瑟王的圣杯传奇的印记；《马人》更是巧妙地利用希腊神话穿插于现代生活之中；《夫妇们》既有《红字》的人物原型，同时也探讨了灵魂和肉体的关系。70年代开始厄普代克开始了"红字"三部曲的首部《整月都是星期日》的创作，《伊斯特威克的女巫》则是一部"最具霍桑风格"③的小说。80年代厄普代克完成了

---

① James A. Schiff, *John Updike Revisited*, New York: Twayne Publishers, 1998, p. 9.

② James Plath ed., *Conversations with John Updike*, Jackson: University Press of Mississippi, 1994, p. 36.

③ James A. Schiff, *John Updike Revisited*, New York: Twayne Publishers, 1998, p. 79.

"红字"三部曲中的其余两部《罗杰教授的版本》和《S.》；90 年代厄普代克以魔幻现实主义手法创作了《巴西》，这个故事取材于"特里斯当与伊瑟传奇"；创作于 2000 年的《葛特露与克劳狄斯》（Gertrude and Claudius）则被称为《哈姆雷特》前传。

在与查尔斯·塞缪尔的访谈中厄普代克曾谈道："以我个人的经验来说，作者最大的自豪感并不是来自偶发的睿智，而是来自使作品中意象群有序展开的能力，使笔下的内容生动活泼的能力。"[1] 在此厄普代克并没有直接谈到他的创作与神话经典的直接关系，而是隐蔽地从意象群的角度折射神话在创作中的重要地位，正如他所说的"我认为神话对照手法不应该使用得很明显，每本书应该有其自身的秘密，就如人类一样，它们应该能给予感觉敏锐的读者以意外收获"[2]。文本中隐含的典故、意象、秘密、神话对照等手法一方面能够激发读者的解谜热情，另一方面，文本间的关联也在提示我们无论如何创新，每一个独立文本都是全人类文学遗产，它们吸收着前人的智慧，同时也在影响着后人的创作，成为人类关于永恒主题的各类变奏。例如，在《马人》中，厄普代克即采用了现实与神话的对照结构，将希腊神话中喀戎故事与奥林格镇公立中学教师乔治·考德威尔的故事交叉、并置。小说的第一章便交代了希腊神祇社会与俗世的一一对应关系：故事的场景由古老的奥林匹斯山的神祇世界移植到了世俗世界中的奥林格中学；与高贵、智慧但命运多舛的马人喀戎相对应的是现实世界中卑微、善良同样不得志的高中教师考德威尔；从天堂中盗取火种的普罗米修斯则变成考德威尔富有艺术天赋的 15 岁儿子彼得；众神之首的宙斯在现实世界中成为奥林格中学的校长吉摩尔曼。考德威尔在讲授自然科学课程时被学生用箭射中了踝部，一瘸一拐地去亨迈的汽车修理厂把箭拔出，在返回教室的途中经过女生更衣室，在那里考德威

---

① James Plath ed. , *Conversations with John Updike*, Jackson：University Press of Mississippi，1994，p. 33.

② Ibid. , p. 21.

尔化身成为喀戎并且遇到了亨迈的红头发妻子薇拉，薇拉以女神维纳斯的身份向喀戎讲述了神祇世界的一些内幕。重新回到现实的考德威尔又在教室中遇到校长吉摩尔曼（宙斯），吉摩尔曼斥责考德威尔的迟到并留下听课。《马人》中的主要人物在希腊神话中均能找到对应的神祇，但书中人物并不全都固定影射某一希腊神，为了便于读者理解小说与希腊神话的关系，厄普代克更是在小说附录中加入了希腊神话索引。

出版于 1993 年的《巴西》（*Brazil*）取材于中世纪的骑士传奇中特里斯坦与伊瑟的故事。早在 20 世纪 60 年代，厄普代克就表现出对特里斯坦与伊瑟传奇的强烈兴趣，他在撰写关于德尼斯·德·鲁日蒙（Denis de Rougemont）的《西方世界的爱情》（*Love in the Western World*，1983）的书评时曾对特里斯坦与伊瑟的爱情发表自己的观点。此后，厄普代克还以他们的爱情故事为蓝本，创作了两篇短篇小说：《一个故事的四个方面》（*Four Sides of One Story*，1965）和《特里斯坦与伊瑟》（*Tristan and Iseult*，1990）；他还创作了大量的诗歌、小说来影射这个中世纪传奇，其中最著名的就是《夫妇们》。厄普代克曾称特里斯坦与伊瑟是"典型的浪漫主义情人"①。厄普代克的《巴西》是以法国研究中世纪文学的著名学者约瑟夫·贝迪耶（Joseph Bedier）整理出版的《特利斯当与伊瑟》为改写蓝本的，基本采用了与原著一致的线性叙述，12 世纪与 20 世纪在对待爱情、婚姻、两性关系等方面的巨大差异在两个版本的对比中得以呈现，此外厄普代克还在爱情故事层面增加了热点的种族问题探讨。

厄普代克属于非常重视文学传统的作家之一，他曾经在多种场合谈到美国文学传统乃至欧洲文学传统对他文学创作的影响。在众多的前辈作家中，厄普代克对霍桑情有独钟，霍桑创作中的很多主题在厄普代克的作品中屡见不鲜。例如：灵魂与肉体、性爱与宗教的冲突、

---

① Olin Chism quoting Updike, "Updike Twists an Old Tale," *Dallas Morning News*, 25 February 1994, p. 10.

艺术问题等均是两位作家共同热衷表现的主题。厄普代克对霍桑的态度是矛盾的，他无法赞同霍桑将灵魂与肉体割裂的思想，同时也看到了霍桑之于美国文学的巨大影响。霍桑给美国文学史留下了深远的影响，在美国甚至形成了"霍桑传统"，从麦尔维尔、詹姆斯、豪威尔斯到诸多当代作家，无不与这一传统有着丝丝缕缕的关联。霍桑的作品就像一块蕴藏丰富的宝藏，供后世作家从中汲取他们所需的各类元素，"霍桑传统"也逐渐成为美国文学的权威和标准之一。厄普代克的作品在主题探讨、人物设置甚至于艺术的模糊性方面均能够令人联想到霍桑。

与此同时，厄普代克对霍桑作品中的浪漫倾向却表现出排斥和反叛的态度，对作品中的道德观和宗教观也提出自己的质疑，"红字"三部曲就是最好的例证。厄普代克对霍桑经典浪漫主义名著《红字》推崇备至，把它称作"美国文学史上的第一部杰作"①，是美国的《安娜·卡列尼娜》和《包法利夫人》。他的"红字"三部曲即是对霍桑《红字》的创造性改写，由《整月都是星期日》、《罗杰教授的版本》、《S.》构成。三部曲分别从丁梅斯代尔、齐灵渥斯和海丝特三人的角度重新讲述那个为读者熟知的关于"通奸"主题的故事，厄普代克在小说中表现出了与霍桑截然不同的宗教观和道德观。厄普代克认为霍桑发自本能地坚信灵与肉的冲突不可避免，二者的矛盾不可调和，他尝试在三部曲中，通过肯定肉体的需求，协调灵魂与肉体的关系。厄普代克笔下主人公完全没有被丁梅斯代尔式的精神苦痛所吞噬，相反，他们在发现困境后往往是积极寻找解决方式，将宗教与肉体合而为一成为他们协调肉体与灵魂间张力的有效方式。例如，在《整月都是星期日》中，严肃、忧郁的丁梅斯代尔被巧舌如簧的牧师马斯菲尔德所取代。原著中丁梅斯代尔对待自己与海丝特的肉体关系是充满矛盾的，他希望忏悔又惧怕暴露，因此陷入不能自拔的自我折磨之中；

---

① James Plath ed., *Conversations with John Updike*, Jackson: University Press of Mississippi, 1994, p.188.

与原型相反，牧师马斯菲尔德则对自己的情欲表现得非常坦荡，并通过日记的形式记录下自己的性爱。书写成为马斯菲尔德自我治疗的方式，在书写中他既满足于自己对语言和事件的控制力和创作力，书写也成为他诱惑白兰女士的方式，甚至于在书写中马斯菲尔德重复体验着让他痴迷的通奸。厄普代克借马斯菲尔德之口肯定了肉体的冲动，认为满足肉体的需求同样是上帝恩典的体现，从而实现肉体与灵魂的调和。

《罗杰教授的版本》中的主人公罗杰·兰伯特是以齐灵渥斯为原型，厄普代克在这个人物的塑造上部分地继承了霍桑的人物特性。罗杰·兰伯特延续了《红字》中齐灵渥斯的冷漠与罪恶品性，是一位拥有智慧但品性邪恶的人物。原型齐灵渥斯出于报复的目的一直在窥探丁梅斯代尔的内心，犯下了"不可饶恕的罪行"（unpardonable sin）；罗杰·兰伯特则由于自己在与妻子的性生活中日益感到无力和厌倦，而开始幻想妻子与情人戴尔的通奸场景。无论出于何种目的，二者都在窥探他人的秘密和内心世界，试图控制和占有他人的生活。所不同的是，齐灵渥斯本身没有参与到通奸的行为中去，而罗杰·兰伯特则既是一位被戴了"绿帽子"的丈夫，同时也是通奸行为的实施者，并且还运用自己丰富学识，通过卡尔·巴特的神学思想将自己的通奸行为合理化。

《S.》沿袭了《红字》中白兰·海丝特的视角。对于许多读者而言，海丝特是一位被套上了神圣光环且富有创造力的完美女性，她聪慧美丽、无私善良、富有牺牲精神，而厄普代克笔下的"海丝特"——萨拉·渥斯则彻底颠覆了海丝特的圣洁形象，以一个世俗的面貌呈现在读者面前。这是一部较为复杂的文本，部分评论依照厄普代克自我表明的创作动机，认为厄普代克塑造了一位勇于反抗男权禁锢的当代版"娜拉"。但是，越来越多的评论开始质疑厄普代克创作意图是否真如他自己所说塑造了一位女权主义代言人，抑或厄普代克实质是在隐秘地解构女性主义的部分理论主张。

其次，质疑单一叙事，解构权威话语。经典作品在文学史上的经典化过程往往伴随着一种话语霸权的建构，经典作品的主题解读和人

物形象阐释常因作品的卓越地位而被固定化。20 世纪后半叶伴随着
"解构"性的文化特征，一切的"中心"和"权威"均成为被解构、
被质疑的对象。例如，20 世纪 60 年代末期女权主义运动唤起了读者
对传统文本的重新审视，女性在经典作品中的形象日益受到女性主义
批评家的抨击和质疑。她们认为神话和经典文本往往体现了男性历史
偏见与父权中心本质，历史是一种建构、是"他"所讲述的"故
事"，体现了权力拥有者的话语暴政。于是"为女性正名"成为文学
重构中的重要内容。此类文本试图通过改写经典、重述神话，让那些
在传统作品中患上"失语症"的女性们发出自己的声音，以此来弘扬
女性自身的价值。厄普代克的《葛特露与克劳狄斯》即属此种类型的
重构文本。

　　《葛特露与克劳狄斯》是对莎士比亚名剧《哈姆莱特》的修正性、
颠覆式的改写。在谈到《葛特露与克劳狄斯》的创作动机时，厄普代
克说："我之所以创作《葛特露与克劳狄斯》，是因为有时候我觉得葛
特露是《哈姆莱特》中最有吸引力的角色。她很少出场，但她所说的
一切又都是那么精彩和切中要害……在我的印象中，她是一位高贵、
庄重和仁慈的女人，威严十足，王后气质与生俱来。现在，《哈姆莱
特》给我们留下哈姆莱特的问题：'我的母亲怎么能够在父亲尸骨未
寒之时嫁给一个流氓无赖？'我试图设想此前发生的事情，而这些事
情被莎士比亚一笔带过……当然，我要写出 20 世纪和 21 世纪的味
道，把葛特露写成一个不快乐的妻子、一个得不到满足的妻子，尤其
是一个母性得不到尊重，有些像包法利夫人的女性……"①

　　哈罗德·布鲁姆在《西方正典》中将莎士比亚定为西方文学正典
的核心，认为他"在认知的敏锐、语言的活力和创造的才情上都超过
所有西方作者"②。莎士比亚作品的多元文化性在全球构建了一种文化

---

① James Schiff, "A Conversation with John Updike", *The South Review*, Spring 2002, 38
（2）, p. 420.

② 哈罗德·布鲁姆：《西方正典：伟大作家和不朽作品》，江宁康译，译林出版社
2005 年版，第 33 页。

多元主义，他是"一种世界经典雏形的中心，而不仅仅属于西方或东方，更别提欧洲中心论了"①。作为莎士比亚艺术巅峰的代表作品《哈姆莱特》历来被视为人文主义的史诗，哈姆莱特更是人文主义的典范。撇开《哈姆莱特》作为文学经典所表现出的普遍性、多元性以及在人物和个性方面变化多端的表现能力，从女性主义的角度，莎士比亚文本实则是在讲述一个男人的复仇故事，在这个故事中话语权被男性占据，他们成为"说者"，而王后葛特露从始至终都处于被评说的地位。哈姆莱特的大段内心独白和死去老国王的鸣冤奠定了剧本的道德基调，他们的话语定型了剧中人物形象。这种话语上的霸权，引发了越来越多的作家们的关注。1992 年，加拿大女作家玛格丽特·阿特伍德发表短篇小说《葛特露反唇相讥》，情节取自《哈姆莱特》中王子与母亲在卧室中秘密相会这一场景。小说中葛特露成为"说者"，王后伶牙俐齿地利用一连串简洁有力的独白，回应并驳斥原剧中儿子对母亲的诘问和责难，道出了她对先王的不满和夫妻间的貌合神离、对儿子性无能的讥讽以及谋杀的真相。

厄普代克将创作目光投向了复仇悲剧之前的故事，展示了王后葛特露从少女到母亲的情感历程。在厄普代克的讲述中，读者看到了一个无辜、不幸、需要爱情和亲情的女人。日益冷淡的夫妻关系以及疏远的母子亲情形成了葛特露与哈姆莱特父子间的情感鸿沟，正是丈夫的漠视和儿子的疏离形成一种合力，将她推向了背叛和不忠。莎士比亚笔下思辨、善良、洋溢着人文主义精神的哈姆莱特在厄普代克的文本中被颠覆，代之以自私、冷漠、反复无常的形象示人。丹麦古老宫廷的复仇故事实现了从王子版本到王后版本的转变，也再次证明了历史仅仅是"说者"的历史。

再次，去除神话和经典小说中的浪漫倾向，借助经典神话框架思考现实问题。厄普代克曾谈到作家应该牢记"自己的使命和对艺

---

① 哈罗德·布鲁姆：《西方正典：伟大作家和不朽作品》，江宁康译，译林出版社2005 年版，第 46 页。

术与社会的责任"，认为"30 年来，作家的社会地位大大降低，世人对作家的尊敬也不如以前"，他对此深感痛心，认为这是"作家本人失去了使命感"所致，其结果则造成了现今小说苍白无力、烦琐、毫无气魄，有的甚至是迂腐，令人厌恶。他强调现实是作家的主要题材，远离了社会和民众，摸不着社会的脉搏，创作则不复存在。①

　　作为 20 世纪主流的现实主义作家，厄普代克作品中的现实情怀从未中断，即使是在对神话故事的重新讲述中，神话框架也只是小说的形，而作家的现实关怀才是作品的神。作家曾回应约翰·巴思的"让文学反观文学自身"的观点："我认为 20 世纪小说家的任务并不仅仅是重新讲述古老的故事，我经常思考艾略特在他著名的评论《尤利西斯》中想要告诉我们什么。他是在说我们已耗尽了心灵的能量、精神的最初动力，因而除了重述古老的故事我们已无能为力了？……我无法确定艾略特的真实用意。但我知道在那些古老的故事中确实有吸引我们所有的地方。我们不是在《圣经》影响下成长的一代人。希腊故事看似更有普遍性价值，他们肯定是比希伯来故事更具现代性的创造。"② 在《马人》中，厄普代克的叙事在神话层面和现实层面同时展开，借希腊神话人物喀戎的受难作为潜在文本，在神话传说和现实故事之间形成平行对照关系。约翰·尼亚里认为："神话之线，让小说充满了宗教的深度，具有了神秘性和难以直观的意味。而小说在现实和神话之间流动，是厄普代克刻画乔治·考德威尔形象的一个重要方面。"③ 在神话中，喀戎通过拯救普罗米修斯最终完成了自己的救赎；在现实故事中，考德威尔经历了现代人的精神危机，最终通过确

---

　　① 约翰·厄普代克：《美国作家近说——在阿拉伯与美国文化交流会议上的讲话》，冯亦代译，《外国文学动态》1979 年第 12 期。

　　② James Plath ed., *Conversations with John Updike*, Jackson：University Press of Mississippi, 1994, p. 36.

　　③ John Neary, *Something and Nothingness：The Fiction of John Updike and John Fowles*, Carbondale：Southern Illinois University Press, 1992, pp. 111 – 112.

定自己是家庭拯救者和守护者的身份，实现了模糊的精神"复活"。神话传说和现实故事的并置结构，让喀戎与考德威尔既独立存在于各自的世界，又跨越时空的隔阂在虚拟空间中对接，真实与虚幻有机交融。远古神祇对照现实人物，赋予了小说历史的厚重感，且在远古神话空间与厄普代克塑造的世俗世界之间勾起语义关联，厄普代克通过此种方式探讨了受难、救赎、牺牲、欲望、艺术等自古希腊以来人类社会面对的普遍性主题。

厄普代克另一改写文本《巴西》取材于中世纪浪漫爱情故事《特里斯坦与伊瑟》，他以 20 世纪的巴西社会为背景，构建了生活于底层社会的黑人男子特里斯陶与上流社会的白人女孩伊萨贝尔之间曲折的爱情婚姻故事。《巴西》颠覆了中世纪的骑士爱情模式，从现实的角度探讨了种族差异、经济地位和性在男女情爱中的不同作用。厄普代克继续了之前对"性"的注重，这次他理想化地把"性"当成了颠覆种族和阶级差异的有力武器，特里斯陶通过"性"这种旺盛的生命力轻易地摧垮了种族、阶级等社会价值规范所设置的种种爱情障碍，令白人女性伊萨贝尔从精神上和肉体上彻底服从于他。厄普代克本人在文本叙述中也作出相关评论，"性生活是真实世界的底面，从某种程度上讲，也是真实世界的一种颠倒"①。正如国内有学者对厄普代克性策略所作出的评价："传统的黑人作家总是在历史、文化、政治等层面为黑人身份的合法性寻找依据，但效果都不好。唯独厄普代克从情爱角度彻底摧毁了黑人/白人、野蛮/文明、卑微/高贵、受压迫者/压迫者的等级秩序，为黑人赢得了尊严。"② 但是，"性"或者说建立在肉体关系上的爱情能否作为解决种族问题的有效途径还是值得商榷的。

发掘小说资源，利用广为人知故事作为创作蓝本，赋予重构文本新

---

① 约翰·厄普代克：《巴西》，韩松等译，河南人民出版社 1999 年版，第 229 页。

② 齐园、宋德发：《"美国正成为所有人的美国"——评约翰·厄普代克的小说〈巴西〉》，《名作欣赏》2007 年第 4 期。

的文学意义和内涵，邀请读者参与一场"智力上的游戏"，也是厄普代克不可忽略的改写动因。在接受《巴黎评论》采访时，厄普代克说："从一开始我就非常注意虚假和真实两个方面。我尽量不让自己对生活的感受显得模棱两可，层次繁多，同时总想着和理想读者之间的交流、或者争执。……还是个孩子时，我就觉得艺术家是将本不存在的东西带进这个世界，而且与此同时他并没有损坏别的什么。这是对物质守恒定律的一种反驳。对我来说，这依然是艺术的主要魅力，是艺术创作的快乐之最。"① 作者与读者间的"智力游戏"，不仅挑战着读者基于原文本而形成的阅读前见，而且赋予新文本多义性、复杂性和不确定性，文本的意义在读者与作者的潜在交流中得以实现。

最后，通过故事重构厄普代克旨在揭示在同一问题上过去与现在的不同态度。美国印第安纳大学比较文学教授马泰·卡林内斯库（Matei Calinescu）在《小说中的秘密》（*Secrecy in Fiction：Textual and Intertextual Secrets in Hawthorne and Updike*）一文中指出：通过改写霍桑，厄普代克将经典作为"调查当代社会的工具"，用以比较霍桑时代和当代社会间的差距。卡林内斯库教授认为在对《红字》的改写中，厄普代克展示了当代社会已完全颠覆了霍桑时代新教的价值体系。②

总体而言，厄普代克在对神话与经典文学的重构创作中，更多地表现为一种自觉、主动地吸收和再创造。布鲁姆提出的由文学传统引发的"影响焦虑"，在厄普代克这里更多地表现为由传统所生发的创作灵感，文学传统成为厄普代克创作中具有积极意义的推进因素。可以看到，厄普代克的重构行为不是简单的故事重述和延续，他往往借助于读者熟知的题材，实现自己的创作意图，在故事重构中延续着他在"宗教、艺术和性"等主题上的探讨。

---

① James Plath ed.，*Conversations with John Updike*，Jackson：University Press of Mississippi，1994，p.42.

② Matei Calinescu，"Secrecy in Fiction：Textual and Intertextual Secrets in Hawthorne and Updike，" *Poetics Today*，Fall 1994，15（3）p.446.

第三节　经典重述的互文性

既然本文是以厄普代克的经典重构作品为研究对象，那么这些作品中的互文性特色就成为不能不涉及的问题。"互文性"（intertextuality）这一概念最早是由法国批评家茱莉亚·克里斯蒂娃（Julia Kristeva）于 1966 年提出的。她在《语言的欲望》一书中写道："任何文本都是由多种多样的引用组成，任何文本都是对另一个文本的吸收和转化。"① 克里斯蒂娃点明了文学与文化的传承、发展的根本方式与途径在于对他文本的吸收和变形，在她看来，一个单独的文本是不能自足的，其意义产生于跟其他文本交互参照、交互指涉的过程中。随着关于互文性理论研究的深入，互文性也成了后现代主义文化研究的一种理论武器，一种泛文本研究，"它不仅强调文学文本的相互作用，而且强调文学文本与其他学科领域内的文本之间的关系"②。就文学文本而言，互文性主要指的是作家对其他文本有意或无意的指涉或改写。依据克里斯蒂娃的理论，从互文性的角度审视厄普代克的重构作品，会发现这一系列改写作品在互文性的参照体系中因与原文本形成比照，文本的潜在意义被激活、生发，作者的创作意图也因此得到凸显。

厄普代克对于经典重构热衷的原因在上节已有较为详细的阐释，此处不再赘述。总体而言，厄普代克的再创造是一种在更现实的层面上对经典文学的重新阐释和定位，他在重写的过程中，既有对原著的忠实，但更多地流露出了对经典的疏离、修正甚至颠覆的倾向。

一　人物的沿用与变形

既然是改写，那么新文本就不能完全脱离原文本而全然自足存

---

① Julia Kristeva, *Desire in Language – A Semiotic Approach to Literature and Art*, Trans. Thoma Gora, Alice Jardine and Leon S. Roudiez, Oxford: Blackwell, 1980, p. 66.

② 殷企平：《谈"互文性"》，《外国文学评论》1994 年第 2 期。

在，否则重写行为的意义就会变得虚无。如何与原文本发生关联成为文本改写的重要切入点，人物沿用最能直观地将两个独立文本关联在一起，因而成为多数作家采用的方式之一。

厄普代克在重构创作中，较多地运用了人物沿用方式，原型人物的身影或直接或间接地出现在新文本中。例如，厄普代克改写的《葛特露与克劳狄斯》，全书的前两部分主要人物名字取自 12 世纪用拉丁文撰写的丹麦编年史以及 16 世纪弗朗索瓦·德·贝尔弗莱斯特（Francois de Belleforest）撰写的悲歌集，第三部分的人名依照莎剧《哈姆莱特》。作者在人名上的别出心裁，意在强化莎剧情节之前发生的故事，突出文本独立于原剧的价值。并且通过同一人物的不同姓名称谓，作家巧妙地将北欧神话中的异教信仰、中世纪基督教信条和文艺复兴时的理性主义融为一体。他的早期作品《马人》是对希腊神话喀戎故事的改写，马人喀戎在现实社会中的身份是小人物考德威尔。为了将二者重叠，厄普代克赋予了喀戎与考德威尔相同的品质、职业、社会地位，以及相似的经历与遭遇。从职业看，喀戎和考德威尔都是教师，前者教授神祇和希腊英雄们各种技艺，当中包括忒修斯（Theseus）、阿喀琉斯（Achilles）、伊阿宋（Jason）、赫拉克勒斯（Heracles）等。后者在中学讲台上讲解自然科学。从地位看，他们在各自的评价体系中，都处于社会边缘，喀戎虽位于希腊神族谱系中，但是由于较低的出身和丑陋的相貌注定只能是一位卑微、隐忍的神祇；考德威尔更是现实社会中一位不折不扣的小人物。从品质上看，二人都具有善良、智慧和为他人牺牲自己的高尚品质。厄普代克本人曾这样说过"我书中的各种自然事件应视为是对神话的一种伪装"①。他通过将现实提升到神话层面，从而赋予普通的小人物以崇高和悲壮感。

《巴西》中，厄普代克将两位主人公的生活环境迁移到当代的巴

---

① John Updike, "One Big Interview," *Picked - Up Pieces*, New York: Knopf, 1975, p. 499. 在这篇访谈中，厄普代克详细地谈论了神话模式以及《马人》的灵感来源。

西。关于这部作品的背景为何设置在当代的巴西，有研究认为这与厄普代克1992年的巴西之行不无关联。在厄普代克出访前的3个月，巴西的《圣保罗报》（1991年12月）上曾刊登了一篇文章指责那些访问过巴西的作家一旦回国后，立刻就将这个国家遗忘了。厄普代克创作小说《巴西》以此作为对那篇文章的回应。厄普代克《巴西》的故事背景由中世纪欧洲转变成充斥着政治、种族和阶级冲突的现代社会，传统作为爱情最大阻力的贵族制度和国家间的战争已不复存在，社会问题如种族、阶级、性别关系成为了新的阻力。故事开始时居住在里约贫民窟的19岁黑人青年特里斯陶与居住在科帕卡纳海滩附近的18岁白人女孩伊莎贝尔相遇并奇迹般地相爱了，他们之间的爱情类似于传奇故事中特里斯坦与伊瑟的爱情，如同中了魔咒，都在第一眼之后便陷入了疯狂的爱情之中。意识到来自周围的压力，这对当代情侣选择了私奔。然而，对于特里斯陶与伊莎贝尔而言，婚姻不再是他们所需面对的最大困难，他们需要面对各种有形或无形的威胁，诸如被伊莎贝尔的叔叔和父亲雇佣的杀手追杀；丛林和大城市的艰难生活；来自社会的种族歧视、经济剥削；等等。最终这对恋人在萨满教巫师的帮助下置换了肤色，他们才得以享受一段没有种族歧视的巴西中产阶级的"幸福生活"。

人物对应关系较为复杂的是"红字"三部曲。厄普代克以《红字》中的三位主人公亚瑟·丁梅斯代尔、罗杰·齐灵渥斯和海斯特·白兰为原型，从三个不同人物的角度，将人物和背景现代化，创造出了"红字"三部曲。"红字"三部曲中的每一部作品都力图与《红字》中的人物相对应，即每一部作品中都有现代版的丁梅斯代尔、齐灵渥斯和海斯特。《整月都是星期日》中对应的人物分别为托马斯·马斯菲尔德、白兰女士和卫斯理·奥古斯特斯·齐灵渥斯；《罗杰教授的版本》中的对应人物为戴尔·科乐，罗杰·兰伯特和埃丝特；《S.》中的对应人物为阿汉特、查尔斯·沃思和莎拉·沃思。厄普代克在三部曲中对主要人物设置作了刻意安排，人物的姓名、职业、相貌与性格都力求与《红字》保持联系。以《S.》为例，丁梅斯代尔的英文名字是 Arthur Dimmesdale，而与其对应的阿汉特的英文名字是 Shri Arhat Mindadali，其原名是 Art Steinmetz，二者都含有 Arthur Dimmesdale 的成分（Art，Arthur，Arhat）。齐灵渥斯的英文名字是 Roger Chillingsworth，而莎拉的丈夫的名字是 Charles Worth，二者有相同的成分"worth"。海斯特的娘家姓（Prynne）的第一个字母是 P，而莎拉娘家姓（Price）的第一个字母也是 P。在职业上，丁梅斯代尔是 17 世纪美国清教社会中一位对宗教十分虔诚的牧师，而《整月都是星期日》中男主人公马斯菲尔德则是 20 世纪的美国牧师；《S.》中的阿汉特同丁梅斯代尔一样扮演着宗教导师的角色，不过他所宣扬的是印度教教义。齐灵渥斯是一位知识渊博的学者，同时也是一位医生。厄普代克将这一身份赋予他的后来者：卫斯理·奥古斯特斯·齐灵渥斯是一所神学院校的伦理学教授；罗杰·兰伯特更是继承了齐灵渥斯的博学；莎拉的丈夫查尔斯·沃思则是一名医生。海斯特在《红字》中是一位具有艺术创造性的女性，精湛的刺绣技艺成为她活跃思想的外在表现。她的后继者们也都拥有创造性的技能：埃丝特用绘画来排遣乏味生活；莎拉则用书写替代了针线，以此来表达内心的情感。

　　厄普代克并不拘囿于对原型人物单纯的模仿，而是在模仿之中加以创新，使他们"同时承载了故事从前和现在的含义"[①]。《哈姆莱特》中的王后葛特露被定格在背叛者的形象上，在《葛特露与克劳狄斯》中，葛特露一改在原著中的边缘处境，转而成为厄普代克小说的中心，她在小说中所发挥的功能也由"被说者"转变为"言说者"。葛特露在厄普代克的文本中，无论是作为公主还是作为王后，她所努力争取的是被别人理解，获得他人的尊重，能够按自己的意志来支配自己的命运。葛特露的诉求在当下多数人看来是作为独立个体所具有的最基本的权利，而在葛特露却是难以企及的奢望。无论是在与老哈姆莱特被安排的婚姻中，还是在与克劳狄斯的自愿结合中，葛特露都

---

　　① 蒂费纳·萨莫瓦约：《互文性研究》，邵炜译，天津人民出版社 2003 年版，第 109 页。

陷入那个时代多数女人的宿命——无法掌握自己的命运。父亲罗瑞克将她作为达成政治联盟的牺牲品；老哈姆雷特利用她戴上了王冠；儿子小哈姆莱特天生与她感情疏远；即使是在与克劳狄斯炙热的爱情中，葛特露仍旧无法摆脱被利用的命运，克劳狄斯利用与她的婚姻成为丹麦的新国王。小说中葛特露曾感叹道："我所信仰的，正是地位在我之上的男人们要求我去信仰的。背弃了他们的信条，社会就不会为女人提供安全保障。"①

此外，通过当事人葛特露的诉说，克劳狄斯的形象也获得了根本性的重塑。克劳狄斯并不是原著中老哈姆莱特认定的那样通过欺骗达成了与葛特露的婚姻，而是"一个善于创造，热情洋溢的情人"②，他唤醒了葛特露的肉体和被压制的欲望。正如葛特露所承认的，老哈姆莱特是父亲替她选的丈夫，而克劳狄斯才是她为自己选的男人。

《葛特露和克劳狄斯》的后记中，厄普代克引用了英国学者威尔逊·奈特评述哈姆莱特的一段话："若撇开谋杀不谈，克劳狄斯是明君，葛特露是贤明的王后，奥菲利娅是那么甜美，波洛涅斯饶舌却不邪恶，雷欧提斯是位天才的青年。是哈姆莱特令他们所有人都走向了死亡。"③厄普代克在小说中毫不掩饰对王子哈姆莱特的厌恶和轻视，哈姆莱特身上的缺点被一一呈现在读者面前。小小年纪就缺乏人情味，"我越来越多地听到阿姆莱特对地位比他低下的人——包括男仆和随从，还有卫兵家庭出身的小伙伴——用一种冷酷的声音说话，还有意装做傻乎乎的样子。他和那个可恨的优立克总是用诡计和鲁莽的假话去招惹可怜的、一本正经的宫廷大臣"④。他还沾染了男性中心主

---

① 约翰·厄普代克：《葛特露和克劳狄斯》，杨莉馨译，译林出版社 2002 年版，第 58 页。

② Jack De Bellis, *The John Updike Encyclopedia*, Westport, CT: Greenwood Press, 2000, p. 188.

③ 约翰·厄普代克：《葛特露和克劳狄斯》，杨莉馨译，译林出版社 2002 年版，封底。

④ 同上书，第 34—35 页。

义的习气，"知道可以对女人的话不屑一顾"①。长大之后，哈姆莱特更变得冰冷、阴郁、敏感而且自闭，缺乏生活热情，"在他创造的宇宙里面，他是唯一的人。一旦里面出现了另一个充满感情的人，这场表演马上就会变得鲜活生动起来，那么，他就要逃之夭夭了"②。莎士比亚笔下思辨、善良、智慧的忧郁王子被厄普代克彻底消解。同样，那个在莎士比亚笔下"完美如天神"的老哈姆莱特也消失得无影无踪。在厄普代克这里，他成为一个刚愎自用、诡计多端、残忍无情的军人，一个被权力和政治异化的国王，一个完全不合格的丈夫。在人物重塑上厄普代克的《葛特露和克劳狄斯》同加拿大女作家玛格丽特·阿特伍德的短篇故事《格特鲁德的反驳》异曲同工，老国王"实在并不那么有趣"③；哈姆莱特充斥着禁欲气息并且自以为是，无论是厄普代克还是阿特伍德都没有给他多少开口的机会；而葛特露则能言善辩，率直地顺从自己的内在欲望。

　　综上所述，厄普代克在继承原著人物设置的同时，更多的是对原型人物内涵进行挖掘。在人物塑造中，读者看到的是不一样的，甚至是具有颠覆性的主人公。厄普代克笔下的主人公可以视为作者对原型人物的挖掘和不同理解，将其性格中被掩藏的部分曝光，进而消解读者对原著业已形成的固有先见。当代的价值观念与时代精神在重塑的人物身上得以展现，而原型人物的面貌也因小说改写而变得模糊和不确定了。

二　情节的套用与延伸

　　情节的设置对于小说重构无异于一种巨大的挑战。新生成的小说既不能完全脱离原著，也不能是原著的翻版，因而如何在情节创编上

---

① 约翰·厄普代克：《葛特露和克劳狄斯》，杨莉馨译，译林出版社 2002 年版，第 35 页。

② 同上书，第 189 页。

③ 玛格丽特·艾特伍德：《好骨头》，包惠怡译，上海译文出版社 2010 年版，第 9 页。

做到与原著疏而不离成为改写成功与否的关键点之一。

厄普代克在改写过程中，与原著情节的关联度因文本差异而各有不同。《马人》基本是对喀戎神话故事框架的套用。喀戎和考德威尔都经历了遭受苦难、暂时的死亡（喀戎是肉体死亡，考德威尔是精神死亡）和获得拯救的历程。为了增加两个故事的关联度，厄普代克设置了考德威尔被学生弓箭射伤脚踝的情节，呼应了马人喀戎被自己学生误伤的故事。喀戎和考德威尔都遭受肉体和精神的双重痛苦，所不同的是各有侧重点，喀戎主要是因自己的脚伤无法痊愈而饱受折磨，考德威尔更多的是因承受来自家庭的生活压力以及自己在俗世中的不被认可，而感到灵魂的日益枯竭。《巴西》的整个故事框架也是沿用了"特里斯坦与伊瑟传奇"中的框架。传奇中，特里斯坦与伊瑟因误服了一种药剂而注定今生今世离不开彼此。这种让男女主人公无法分离的药剂在厄普代克笔下变成了"性爱"，特里斯陶与伊莎贝尔因"性"而无法离开对方。两个故事中的男女主人公都历经种种磨难，经历了分分合合，特里斯坦与伊瑟选择了逃进森林过上原始人的生活，而特里斯陶与伊莎贝尔也逃往巴西蛮荒的腹地，远离文明社会。《葛特露与克劳狄斯》则是在丹麦王子复仇的故事上向前推进，成为《哈姆莱特》的前传，故事延续了原著中"通奸"、"谋杀"等情节。

相比较而言，"红字"三部曲在情节结构上与原著的联系不是那么清晰，但是读者能产生似曾相识的感觉，这主要缘于前后文本内在情节模式存在相似性。从整体上而言，"红字"三部曲大致套用了《红字》中三位主人公通奸的情节模式，从"红字"三部曲的每一部作品中都可以发现《红字》中三角关系的影子。在《红字》中，海斯特·白兰、丁梅斯代尔和齐灵渥斯形成了三角关系，霍桑描写了清教社会的背景下三位主要人物的内心和灵魂。海丝特为了爱情无怨无悔；丁梅斯代尔徘徊在坦白和恐惧之间，饱受内心折磨；齐灵渥斯则扮演了窥视者的角色，他试图通过窥探丁梅斯代尔的内心来弄清事情真相。在"红字"三部曲的各部小说中，这种三角关系被延续着，但是角色的内心却在不同的小说中有所变化。《整月都是星期日》中，丁梅斯代尔的继承者马斯菲尔德继续着通奸行为，并且沉迷其中，他运用与丁梅斯代尔同样出色的口才为自己行为辩护。《罗杰教授的版本》中，埃丝特、戴尔·科乐和罗杰·兰伯特三者之间的通奸关系则明显套用了前身的三角关系，并且人物之间的关系也丝毫没有变化。埃丝特与戴尔通奸，而罗杰则是"戴绿帽子"的丈夫，作为窥视者进入奸夫的内心。但是埃丝特没能继承前身的无怨无悔，而最终选择抛弃了自己的情人。《S.》中同样存在着相似的通奸模式：萨拉、阿汉特和查尔斯·沃斯形成了与《红字》相对应的通奸关系。萨拉也最终因为阿汉特在身份上的欺骗而离开了他，查尔斯在三角关系中则选择了缺席，他始终也没有和阿汉特照面。在一系列的通奸关系中，厄普代克探讨了当代美国社会对这一行为的重新认识。

值得关注的是，厄普代克的创作成就不在于简单地照搬原著故事中的结构模式，更多地应体现在他在原著故事基础上的再创造。例如，他将《红字》分解为三个故事，让三位主人公从各自的视角讲述自己的故事："丁梅斯代尔的版本"（马斯菲尔德），"齐灵渥斯的版本"（罗杰·兰伯特）和"海斯特的版本"（莎拉）。三位主人公按照当下的社会标准、价值尺度各自演绎着自己的现代版《红字》。马斯菲尔德的书写构成了《整月都是星期日》的主体情节，原著中丁梅斯代尔在认罪与隐瞒间徘徊的矛盾心态，在马斯菲尔德那则成为在治疗性写作的沉溺与抵制之间犹豫不决。马斯菲尔德对于教会规定的治疗手段一开始有很强的抵触情绪。"我发誓虽然在这个恶劣的装有空调的沙盒子中，所有官方的治疗手段都强加在我的身上，但是我仍然不会忘记（通奸）。"[①] 但是随着时间的推移，马斯菲尔德又不可抑制地沉溺于写作之中：在写作过程中能够让马斯菲尔德重温与他人通奸的快感；日记也成为他与女管理员白兰女士沟通的渠道，他试图通过日记引诱这位女管理员；更重要的是写作成为马斯菲尔德自我治疗的工具。丁梅斯代尔的"言说"与马斯菲尔德的"书写"都折射出主体

① John Updike, *A Month of Sundays*, Penguin：Penguin Group, 1974, p. 11.

的矛盾心态，二者既有深层次的联系，同时反映出主体在对待"宗教"、"性"等问题上的差异态度。

《罗杰教授的版本》是以罗杰的窥视作为文本的主体。窥探他人内心也是《红字》中的一个情节，是齐灵渥斯罪恶的体现，厄普代克将之浓墨重书，使它成为罗杰·兰伯特的消遣。齐灵渥斯最初是为了复仇才窥视丁梅斯代尔的灵魂，但是不知不觉中他已经将此作为自己生命的依托。因而，丁梅斯代尔站在刑罚台上说出真相时，"老罗杰·齐灵渥斯跪倒在他的身边，面色茫然呆滞，俨如一具没有生气的僵尸。"① 丁梅斯代尔的坦白也是对齐灵渥斯存在意义的剥夺，因此，在丁梅斯代尔死后，他的生命也明显地枯萎了。罗杰·兰伯特窥视戴尔·科乐的生活则是为了在自己枯燥乏味的生命中注入活力，他透过戴尔的眼睛看到了不一样的世界：透过戴尔的眼睛所看到的埃丝特是风情万种的；通过窥视戴尔与埃丝特的性爱场景，罗杰获得了性欲上的满足，重新点燃他对埃丝特的激情。D. H. 劳伦斯将《红字》理解为一对夫妻如何合力将一位纯洁的清教徒引向堕落，并最终将其推向死亡的故事，"她是同老罗格一起海誓山盟的夫妻。他们是毁灭精神圣人丁梅斯代尔的同谋"②。显然，厄普代克受到了劳伦斯评论的影响，在《罗杰教授的版本》中，读者看到了夫妻间的再次合作，埃丝特将戴尔当作挥洒情欲、逃离枯燥的生活的工具，"眼下她更是故意地在其笨拙的年轻恋人结实而苍白的身体上去尽情欢娱"③。当埃丝特对通奸失去兴趣时，她果断选择离开了戴尔。罗杰本人则一方面体会戴尔和埃丝特的性爱场景带给他的欲望上的满足，同时又以瓦解戴尔的宗教热情和宗教信仰作为自己的报复手段。夫妻二人通过掠夺戴尔的肉体和灵魂使得原本沉闷的生活再一次充满了活力。而戴尔却在与他们夫妇的交往过程中失去了信仰：与埃丝特的交往中耗尽了戴尔的

---

① 霍桑：《红字》，姚乃强译，译林出版社 2000 年版，第 232 页。

② D. H. 劳伦斯：《灵与肉的剖白》，毕冰宾译，漓江出版社 1991 年版，第 150 页。

③ 约翰·厄普代克：《罗杰教授的版本》，刘泪、李海鹏译，河南人民出版社 2000 年版，第 159 页。

精力和情感，使他沉溺于肉欲之中不能自拔，进而逐渐丧失了精神上的信仰，不能再专注于有关上帝的研究之中。在夫妻二人的共谋之下，戴尔在精神和肉体上被摧毁了。

《S.》是以海丝特的视角呈现的故事。女主人公萨拉在相貌、性格、经历上都与海丝特有明显的相似之处，俨然是"一位当代的海丝特"①。但是，厄普代克更多的是将这位"当代的海丝特"世俗化：对性爱的热衷、对财富的追求以及自我美化式的书写，都让萨拉成为一位不那么令人喜爱的女性。有人因此而认为："《S.》给予我们的只是一副充满讽刺意味的画面，描绘的是一位一心想摆脱家庭责任，行为轻率的女性。"②在霍桑笔下，海丝特是一位"佩戴红字的亚伯"。作家以较多的激情去描写海丝特在脱离社会轨道之后，如何凭借自身的美德重新赢得社会的尊重。劳伦斯从海丝特身上看到了"恶"的成分，将《红字》理解为是一部"罪恶得胜的寓言"③。他认为，"海丝特·白兰就是个魔鬼，……可怜的海丝特。她的一半想着摆脱自己的魔鬼。可另一半却想继续做鬼，为的是报复。报复！复仇！就是这东西充满了今日女人的精神。报复男人，报复男人的精神，是它让她丧失信仰的。"④厄普代克笔下的萨拉将海丝特暗藏着的"恶"尽情地释放出来。在知道丈夫对自己不忠之后，萨拉开始报复这个男权社会。她以女权主义者的话语直白地表述自己对男性社会压迫的不满，并用自己的行动报复这个父权制思想统治着的世界。避居地为萨拉的复仇行为提供了理想的环境，在这里，她行使着男性的权力，管理着避居地的日常事务，随性地挑选自己的性伙伴。这些看似是对男权社会的挑战行为，从另一个侧

---

① James A. Schiff, *John Updike Revisited*, New York: Twayne Publishers, 1998, p. 104.

② Michiko Kakutani, "Critic's Notebook: Updike's Long Struggle to Portray Women," http: //www. Nytimes. com/books/97/04/06/lifetimes/updike - portray - women. html.

③ D. H. 劳伦斯：《灵与肉的剖白》，毕冰宾译，漓江出版社1991年版，第152页。

④ 同上书，第144页。

面来讲，却成为一种对女权主义的讽刺。正如阿汉特发现的那样，萨拉说话的口气"就像一个男人"，自从来到避居地之后，她就开始"充当男人"①。莎拉的行为充斥着悖论，她厌恶现行的以男性为中心的权力结构，试图颠覆它，然而她却又将复制男性行为作为实现自己身份诉求和人生价值的途径。

萨拉的"恶"不仅体现在对男权社会的报复上，还体现在她的品质上。如果说读者能够从海丝特身上感受到"美"和"善"，那么在萨拉的言行中，更多地暴露了世俗的欲念和欺诈。例如，厄普代克将海斯特胸前的红色字母"A"换成了萨拉胸前的迷你录音机，录下了她与阿汉特的性爱场景。这一情节描写反映了"性"在当代美国人观念中的变化，它已不再是纯粹的爱情和激情的见证，在很多人那里，"性"已成为达到某种目的的工具。萨拉靠与阿汉特的性关系，进入了避居地的管理层并获得权力，此后两人的性关系又成为萨拉威胁阿汉特、躲避法律惩罚的砝码。

厄普代克在试图与原著保持一致的同时，更多地关注继承之外的创新。用当代的眼光去重新审视经典作品，体现作家的时代关怀，成为厄普代克改写的一大特点。

三　主题的延续与颠覆

国外有学者将厄普代克的创作主题归类为"宗教、艺术和性"，其中对宗教和性的讨论几乎贯穿了厄普代克的所有创作。厄普代克曾经在"霍桑的信条"的演讲中谈到霍桑在对待宗教方面的矛盾心态，他认为这位美国经典作家既对宗教信仰充满虔诚，又总是在试图规避宗教。他援引霍桑自己的话说："我不会同意让天与地、这个世界与彼岸世界像蛋黄和蛋白那样混合在一起。"②"天"与"地"，即灵魂

---

① 约翰·厄普代克：《S.》，文楚安译，河南人民出版社1997年版，第236页。

② John Updike, "Hawthorne's Creed", *Hugging the Shore: Essays and Criticism*, New York: Alfred. A. Knopf, 1983, pp. 75 – 76.

与肉体。在霍桑看来这二者的冲突是无可避免的，不可调和的，在冲突过程中肉体居于罪恶的边缘。因此，霍桑笔下的主人公"不论在公开与私下、内心与外在，还是在灵与肉之间都满怀着分裂情绪"①。

霍桑将《红字》的场景置于 17 世纪被清教统治的北美殖民地新英格兰。霍桑虽然认识到清教思想对人性的禁锢和扭曲，但是他在骨子里却始终把清教的基本信条作为自己认知判断的准则，从而形成了霍桑特有的矛盾思想状态——霍桑信条，这种矛盾在他的作品中得到了充分体现。霍桑一方面对海斯特和丁梅斯代尔的恋情表示同情和理解；另一方面，在内心深处却认定他们之间的关系是不合理的，违背了宗教准则。厄普代克延续了霍桑关于宗教虔诚与身体欲望冲突的表现，却颠覆了霍桑的二元对立的观念以及从中表现出的道德标准，尝试在三部曲中通过身体欲望和宗教信仰的合而为一以实现灵与肉的统一。

《红字》中的海斯特出于爱情而与牧师丁梅斯代尔发生了性关系，这在当时是不符合基督教伦理道德，无法见容于社会的罪行。作为当事人的一方，海丝特一方面表现出叛逆、对抗社会伦理道德的反抗精神，另一方面由于受清教思想的浸染，她对自己的道德行为也做出了否定的判断。海丝特的行为折射出霍桑的道德准则，他既认为海丝特与丁梅斯代尔的爱情是"神圣的贡献"，但在心中仍然认定这对情人是有罪的。丁梅斯代尔的内心煎熬更是霍桑在灵与肉、自我与世界之间内心斗争的直接表现。他想要坦白内心的罪孽，舌头吐出的却是含混其词的话语。霍桑最终安排丁梅斯代尔在刑台上做临终告白，将自己的通奸行为公之于众后随即圣洁地死去，一幕戏剧性的场景象征了灵魂对肉体的最终超越。因此，霍桑曾经为自己辩解道："《红字》涉及了相当微妙的主题，但从我处理该主题的方式来看，我似乎不应该

---

① James Schiff：《重塑美国神话——评厄普代克的"红字"三部曲》，于乃平编译，《外国文学动态》1994 年第 2 期。

受到那方面的非议。"①

在"红字"三部曲中，主人公的身上都体现了厄普代克关于人的观念，即人应该始终处于灵与肉的辩证之中。厄普代克的这一观点深受克尔凯郭尔的影响。克尔凯郭尔认为人的自我是由肉体、灵魂、精神三部分构成，肉体是灵魂和精神的器官，为它们服务。精神则一直伴随着身心，由于各种各样的原因，身心关系总是处于不平衡状态。不管怎样，就人性而言，精神所要维护的关系既不是脱离肉体的心灵，也不是脱离心灵的肉体，而是灵与肉的结合。只有在灵与肉的张力之下，人才成为真正的人。"红字"三部曲的主人公们颠覆了他们的前身在灵魂与肉体间的徘徊与犹豫，转而探求灵魂与肉体的和谐状态。与其将马斯菲尔德与多位女子的性爱看成他品质中的缺陷，不如解读为这是他对和谐的灵魂与肉体辩证关系的探询过程。妻子简是位在肉体上和精神上都相对贫乏的女人，夫妻间的性生活在她的管理下"成为一种神圣的、一周一次的职责，弥漫着仪式般的、令人厌烦的安静气息"②。风琴师阿利西娅则代表了肉欲，与她在一起，马斯菲尔德体会到了肉体上的欢愉，并沉溺于此，"床上的阿利西娅是一种启示。最终在心醉神迷的忘我境界之中，我遇见了自己性欲的魔鬼"③。在与阿利西娅疯狂的缠绵之余，马斯菲尔德感觉到自己的信仰正逐渐丢失，灵魂与肉体在两人的关系中处于失衡状态。马斯菲尔德选择第三个女人弗兰克·哈娄，出于对她宗教虔诚的敬畏，觉得她是来自天堂的生命，拥有一束荣耀的光环。而在弗兰克纯粹的信仰面前，马斯菲尔德却丧失了自己的性能力。沙漠旅馆中的白兰女士成为马斯菲尔心目中缺失的上帝，日记既是马斯菲尔德与白兰女士交流的形式，同时也是他自己的宗教体验过程。在对白兰太太的单向倾诉中，马斯菲尔德逐渐恢复了自己的宗教信仰。白兰太太的出场，令马斯菲尔最终

---

① 兰得尔·斯图尔特：《霍桑传》，赵庆庆译，东方出版中心 1999 年版，第 99 页。

② John Updike, *A Month of Sundays*, Penguin：Penguin Group, 2007, p. 34.

③ Ibid., p. 33.

实现了灵与肉的和谐。

《S.》中，萨拉虽然过着富裕的中产阶级生活，却面临着性生活的乏味和精神上的空虚。为了追求自我，她来到了避居地，先后与弗里兹、阿卡林和宗师阿汉特等人发生了性关系。弗里兹满足了萨拉肉体的需求，而与阿卡林的同性之恋虽然丰富了萨拉的精神层面，却无法满足她的肉体需要。在与阿汉特的充满宗教精神的性爱中，萨拉在灵与肉的体验上都达到了顶峰。即使是在知道阿汉特真实身份而选择离开他之后，萨拉仍然对两人的性爱经历念念不忘，萨拉从灵与肉的和谐中获得的满足由此可见一斑。

面对自己的通奸行为，无论是厄普代克的主人公们还是他们所处的社会都不约而同地采取了坦然地面对方式。法律、舆论等社会准则并没有对他们的行为多加干涉，他们本人对自己的行为也没有道德上的否定之意。在《S.》中，萨拉言语鲜明地道出了性在当代社会中的处境："法庭对处理夫妻间的这类事已感到厌倦。整个社会也是如此，要是一对夫妇对自己都漠不关心，难道其他人还会关心吗？"[①] 丁梅斯代尔因为一方面忏悔自己的行为，另一方面又惧怕暴露事实，而造成语言的模棱两可；马斯菲尔德则穷尽一切，用玩世不恭甚至是戏谑的态度对性进行直白描绘，他甚至沉迷于对自己性行为的描写中。罗杰更是将自己与侄女的乱伦行为视为"证明上帝存在的明证"[②]。作为作者的厄普代克对几位主人公的行为同样没有作道德上的指责，因为在他看来信仰才是人类最高层面的追求。他致力于描绘 20 世纪七八十年代的美国人在"面对熟视无睹的生活，和中产阶级百般压抑的新教信仰，人们需要那种称之为'幻美力量'（transfiguring force）的激情体验，并不惜以内心斗争和与社会对抗为代价，对它孜孜不倦地奋

---

① 约翰·厄普代克：《S.》，文楚安译，河南人民出版社 1997 年版，第 173 页。

② 约翰·厄普代克：《罗杰教授的版本》，刘涓、李海鹏译，河南人民出版社 2000 年版，第 282 页。

力以求"①。

性爱与宗教在"红字"三部曲中被融合为一体。罗杰与马斯菲尔德不约而同地将性爱视为发现上帝启示的途径。萨拉虽然面对的是印度教教义，却与前两者有异曲同工之处，性爱被她视为达到宗教修炼最高境界的途径。几位主人公对伦理道德的悬置状态深层次地缘于厄普代克对克尔凯郭尔存在主义神学的吸收。将信仰视为最高层面追求，厄普代克认为"个体必须以宗教悬搁伦理"②，伦理不等同于信仰。正是基于上述思想，厄普代克在创作中表现出了与霍桑截然不同的道德判断。

改写经典文本不是简单的模仿和利用，而是当代作家利用旧有的题材创造新的故事、阐发他们思想的一种再创造过程。"我们需要了解过去的文本，需要用异于传统的眼光去审视它们，摆脱传统对我们的束缚，而不仅仅是将这个传统传递下去。"③ 厄普代克正是在继承的基础上，对原著又进行了极大的创新。原著的经典光环没有成为厄普代克创作的桎梏，他以怀疑的眼光探究原著中被隐藏起来的故事，并以此作为自己的创作基点，表达属于这个时代和作家自己的道德观和价值观，从而诞生出同样具有经典意义的"厄普代克的版本"。

———————

① James Schiff：《重塑美国神话——评厄普代克的"红字"三部曲》，于乃平编译，《外国文学动态》1994 年第 2 期。

② 杨大春：《沉沦与拯救——克尔凯郭尔的精神哲学研究》，人民出版社 1995 年版，第 224 页。

③ Adrienne Rich, *Adrienne Rich's Poetry and Prose*, in Brabara Charlesworth Gelpi & Albert Gelpi eds., New York：W. W. Norton&Company, 1993, p. 167.

第二章

厄普代克后现代社会的经典反思

既然大众文化从童年起伴随我的成长，对我们大多数人而言它是伴随我们一生的文化，那么挑剔它与"高雅"艺术的区别就显得忘恩负义了。

——《零碎的工作》（*Odd Jobs*）

厄普代克的绝大部分作品完成于 20 世纪后半叶，以小说为例，他的 30 部长篇小说中，仅有 6 部是在 2000 年之后问世的。20 世纪后半叶的美国社会成为厄普代克主体创作的文化背景。反观 20 世纪下半叶的美国文化，可以发现，"反传统"、"颠覆"、"解构"、"零散化"、"深度消解"等众多代表后现代文化特征的词汇，成为这一时期美国文化的标签。20 世纪后半叶的美国文学呈现为多元发展格局，在流派纷呈的表面下实际上隐藏着一条"反传统"的创作主线。尤其是 20 世纪 60 年代开始的文学创作的后现代主义倾向，在欧美各国引起了一场剧烈的文化震荡。直至冷战结束后，这股反传统的文艺思潮才趋于缓和，与此同时美国社会也由自由主义逐渐转向保守主义。从时间上看，后现代文学创作的兴盛时期与厄普代克小说创作的高峰期有着时间上的重合。在厄普代克的创作中，可以清晰看到后现代文化留下的印迹。

第一节　厄普代克与后现代社会的文学精神

厄普代克与后现代文学的关系不能简单地以流派归属来划分，确切地讲，厄普代克的所有创作中，没有一部是纯粹意义上的后现代作品。基于作家的创作实践与生活环境、社会文化背景等紧密关系，阅读厄普代克就不能无视 20 世纪后半叶美国社会的文化特质。事实上，厄普代克的很多作品均在现实主义主体创作风格中呈现出后现代文化烙印。

弗里德里希·威廉·尼采（Friedrich Wilhelm Nietzsche）在《查拉图斯特拉如是说》（德语：*Also sprach Zarathustra*）中宣布"上帝死了"，这一宣言不仅完全否定了传统的道德观念，而且道出了 20 世纪西方人将面临的信仰危机。20 世纪前 50 年，作家们仍旧怀揣着对社会的终极关怀，关注人类理性、理想、信仰的幻灭，社会体系传统道德和价值观念的衰落和社会秩序的混乱等问题。他们往往将人的精神世界作为主要描写对象，表现在逐渐异化的环境中个人的孤独、迷惘的精神状态。内心独白、意识流、顿悟等艺术手法常被用来再现主人公的精神世界。总体来讲，现代主义小说延续着创作者传统的人文关怀。20 世纪下半叶，西方社会进入后工业时代，电子、网络等媒介被广为应用，应运而生的是对文化的快速"复制"、"粘贴"、"拼贴"，这些手法解构了艺术的独创性和真实性。此时的文学作品所表现的不再是一个统一、意义单一明晰的世界，而是一个呈现出破碎、混乱、多义、不确定状态的客体，作家不再探讨世界的终极意义，寻求拯救途径，无序状态的呈现变为创作的最终目的。

约翰·巴思在《枯竭的文学》中提出当代作家已意识到文学"形式已被用空，可能性已被穷尽"[①]，文学创作的枯竭感即令作家们感到

---

① Charles B. Harris, *Contemporary American Novelists of the Absurd*, New Haven: College and University Press, 1971, p.102.

疲惫和厌倦，又常常使小说家和诗人们获得激情与灵感。后现代主义小说的出现便是"文学枯竭"的结果。后现代主义小说所以能成为一种独立的文学流派，并成为 20 世纪 60 年代至 80 年代的主流文学，而不是被简单地看成现代主义小说延续和发展，是因为后现代主义小说对现代主义小说的关系更多地表现为一种本质上的超越。这种超越主要表现在以下方面。

否定宏大的叙事模式，代之以微观叙事。宏大叙事是主流意识形态的产物，统治阶级往往借助于宏大的话语，以权力的意志构建起同一、有序的社会秩序。在"有序"和"无序"的二元对立中，宏大叙事起到维护社会有序的作用。宏伟叙事赋予了所谓"有序"社会的合法地位，人类朝着设计好的伦理、政治方向迈进。而后现代主义者则对由主流叙事话语构建起的社会的合法性提出质疑，他们以微观叙事方式拒斥宏大叙事，叙述不具有普遍意义和真理性的局部、突发、短暂的事件，用碎片的形式拆解宏大叙事的整体性和同一性。后现代主义以零散形、随意性、碎片化的叙事方式破坏了宏大话语体系建构下的"有序"社会赖以存在的（诸如价值、秩序、意义、同一性等）基本原则，旨在揭示出社会混乱、无序、零散、意义缺失的状态。

揭示现实的虚构特征。现实主义作家认为世界不仅可以表现而且可以认识，他们以追求现实的真实性，客观反映外在物质世界，以达到生活的逼真反映为创作旨归。现代主义作家在意识到世界无序性后，认为需要一种秩序赋予世界意义，他们以表现主体的主观意识来代替表现无序的客观世界，以此构建具有真实意义的主观世界。后现代主义作家认为人们拥有的世界不是真实存在的，只是对世界的见解；而见解是通过语言来表述的，但是，由于语言是意识的载体，由于其意义的不确定，语言就成了不可靠的工具；以不可靠的工具"表现"的世界必然带有不可靠性，因此，现实和历史都是语言虚构的产物。后现代主义小说不仅以荒诞的、幻想的、闹剧的、滑稽模仿的创作形式来展示现实的虚构性，而且还往往郑重声明甚或讨论它的虚构性。从现实主义到现代主义再到后现代主义，我们看到这样一种关于

"现实"的不同认识的变化轨迹：现实是客观存在——现实在主观意识中生成——现实由语言构造。

后现代主义从根本上消解了现代主义文化背景下构建的精英文化和大众文化的二元对立。现代主义的文化观有着强烈的精英意识，但是在由工业时代向后工业时代变迁过程中，社会结构中彼此关联的各环节均发生了质的变化，文化变成了一种大众消费形式。在后现代主义文化中，"文化"本身已经成了一种产品，"美"成为一种商品，后现代主义是对商品化过程的一种消费。

后现代主义小说放弃了主体性的表现，主体的中心地位消失，呈零散化状态。现代主义作家在面对世界的无序时，转而寻求人的精神世界的真实。他们在小说中突出主体，用"意识流"、"内心独白"的方式来表达主体的感觉、情感和思想，希望借此构建一个真实的、永恒的主体世界。然而后现代主义则宣称"主体死亡"，不再思考人的生存和毁灭，所谓永恒也只是人为的话语结构；人的主体性的消灭正是混乱、无序的世界所致，人在世界上找不到位置，一切都在变动、演化之中；人在意义缺席、价值虚无的不稳定状态中放弃了对信仰和理想的追求。在后现代小说中，人物往往是反英雄，没有个性和人性，没有欲望和感情。

后现代主义小说作为一个独立的文学流派兴盛于 20 世纪六七十年代，但是作为一种文学类型却可以追溯久远。在西方文学发展的几百年历史进程中，后现代主义元素不是到了 20 世纪才横空出世，而是早已有之的，只是 20 世纪的社会环境为后现代主义提供了滋润的土壤。各种业已存在的后现代元素被有意识地极端放大，曾经孤立的文学现象在 20 世纪下半叶的文学背景下被理论化，系统化。另外，后现代主义小说的确存在技术上的超越与创新。正是这种文学上的继承和超越，成就了后现代主义的鼎盛。但是，在当下的文化背景下反观后现代文学与文学特征，我们是否需要坚持海特（M. Hite）在《哥伦比亚美国小说史》中的态度，在极其狭窄的范围内研究后现代这一文学现象呢？

　　海特称"后现代小说是当代主流先锋小说",认为只有像阿克尔(Acker)和库弗(Coover)一类在小说形式上大胆革新的作家才算后现代主流作家,只有那些极富实验性的后现代小说家写的呈现为结构上支离破碎的作品才称得上后现代主义小说。1991年版《哥伦比亚美国小说史》列举了一些美国主要的后现代小说家及其作品:弗·纳博科夫和《洛丽塔》(*Lolita*,1955)、《微暗的火》(*Pale Fire*,1962),约翰·巴思和《烟草经纪人》(*The Sot - Weed Factor*,1960)、《迷失在游乐场》(*Lost in the Funhouse*:*Fiction for Print*,*Tape*,*Live Voice*,1968)、《喷火女怪喀迈拉》(*Chimera*,1972),托马斯·品钦和《万有引力之虹》(*Gravity's Rainbow*,1973),唐·代立洛和《白噪声》(*White Noise*,1985)、《天秤座》(*Libra*,1988),唐纳德·巴塞尔姆和《白雪公主》(*Snow White*,1967),科·冯尼古特和《第五号屠场》(*Slaughterhouse - Five*,1969),乔安娜·罗丝和《阴性男人》(*The Female Man*,1975)等等。从所列的书目名单可以看出,典型的后现代主义文本颠覆了人们既有的艺术趣味、审美标准和认知方式。从某种程度上讲,后现代文学甚至改变了人们的思维定式和阅读方式。

　　典型的后现代主义文本因其晦涩艰深、支离破碎阻碍了它们与普通读者间的交流,后现代小说的读者群被限制在大学或研究机构的学者中。1989年在布朗大学的一次研讨会上,来自新英格兰的一位图书评论家克里格(E. Krieger)指责后现代主义小说家是一派"非常学术化的团体","只有批评家才会与他们意趣相投"。后现代小说作家群与读者群的"精英化"与后现代文化标榜的"去精英化"特质无形间构成了一种反讽的效果。后现代小说接受群体的"精英化"在20世纪80年代之后日益为后现代作家关注,他们走出"象牙塔",将自己的创作向现实主义渗透,现实情怀越来越多地表现在后现代作家的作品中。既然后现代作家都已意识到典型的后现代小说在接受方面的局限性,尝试新的突破,那么作为研究者更应该将研究视野拓展。此外,当下社会以多元化、异质互补作为文化特征和诉求,研究者对后现代文学的研究如果仍旧拘囿于海特所定义的严格的后现代小说范畴，势必将面临一种研究上的"影响焦虑"。毕竟，对于大多数的研究者来讲，在一个极其狭窄的研究领域内，要超越前人的研究成果希望是渺茫的。对后现代主义文学的研究同样需要拓展空间和领域，可以向多元化和互补性的维度延伸。

　　厄普代克的经典重构文本为后现代语境中文学特征的延伸研究提供了理想的范本。身为美国文坛创作的中坚力量，活跃的图书评论家，厄普代克在1968年接受《巴黎评论》记者查尔斯·托马斯·塞缪尔采访时表示："对他（巴斯）的作品既亲切又排斥。我认为他重重地撞向虚无主义的地板，又一身灰尘地被弹了回来。……他的作品像是来自另一个世界，至少对我来说，既迷人又单调。我宁愿去天王星，也不愿读完他的《羊童贾尔斯》。"① 约翰·N. 杜瓦尔（John N. Duvall）就厄普代克与后现代主义的关系提出的观点是："尽管像他的密友犹太作家亨利·贝克一样，厄普代克对后现代主义的态度是拒绝而不是赞同，但是后现代主义的理论却常常为我们解读厄普代克作品提供启示。毕竟，通过故意拿后现代主义理论开玩笑的方式，厄普代克不露痕迹并极为聪明地引导读者去思考，后现代主义在他的作品中想要表达些什么。"② 从影响的角度考虑，既然长期生活在后现代主义的文化氛围中，厄普代克的创作或多或少地都会带上后现代主义色彩。厄普代克不仅在作品中以后现代的文化视角去剖析当下的人类生活状态，而且是以后现代文学所特有的方式将其呈现出来的。

第二节　大众消费文化的展示与思考

　　经典重述无疑是厄普代克选择的用来表现后现代文化的一种理想

① http：//www. theparisreview. org/media/4219_ UPDIKE. pdf, p. 23.

② John N. Duvall, "Conclusion：U（pdike）& P（ostmodernism）", *The Cambridge Companion to John Updike*, New York：Cambridge University Press, 2006, p. 163.

方式。"重述"行为本身即带有去权威性、大众化、戏拟性等特征，后现代文学中很多代表性作品，如《羊孩贾尔斯》、《白雪公主》、《对位旋律与分枝旋律》等，均选择了以"重述"的方式呈现。在对原文本的生发和互文中，后现代文化特点从文本的形式上得到直观凸显。现实主义和现代主义文化背景下的经典作品，成为厄普代克作品的参照物。他以对照的方式折射出后现代文化背景中人类理想、信念、价值观的缺失，表明琐碎、空虚、悬置、疲惫等正在取代往昔人们对终极意义的追求，转变成一种日常的生活状态。

现代主义在文化上体现为高雅文化，具有统一性、严肃性和权威感。后现代主义则表现为大众文化，它是一种反理性主义、反中心、反主体性的哲学思潮，从根基上拆除了一切带有宏大叙事性的终极追求。后现代主义反对现代主义的精英意识和拯救情怀，强调平民化和生活化，反对创作的经典化，追求艺术语言的异质性和矛盾性并存。米兰·昆德拉曾把后现代主义文化称为"放纵的文化"，这种文化既有它的包罗万象又有它无法概说的特性。厄普代克的文本在一定程度上折射了后现代文化的通俗化、大众化和反中心化等特征。

一　后现代社会中的大众消费文化展示

后现代文化以大众消费为其主要特征之一，从根本上动摇了现代主义文化界定的精英文化和大众文化的二分模式，并在实践意义上取消了二者的界限。一方面各种传播方式的运用有效地普及了严肃的"高雅文化"（high culture）；另一方面"高雅文化"在不断被接受、传播、反馈中逐步趋于"大众化"，二者的界限日益模糊。英国评论家劳伦斯·阿洛韦（Lawrence Alloway）1959 年在《新艺术的震撼》中说："能够准确地复制文字、图画和音乐的大批生产的技术，已引起了大量可消费的符号和象征物。再想用以文艺复兴为基础的'艺术是独一无二的'思想观点来处理这个正在爆炸的领域是无能为力的。由于宣传工具被社会接受，使我们对文化的概念发生了变化。文化这个词不再是最高级的人工制品和历史名人的最高贵思想专用品，人们需要更广泛地来描述社会在干什么。"①

考虑到厄普代克的文学抱负和文学成就以及他对自我"美国文人"（man of Letters）形象的自觉定位，评论界也倾向于从"高雅文化"而非大众文化（popular culture）的视角来观察他的文学活动。厄普代克的文化影响逐渐表现出"高雅文化"的现代主义特征，例如在文学创作上他极大地受到了普鲁斯特、乔伊斯、纳博科夫、亨利·格林等人的影响。他的文本具有强烈的视觉艺术效果，如文艺复兴时期德国画家阿尔布雷希特·杜勒（Albrecht Dürer）和 17 世纪荷兰画家杨·维梅尔（Jan Vermeer）的精确画面效果影响着厄普代克文本的审美感觉。厄普代克对中产阶级家庭生活的表现呼应了维梅尔对资产阶级日常家庭场景近似照片的描摹。无可否认，我们在厄普代克的身上看到了文学现代主义与高雅艺术的影响。但是，作家的成长环境以及他童年时期的兴趣爱好都与美国大众消费文化有着精密的关联。"像许多艺术领域内的未来从业者一样，我抓住了流行文化的关键：五颜六色的书本、卡通动画片、漫画书、广播歌曲、广播剧、所谓的'铜版纸杂志'，还有电影。"②电影和卡通对于厄普代克早年的生活意义深远，厄普代克早年的理想是成为一名漫画家，特别想为迪士尼绘制动画片："地板上散落着我的蜡笔和彩色铅笔，我自学临摹漫画——我现在还能做一个有用的米老鼠——六岁左右我临摹了很多当时刊登的连环画。……我在夹板上描摹连环画中的角色，然后用锯子把它们割下；我剪下每天报纸上的连环画，把它们制作成书；我为同学们画漫画；我成了班上的海报制作人。我给那些连环画艺术家写信，有时会收到他们手绘的漫画。"③他的这一兴趣一直坚持到大学。

如果考虑到厄普代克早年对大众文化的兴趣，我们就不难理解消费文化在厄普代克作品中的地位。厄普代克将代表后现代的大众文化

---

①　罗伯特·休斯：《新艺术的震撼》，刘君萍等译，上海人民美术出版社 1989 年版，第 302 页。

②　John Updike, *Odd Jobs*, New York：Alfred A. Knopf, 1991, p. 87.

③　John Updike, *More Matter*：*Essays and Criticism*, New York：Knopf, 1999, p. 788.

写进小说，文本中充斥着各类现代常见的通俗文化符号，如电视节目、广告语言、各类食品饮料标识、流行歌星和影星、"麦当劳"餐厅、"星巴克"咖啡馆，等等。这些大众文化符号的功能表现在：一方面表明作品的时代背景，将作品塑造成展示美国社会生活的斑斓画卷；另一方面揭示大众文化和大众传媒对于当代人类生活的影响，它们构成了人们的潜意识，控制着人的思维和行动，从而折射出当代人被虚构、重复、快速、肤浅等后现代文化符号所包围，生活呈琐碎、虚无、无中心、表面化的状态。

电影是厄普代克非常热衷表现的文化符号，电影名称、流行的电影明星频繁出现在他的作品中，他把电影意象当作创作中表意传情的重要手段。杰克·德·贝里斯（Jack De Bellis）列出了一份出现在厄普代克作品中的电影名称和电影人物注释清单，达数百条之多。他指出厄普代克的重要作品中，只有那些故事背景在 20 世纪之前的小说没有关于电影的注释，例如《布坎南之死》（*Buchanan Dying*，1974）和《葛特露和克劳狄斯》。① 电影元素在厄普代克作品中所起的作用主要有：电影元素的介入有助于提高作品的真实感，并且可以成为人物之间谈论的话题；其次，电影元素可以直接参与剧情的推进；此外，厄普代克的叙事风格带有电影镜头的移动感，他对场景的描写常令读者如置身影院，故事随着镜头缓缓推进。

电影意象之所以为厄普代克所重视，很大程度上是因为美国是一个电影大国，电影文化渗透在美国生活的各个层面，影响和改变着众多美国人的生活。从他的第一部小说《贫民院集市》开始，电影元素一直贯彻厄普代克的创作，他于 1996 年发表的小说《圣洁百合》（*In the Beauty of the Lilies*）几乎可以说是一个关于电影的故事。在这部小说中，威尔莫特一家四代人都与电影有着千丝万缕的联系。第一代人克拉伦斯牧师因信仰的崩溃转而沉迷于好莱坞影片的幻影中，寻求片

① Jack De Bellis, *The John Updike Encyclopedia*, Westport, CT: Greenwood, 2000, pp. 173 – 175.

刻的精神安宁；第二代人特迪受父亲的影响，一生背离宗教、电影的虚构世界，同样成为其逃避现实的方式；第三代人埃茜则是通过电影取得了巨大的成功，成为好莱坞的一颗明星，但是埃茜的成功背后掩盖的却是人生的屈辱与卑贱及其对家庭的放弃；最令人悲哀的威尔莫特家的第四代人、埃茜的儿子克拉克。克拉克成长的时期恰是美国的宗教走进低谷的时期，也是电影事业进入鼎盛的时期，电影中随处可见的酗酒、吸毒、性放纵、抢劫、谋杀和暴力等镜头将克拉克引向了人生的歧途。小说中的四代人都离不开电影，他们或试图从电影中得到解脱，或通过电影获得成功，或是被电影毁掉一生。

　　厄普代克在对经典作品的重构过程中，仍旧青睐采用以电影为代表的大众媒介作为文本的叙事方式，推进情节的发展。电影作为一种文化符号影响甚至控制着当代人的生存状态。与《圣洁百合》不同的是，厄普代克多数作品中的电影并不承担小说叙述主线的功能，而是作为影射人物文化状态的一种意象出现。这些散落于文本中的零散意象揭示了电影、电视、收音机等大众传播媒介通过营造"虚幻空间"，在某种程度上控制着现代人生活。例如，在《马人》中，奥林格镇的魏瑟街上就有五座电影院，可见在电视出现之前，电影在美国人生活中扮演着何等重要的角色。观看电影时，电影院幽暗、舒适的氛围以及电影画面营造出令人心醉神迷的境界，使彼得暂时忘却了现实的困扰，以至于电影散场后，在"刚刚看完那光彩夺目、变幻不定的映象分化离散之后，真人的面貌看起来使我反而震惊"①，无法立即完成从虚幻世界向真实世界的转换。如果说电影以图像构筑了一个虚幻世界，那么收音机则是通过语言和声音构筑的。当彼得成年后讲述童年时期的故事时，他以不无嘲讽的口吻回忆传播媒介在他童年期生活中构筑的梦幻，收音机曾将他"带到我的世界，在那里我是强者：我的衣橱满是漂亮的衣服，我的皮肤像我画的那么光滑，那么白，那么一种名利双收的调子"（中译本，第72页）。彼得年幼时居住的奥林格

---

①　约翰·厄普代克：《马人》，舒逊译，外国文学出版社1991年版，第129页。

小镇与好莱坞、华盛顿、曼哈顿等这些文化中心相距遥远，收音机和电影里传递的文化信息有效地缩短了地理上的距离，让彼得从内心感受到与文化中心距离的缩短。然而，成年后的彼得只是一个落魄、窘困的二流艺术家，他的皮肤也没有变得光滑，依然为牛皮癣所困扰。厄普代克借电影、电视、收音机等文化意象旨在说明后现代社会中有很大一部分是由各类声音和图像建构的"虚幻"，它们具有强大的欺骗性和吸引力，常使人们沉迷于它所营造的绚烂的不真实中，无法分清真实与虚构，生活变得凌乱、无序。正如斯基夫对"兔子"哈里的评价，"他的思想和行为的发展受到他所接触到的电视节目、电影以及各类消费文化的驱动"[1]。

此外，电影、电视等媒介建造的虚幻世界与真实世界之间的界限被人为地模糊化，长期生活在同时具有"真实"和"虚幻"双重特质的后现代社会中的人类，常常表现出主体的分裂。《S.》中萨拉长期生活于由各类"虚幻"与"真实"物质营造的空间中，在某种程度上讲，她自身也呈现出"虚假"和"真实"的双重性。她一方面宣称要追寻一个"没有利己意义的自我以及相互追逐、竞争对抗、具有创造性的生活模式"[2]，另一方面又在从事着将避居地基金中的钱转移到自己名下的不正当行为，以满足个人对物质的欲望。萨拉生活在一个将真实性与虚幻性交织在一起的环境中，无可避免的，她自身的价值观也呈现出游移不定、似是而非的二元状态。

大众传播媒介占据了人们生活的主要空间，是很多后现代人打发时间和逃避现实生活的方式。电视诞生之后，很快便在美国中产阶级家庭妇女的生活中扮演起重要的角色。萨拉·渥斯回忆作为家庭主妇的日子，各类电视节目是她打发时间的主要方式，"看那些傻里傻气的故事片，一直到完"[3]，并为女儿珍珠不愿陪她一起看电视而伤感，

---

[1]　James A. Schiff, "Updike, film, and American popular culture", *The Cambridge Companion to John Updike*, New York: Cambridge University Press, 2006, p.140.

[2]　约翰·厄普代克：《S.》，文楚安译，河南人民出版社1997年版，第54页。

[3]　同上书，第15页。

"我也常常为你对电视缺乏兴趣，甚至对我的怠慢而深感不安"①。《罗杰教授的版本》中罗杰的侄女弗娜借助于流行音乐和电视节目逃避现实生活中的不幸。单身母亲弗娜把年幼的混血女儿搂在怀中，伴着欢快的"姑娘只想寻开心"的歌声，"喜剧性地随音乐轻轻摇摆"。这一幕即使对冷情的罗杰来讲也是深深的触动，"看到这母女之间一时的快乐和明显的亲密，我心潮起伏；我感到一阵苍凉，赶快把视线移开，抑郁地注视着墙壁上的装饰"②。

> 电视里已经播完了剧情发展迟缓的肥皂剧，正默默地播放着更活跃的卡通片，闪烁着更激烈的商业广告。在推销员预备 H 牌痔疮膏的广告中，肛部的不适引起了眉毛皱起的痛苦表情，随后是疼痛缓解后霍然明亮的面容，紧接着是演员——药剂师对该产品的宣传。
>
> 我想，戴尔心中的苍凉，难道不就是对上帝的渴望吗？毕竟，只有这种渴望才能证明上帝的存在。③

一位批评家曾说："这个世界上的一切都可能变成垃圾或者可以被视作垃圾。"④ 后现代社会中以电视、电影为代表的各类无意义、肤浅、虚假的大众消费文化正蚕食着后现代社会中人的灵魂，昔日人们对信仰的追求逐渐被空虚、卑琐、无聊所取代。厄普代克在虚构的文学世界中借助于各类美国人生活中常见消费文化符号表现 20 世纪美国人真实的精神和灵魂，他通过谱写一曲曲当代社会的挽歌，表达了对后现代社会渐渐远逝的崇高感和庄严感的怀念和哀悼。

---

① 约翰·厄普代克：《S.》，文楚安译，河南人民出版社 1997 年版，第 15 页。

② 约翰·厄普代克：《罗杰教授的版本》，刘洎、李海鹏译，河南人民出版社 2000 年版，第 68 页。

③ 同上书，第 68—69 页。

④ Philip Stevic, *Alternative Pleasures：Postrealist Fiction and the Tradition*, Urbana：University of Illinois Press, 1981, p.140.

二　大众消费社会的"异化"

厄普代克创作于 1961 年的《A&P》是他短篇小说中的精品，这个短篇故事既是对现代主义大师詹姆斯·乔伊斯的短篇小说《阿拉比》（*Araby*）的重温，又有霍桑短篇小说《好小伙布朗》的背景和主题，更有中世纪骑士传奇的叙事结构。本书的研究对象虽是厄普代克的长篇小说，但是《A&P》这部短篇故事能够非常突出、清晰地反映作家对大众文化的态度，在此借用这篇故事的素材分析厄普代克对当代社会"异化"问题的关注，希望能够起到见微知著的作用。

这篇小说创作时代是美国消费市场空前繁荣时期，20 世纪五六十年代大众消费社会和消费主义文化开始形成，加里·克劳斯（Gary Cross）称那个时代里，"（人们）乐此不疲地将金钱花费在汽车、房屋和各种电器设备上"①。政治家和普通民众多认为消费是引领国家走向繁盛的途径，并且是西方民主政治制度合理性和优越性的表现。故事中，"A&P"全称为大西洋和太平洋食品公司（the Great Atlantic and Pacific Tea Company），曾是美国最大的食品零食商之一，拥有很多家连锁超市。世界上第一家超市于 1952 年诞生在美国，超市在当时被宣传为能买到最具价值东西的场所，是商品社会中大众道德规范的象征。小说中，厄普代克将故事发生的场所设置在"A&P"超市中，说明了作家对空间背后蕴含的价值规范的认识和关注。下面我们将重点通过这篇写于 20 世纪大众消费兴起年代的短篇小说来看厄普代克是如何传递出对现代主义文学中的"异化"主题的当下关注。

《A&P》的故事冲突发生在 20 世纪大规模消费文化背景之下。消费是商品社会中人们生活的重要构成，它综合了社会、文化和经济等活动，利用社会产品来满足人们各种需要的过程。在消费主义语境下，消费不仅仅体现为物质和服务的生产、占有和使用过程，更被赋

---

①　Gary Cross, *An all – consuming century*: *Why commercialism won in modern America*, New York: Columbia University Press, 2000, p.104.

予了文化含义：消费体现个人身份。因此，在消费主义文化中，消费的对象不再是商品和服务的使用价值，而是它们的符号象征意义。苏·麦克雷戈将消费主义定义为一种"个体在消耗商品中获取愉悦的错位信仰……（人们）视消费为一种自我发展、自我实现、自我满足的途径"①。消费主义将一切事物均变成可供人类消费的对象，其中包括人类自己，因此，在消费主义意识形态中人被"物化"，人与人之间的关系需要借助于物加以衡量。换言之，卡尔·马克思在生产领域中注意到的"异化"现象，蔓延至消费社会中整个人类生活领域。

　　"A&P"超市是一个消费行为发生的场所，这个现代消费空间成为马克斯·韦伯的理性理论的明证。韦伯的理性理论认为，在现代经济活动中人们为了获取最大利益，运用"计量"和"计算"使各类消费活动理性化、合理化。因此，消费社会呈现为可计算性，商品生产商和经销商成为经济学体系中的"经济人"，他们利用各种科学的营销手段，力图控制消费者的心理和行为。"A&P"里有规划整齐的购物通道，"整个店面就像一台弹球机"②，顾客沿着经过合理设计的通道，有秩序地穿梭于各类货架之间。消费人群在所谓的"合理性"引导下，养成了机械的遵从意识，萨米的叙述里多次使用"绵羊"（sheep）一词称呼超市中驯服的顾客。顾客主体性在超市的"理性化"设计规划中丧失，异化为无思考行为的动物，"有两个本来向我收银台走来的顾客不由得相互碰撞起来，好像圈里受了惊吓的猪一样"③。在萨米看似带有恶意、轻蔑的描述中，顾客变成了没有思想的动物，购物过程因被计算和设计而缺乏自主性，"我敢打赌，要是你在 A&P 超市中点燃炸药，人们大半继续拿起货物，把燕麦片从单子上划去，咕哝着'让我看下，还有第三件东西，是 A 打头，芦笋，不

---

① Sue McGregor, "Participatory consumerism," *Consumer Interests Annual*, 47, pp. 1 – 6.
② 本文中的小说内容引用出自主万等译的《小说鉴赏》（双语修订第 3 版）中的英文部分，世界图书出版公司 2008 年版，第 550 页。
③ 《小说鉴赏》，主万等译，世界图书出版公司 2008 年版，第 552 页。

对，哦，对啦是苹果酱！'"① 我们看到，在消费社会的合理化"计算"体系中，人成为孤立的"原子"，重复着生产过程中的"异化"。

消费社会的"异化"现象不仅表现为作为主体的人异化为"物"，人与人之间的关系也异化为"人与物"或是"物与物"的关系。在大众消费文化之前，消费行为通过人与人直接发生关系得以实现，但是自20世纪中叶开始，美国人主要在超市采购他们的日常用品，超市成为"生产出的物品的被动分配者"②。传统消费过程中必不可少的人与人交流，在大众消费社会中变得可有可无，对于超市的工作人员而言，顾客只是工作的对象和客体，而非复杂、立体、具有感情的人；同样，在顾客眼中，工作人员是超市的附属设备，即如萨米那样被顾客不信任地"盯着"，成为超市收银系统的一部分。

资本主义进程中对物品的分类推动了"异化"现象。卢卡奇的物化理论认为，存在于生产领域的"异化"扩展到了整个人类生活，现代大工业生产中普遍采用的数字计算导致了主体被抽象成了纯粹的客体，所有的事物都被当作可预测的对象，而不是一个本质上具有价值和意义的主体。在商品社会中，资本主义将所有物品包括人，转化为商品。人在被物化的过程中，原本所具有的对于行为的控制能力和物体的感知力，不再成为个性的有机组成部分，它们如同外在世界中的其他物品一样可以被"占有"和"处理"。卢卡奇感知的"物化现象"，在《A&P》中以萨米将女孩形象异化为商品形式存在着。萨米对三个女孩相貌的点评是以超市中出售的物品作为参照，屁股像"罐头"、脸蛋像"浆果"、头发像"面包卷"，昆妮（Queenie）的胸部被描写为"两勺我所见过的最滑腻的香草冰淇淋"③。在萨米的眼中，"她们像商品一样，仅仅是被观看、触摸和使用的物品"④。萨米对女

① 《小说鉴赏》，主万等译，世界图书出版公司2008年版，第549页。

② James Carrier, *Gifts and commodities: Exchange and Western capitalism since* 1700, New York: Routledge, 1995, p.86.

③ 《小说鉴赏》，主万等译，世界图书出版公司2008年版，第552页。

④ Corey Thompson, "Updike's A&P," *Explicator*, 59（4）, p.216.

孩的观察视角强调了消费文化中的普遍性的商品化过程，即我们对于世界的感知是基于将一切物品等同于商品的视角，本质上这是消费主义意识形态的表现。

资本主义的"合理化"原则让我们将所有的事物、所有的人都抽象化为可"计算"的物，对物品的"分类"（classification）是合理性得以实现的关键。《A&P》中凸显了广泛存在于资本主义制度中的"分类"行为。萨米在超市的环境中，形成了一种"分类"意识，例如，他对女孩们行进方向描写以超市中销售的物品分类为坐标，对物品的分类和划分习惯，规约了萨米对世界的认知模式，他对他人的感知也以"分类"为途径。萨米关于昆妮的描写是他参与消费社会中商品化分类的重要证据。萨米的表述不仅将昆妮"物化"为商品，更具意义的是，在萨米对昆妮的"物化"过程中，女孩与其他顾客的差异被凸显，昆妮成为商品经济中的一个能指符号。萨米关注到昆妮肌肤的白皙，并且不厌其烦地加以描述，萨米用"白"这一特质将昆妮与其他顾客区分开，"白"成为表征昆妮阶级和身份的符号，无论是萨米在昆妮身上感受到的性吸引，亦或是他对昆妮社会地位的认知，根本上缘于萨米对更高层经济和阶级地位的向往。《A&P》的创作年代是美国消费主义文化迅速蔓延的时代，这一时期的消费文化具有种族、阶级和性别上的结构化特点。在萨米的认知体系中，"白"是一种符号，用来划分昆妮与"A&P"超市中其他普通阶层顾客，是昆妮优越经济地位的象征。

布迪厄在《区隔》中指出，普通阶级在美学立场决定的系统中，只能作为反衬的角色而存在，也即在与资产阶级的关系中，他们的一切美学都在反复被否定的同时被定义，只能作为负面的参考标准而发挥作用。萨米将其他女顾客丑化为"涂了胭脂，没有眉毛，50多岁的老妖精"，"头上戴着卷发圈的家庭妇女"[1]，以此衬托昆妮的与众不同，这一行为投射出萨米对自身所在阶级的否定心态和情感疏离。

---

[1]　《小说鉴赏》，主万等译，世界图书出版公司2008年版，第549页。

萨米辞职后脱下工作服——"围裙",穿着"熨平的白衬衫"信步离开超市,在某种程度上可以视为对自己在消费环节中承担角色的厌恶情绪的宣泄,是他企图脱离自己所在阶层的象征。在萨米的认知体系中,"围裙"与"白衬衫"是一组对立概念,"围裙"代表了劳动阶层,"白衬衫"则代表了消费文化中的更高阶层。无论是昆妮肌肤的"白",还是萨米在着装上对白色的肯定,白色无形中成为了消费文化中的能指符号。

有评论认为萨米对白色的青睐,暗示了作为一个白种男子,萨米的阶级意识无可避免地具有种族化倾向,厄普代克在《A&P》中阐明美国消费主义意识形态中,除了阶级结构外,还存在结构的性别化和种族化特征。笔者认为,就《A&P》这篇小说而言,除了主人公对白色爱好可以隐晦地指向种族化倾向之外,美国消费主义中的种族化倾向并没有得到很多表现,作家呈现出的消费异化现象,倒是比较醒目且值得关注的问题。将厄普代克的《A&P》置于消费文化语境下解读,我们发现,文本不仅呈现出消费环节中的异化现象,再现了现代人在消费社会中的生存状态,它同时唤起我们对于消费文化和消费抵制的辩证思考。在萨米面对消费文化表现出的张力中,我们看到人物对消费主义意识形态强化的抽象过程,以及消费社会中个体身份界定的困境。

三　个体主义与"合理的自私"

个体主义是美国文化的核心,厄普代克通过对巴特神学有条件吸收,形成了自己独特的个体主义观。依据巴特的神学观,厄普代克发现,一方面上帝不依据我们的想象而存在,另一方面上帝存在于他所创造的事物中,"有自我出现的时候,上帝的概念就会出现"[1]。巴特神学中关于上帝与人的关系,确立了个人自我意识的存在。厄普代克曾经做过一篇题为"爱默生主义"的长篇演讲,这篇

---

[1]　John Updike, *Self - Consciousness*, New York: Alfred A. Knopf, 1989, p.232.

演讲的主要内容是说明爱默生的超验主义思想对美国文化中的个体主义的形成起了至关重要的作用，而在巴特神学中厄普代克同样体察到了这种个体主义的存在。厄普代克是巴特神学思想的信奉者，但他毕竟是小说家，不是神学家，他对巴特神学的吸收"主要为了故事情节的构造，完善人物的塑造，当然也为了表达他对现实的理解"①。在创作实践中，厄普代克对巴特神学的吸收是有选择性的。厄普代克自己也曾说过，他不是一个很好的巴特信奉者，他只是从巴特那里汲取他觉得有用的东西。②因而，厄普代克通过人物所表达的对个体主义的理解与巴特神学和爱默生的超验主义之间存在着较大的差别，这种差别反映出厄普代克对当代人信仰追求的不同认识和思考。

要理解厄普代克的个体主义观念，首先需要区分体现社会伦理准则的道德观与巴特唯信论思想体系中的道德观之间的区别。因为厄普代克从巴特"辩证神学"的思想中获得了自由的感觉，正是这种"自由"感让厄普代克对巴特爱不释手，在创作中反复加以表现，最终形成了自己独特的个体主义观念。唯信论认为我们想要知道任何有关神的唯一途径是借着信心，真理是主观的、个人的，因此我们可以相信它，却不能明证它。世上没有理性的证明或经验、证据可以引导我们认识神。我们必须单纯地相信他在他的话中所说的以及他在我们生命中所做的均是真实无妄。克尔凯郭尔和巴特是这种观点的代言人，厄普代克也宣称自己信仰的唯信论倾向。将宗教作为道德的基石，表现社会伦理准则的道德观是巴特极为排斥和否定的内容。他曾感叹西方道德的虚伪"这个世界充满了道德，但是我们从它那儿到底得到了什么？……我们生活中发生的最大的罪行——我是说资本主义的秩序和这场战争——却可以在纯粹道德原则的基础上证明它们是正确的，这

①　金衡山：《道德、真实、神学：厄普代克小说中的宗教》，《国外文学》2007 年第 1 期。

②　James Plath ed., *Conversations with John Updike*, Jackson：University Press of Mississippi, 1994, p. 254.

难道不是值得关注的事情吗?"① 宣称是人与上帝结合的自然神学和宣扬依赖于哲学、科学和文化的自由主义神学,均以人的作用替代上帝的作用,神学变成人类手中的一个使用工具。在此基础上建立的体现人类自身目的道德体系必然与上帝的旨意有很大出入,上帝沦为宗教和神学树立自身权威的工具。

而巴特的唯信论建立在上帝是"完全他者"的基础上,信仰可以超越现实道德,但拥有信仰的人本身也拥有道德。建立在上帝神性基础上的超验的"道德"更应是现实道德的范式,"个人与上帝同在的前提是个人朝向上帝,而不是反之。"② 巴特宣扬的实质是道德和信仰的结合,而不是字面意义上的二者背离。厄普代克的个体主义观念既体现了对上述巴特唯信论的继承,也融入了厄普代克自身对信仰与道德关系的理解。他的个体主义观念表现为以下内容。

追求内在自我的实现。厄普代克笔下的人物跨越了半个多世纪,各自演绎着自己悲欢离合、喜怒哀乐的故事。他们不是现代主义作品中的英雄式的人物,一生也没有发生过任何可以与英雄式人物挂钩的壮举,他们不过是一群普通的美国人。这群"小人物"上演着类似于偷窃、通奸、逃避责任、乱伦等一系列与社会规范和道德准则相背离的剧情,但是他们的共同点是都有着自己的信仰,并且能够在信仰中找到内心的平衡。厄普代克将这种生活状态表述为"合理的自私"③。他们都是自我中心主义者,他们坚定地信仰上帝,但是他们认为信仰是获得拯救的唯一途径。根据巴特神学,在信仰的前提下,人是自由的,人的行为是自己的选择,每一个人要为自己行为的结果负责,上帝并不为其行为负责;而另一方面,信仰的基础是对上帝创造这个世

---

① Karl Barth, *The World of God and the Word of Man* , trans. Douglas Horton, London: Hodder & Stoughton, 1935, p. 19.

② 金衡山:《道德、真实、神学:厄普代克小说中的宗教》,《国外文学》2007 年第 1 期。

③ John Updike, "Emersonism", *Hugging the Shore: Essays and Criticism*, New York: Alfred A. Knopf, 1983, p. 159.

界的相信，是来源于上帝对人的无限热爱，这种"上帝之爱"或者说"恩典"更是给予了人自由行动的信心。尽管上帝并不为人的行为负责，但因为有信仰，不管其行为如何，人不会被上帝所抛弃，都会被拯救。因而，国内有学者认为厄普代克笔下人物对上帝不离不弃的信仰从某种意义上讲，是对巴特神学的一种反讽，信仰由巴特"上帝是完全他者"中的上帝中心变成了厄普代克"我需要信仰"中的自我中心。①

以"《红字》三部曲"中的各主要人物为例，霍桑笔下的人物面临着清教传统的束缚，厄普代克则赋予了笔下人物极大的自由，清教传统已不成为束缚，他们的行为超越社会道德规范，试图在宗教信仰中为自身的行为寻求到合理的解释。《整月都是星期日》中，厄普代克通过主人公马斯菲尔德牧师的通奸故事进行了一次巴特神学的展示②。马斯菲尔德牧师是一位巴特的信仰者，同时也是一位热衷于满足于肉体欲望的通奸者。与丁梅斯代尔不同，马斯菲尔德并不为自己的行为困扰，他不断利用宗教解释自己的通奸行为。在马斯菲尔德口中，宗教可以成为身体和灵魂获取自由的合理化解释：

> 那些通奸的男男女女来到幽会的地点，剥去社会加在他们身上的所有虚假外衣，他们来到这不是听了什么人的话或是因为什么信条，而是自觉自愿地，依据上帝赋予他们的信仰，也就是无法满足的自我和可以使用的性器官。③

厄普代克或出于故意或是无意，"通奸"被主人公马斯菲尔德转化为"自由"的代名词，宗教信仰和肉体欲望通过性爱合二为一。他

---

① 金衡山：《厄普代克与当代美国社会：厄普代克十部小说研究》，北京大学出版社2008年版。

② James Plath ed., *Conversations with John Updike*, Jackson：University Press of Mississippi, 1994, p. 75.

③ John Updike, *A Month of Sundays*, Penguin：Penguin Group, 1974, p. 46.

将自己与爱丽丝的交往看成对巴特宗教观的实践。而在与哈娄太太的通奸中，马斯菲尔德牧师则是劝说其放弃信仰，将宗教描述为"一种体制"、"一个骗局"。

在《罗杰教授的版本》中，巴特神学充当了主人公罗杰用以解释和证明自己行为正当的工具。罗杰在运用巴特神学观表明自己宗教信仰的同时，他也为自己的欲望冲动找到了宗教支撑。"上帝是全然的他者"和唯信论被罗杰用来证明自己乱伦行为的合理性。在信仰的前提下，人是自由的，而"上帝之爱"给予了人自由行动的信心。正是因为人会"堕落"，人才成其为人，而不是与上帝一样的存在。此外，人类的"堕落"也见证了上帝的存在。① 罗杰正是利用了巴特唯信论中"自由"和"信仰"的观点，将自己通过乱伦行为寻求身体刺激的过程辩解为"证明上帝存在的明证"。

> 在我眼里，即使上帝惩罚我们，我们仍始终如一地热爱上帝、崇敬上帝，这一点具有无限的美感；同样美妙的是上帝始终保持着沉默，好使我们探索和享受我们所拥有的做人的自由。②

在此，罗杰将自己的宗教信仰置于实用主义的色彩之中，他运用偷换概念的方式，将自己的行为视为上帝的默许，是对做人自由的探索和享受。极具反讽意味的是，作为神学教授的罗杰对上帝应有的敬畏荡然无存，甚至将上帝亵渎为自己"罪恶"的同伙，将自己的乱伦视为对上帝存在的证明。从本质上讲，罗杰·兰伯特是在以伪装的方式对巴特宗教神学观进行颠覆。

《S.》中，巴特神学虽然没有再作为主人公为其行为辩护的工具，但是宗教同样地被利用，只不过这次换为印度教。萨拉一方面宣称在

---

① Richard Chase, *The American Novel and Its Tradition*, New York: Doubleday Anchor Books, 1957, p. 72.

② 约翰·厄普代克：《罗杰教授的版本》，刘涓、李海鹏译，河南人民出版社 2000 年版，第 282 页。

修行中灵魂得到净化，达到虚无的状态；另一方面又执着于现世中的一切。宗教是萨拉的信仰追求，但是面对个人欲望时，信仰随即被暂时丢弃。

可以看出在厄普代克文本中，信仰成为主人公们挣脱社会道德规范约束的理由和工具，给予了他们找寻自我和自由的内在动力，厄普代克笔下的主人公都有坚定的信仰，只是他们在信仰追求的过程中常常与社会道德发生冲突，因而呈现为"不折不扣的自我中心主义者"，他们在自我极度凸显的行为中承受社会的谴责。

社会规范与内在道德的矛盾。社会学家丹尼尔·贝尔用"自我实现"（self – realization）和"自我满足"（self – gratification）两个词汇来描绘当代美国社会的文化特性。如何最大限度地满足自我的欲望、体现自我存在的价值成为多数美国人的生活哲理，这是对清教传统压制人性欲望的极端反拨。美国社会在从传统的新教伦理意义上的自我抑制向 20 世纪后半叶逐渐盛行的享乐主义转变的过程中，自我欲望的膨胀与外在道德规范间形成的张力成为很多美国人面临的问题。厄普代克小说中的困境形成常常是由于两种道德发生冲突：一种是外部抽象的，保障我们文明有序运转的各类道德规范构成；另一种道德则是要求诚实对待自己的内心需求。在作家看来，这两种道德的存在都是合理的，但又都不完善和充足，因此，无论作何种选择，都不能最终解决问题。人的良心会因触犯两种不同的道德体系而怀有罪感。厄普代克在很多小说中都在表述上述的道德困境，主人公们往往徘徊于在现实道德和内在道德之间，而内在道德表现为主人公对"自我"的追求。因而厄普代克的小说常常呈现为社会与自我的冲突，本质上是两种道德的碰撞，人因此而陷入无法解决的道德困境之中。

《葛特露和克劳狄斯》讲述的虽然是丹麦的古老故事，其故事核心仍就是关于情欲与社会道德问题。情欲是内心深处渴望激情体验的外在表现，厄普代克笔下的人物"总是处于对激情体验的渴望中"①。葛特露对情欲的屈服是其对待内在"自我"态度的折射。葛特露曾就"自我"问题与大臣哥伦贝斯辩论过,她表达自己对无拘无束的自我向往,"什么时候,告诉我,我可以表达出自己真正的声音"②。哥伦贝斯随即反驳,"但是,可爱的葛露丝,我们每一个人,如果不是从与他人的关系中,又怎样才能确定自身的位置呢?根本不存在什么斩断一切瓜葛的、自由自在的自我呀。"③厄普代克借哥伦贝斯之口指出葛特露心目中的全然"自我"在俗世社会中是不存在的,是一种虚幻。人的社会性质决定了单个人永远无法超越群体而存在。葛特露对全然自我的追求最终以一种反讽和悲剧的形式宣告终结:与克劳狄斯的通奸行为间接地害死了丈夫霍文迪尔,而在与克劳狄斯的婚姻生活中,葛特露再一次陷入男性编织的牢笼中。小说耐人寻味地让读者注意到葛特露敏锐地感觉出冯贡在成为克劳狄斯国王后的变化——其口气、做派多像先前的国王啊。显而易见,葛特露所奉行的绝对自由自在的自我"只存在于(葛特露)的内心世界中,而不是和谐交织着欲望与理智、肉体与灵魂的理性世界中"④。

"《红字》三部曲"的三位主人公同样为了满足各自的欲望,不惜以与社会对抗作为代价。而在他们的众多欲望中肉体需求最为重要,性爱被他们当作各自的宗教来追求。例如罗杰在抛弃前任妻子与埃丝特结合的事件中付出的代价是放弃教区牧师的职位;马斯菲尔德为了满足自己与他人通奸的欲望而被教会机构放逐,要求他在亚利桑那州

---

① James A. Schiff, *Updike's Version*: *Rewriting The Scarlet Letter*, Columbia: University of Missouri Press, 1992, p. 11.

② 约翰·厄普代克:《葛特露和克劳狄斯》,杨莉馨译,译林出版社 2002 年版,第 95 页。

③ 同上。

④ Laura Elena Savu, "In Desire's Grip: Gender, Politics, and Intertextal Games in Updike's Gertrude and Claudius", *Papers on Language and Literature*, Winter 2003, Vol. 39, Iss, 1. p. 17.

沙漠中的一个人烟稀少的地方忏悔；萨拉则因选择在避居地生活而众叛亲离，被女儿指责为"集体淫乱"①。厄普代克一方面安排笔下人物运用各自信奉的宗教为自己的行为辩护，试图说服读者接受他们的行为；另一方面，主人公们的探询最终都朝向虚无或不可知的开放状态。《整月都是星期日》的字面结局是马斯菲尔德最终拥有了白兰太太的身体和灵魂，实现了灵与肉的和谐。但是有学者质疑"马斯菲尔德关于白兰太太的故事很可能只是一种想象，一种一厢情愿的白日梦，因为我们读到的只是他自己的描述，白兰太太自始至终没有说过一句话，开过一次口"②。罗杰则是在欲望释放后，又回到了原先的生活状态中；萨拉同样经历了生活的循环，小说情节好像是一个圆圈，以离开丈夫所代表的物质社会寻求精神上的解放作为萨拉自我诉求的最初目标。在小说结尾时，萨拉又回归到物质世界中去，试图找回初恋男友的爱情。正如斯基夫的评价："（《S.》）促使我们对海斯特·白兰和美国人追求的精神上的新生作出重新思考。每一种改变自我的尝试，都存在着自我是否真正能够改变的疑问。"③ 故事结局的多义性和开放性折射出厄普代克对待道德困境的态度，他认为这根本是无解的困境，因此主人公们看似找到了解决的途径，但最终都呈现出"是—但是"的特点。

因而作家笔下人物对个体自由的追求均上升到宗教信仰层面，而性成为调和个体欲望和灵魂追求的中介。"《红字》三部曲"中，马斯菲尔德在日记中记述性与宗教是他最感兴趣的两件事；罗杰·兰伯特则发现"每当读完神学之后，即便是内容拙劣的神学，我总会感到更舒畅，更纯洁，更有生气，因为它触及与探求着未知世界的每一个缝隙。免得你把我当做假道学，我从色情文学中，从那种对可长、可

---

① 约翰·厄普代克：《S.》，文楚安译，河南人民出版社 1997 年版，第 156 页。

② 金衡山：《厄普代克与当代美国社会——厄普代克十部小说研究》，北京大学出版社 2008 年版，第 184 页。

③ 詹姆斯·斯基夫：《重塑美国神话——评厄普代克的"红字"三部曲》，于乃平编译，《外国文学动态》1994 年第 4 期。

深、可硬、可伸缩的令人难以置信的人体器官之间的交媾、抽吸、渗泌方面的详尽描写中，也可以找到同类的安慰和灵感。"① 萨拉·渥斯则认为自己在性爱中达到了印度教修行的最高境界。在三位人物的观念中，宗教与性是不可分割的统一体，宗教代表着主体形而上的人生思考，性则是主体形而下的人生体验，二者最终将合而为一，实现灵魂与肉体的最终和谐与统一。然而对于三位主人公而言，形而下的人生体验时常表现得超越社会价值规范，信仰此时便成为他们挣脱社会道德规范约束的理由和工具，给予了他们找寻自我和自由的内在动力。

厄普代克是否认同笔下人物运用宗教将自身的欲望冲动合理化的做法？很多学者认为厄普代克通过对肉体的肯定，突破纠结于霍桑心中清教式的"灵魂与肉体冲突"，协调灵与肉关系。② 这是一个很难用是或不是简单回答的问题，厄普代克对肉体从始至终都抱着肯定的态度，对他而言，性爱已远远地超出了生物上的意义，而具有了更深层的内涵，他曾说过："未堕落的亚当是个类人猿。……作为一个人，应该处于张力之中，处于辩证之中。"③ 但是，作为一位立足于表现现实、具有社会关怀意识的主流作家，厄普代克在对性的态度上值得探讨的：他仅仅是将性作为"新出现的宗教，作为唯一余留的东西"④，置社会价值尺度和道德规范于不顾，公然为"通奸"、"乱伦"等行为辩护；抑或他是选择在感兴趣的宗教和性爱层面来引发人类对当下生存状况的反讽性思考。笔者倾向于从后者的角度来看待厄普代克的创作态度。

---

① 约翰·厄普代克：《罗杰教授的版本》，刘涓、李海鹏译，河南人民出版社2000年版，第43页。

② James A. Schiff, *John Updike Revisited*, New York: Twayne Publishers, 1998, pp. 85 - 111.

③ George W. Hunt, *John Updike and the Three Great Secret Things: Sex, Religion and Art*, Grand Rapids, Mich.: William B. Eerdmans, 1980, p. 126.

④ Ibid., p. 117.

　　厄普代克在小说中从微观叙事入手，借助于后现代社会中对琐碎生活情节的描写、大众消费文化的再现，为读者展现了后现代文化背景下的美国人生活中真理、价值、信仰和意义的失落，表明了悲观、失望、空虚、疲惫的情绪正在人群中蔓延。但是厄普代克的创作并不是像一些后现代作家那样只是为了追求一种游戏的快感，作家的现实情怀自始至终没有远离厄普代克，在对现代人孤单、无助、失落的精神状态的呈现中，他注入了自己对宗教哲理的认知和对人生困境的思考。这种深层的人文关怀，令其小说文本具有了某种启示的意义。

第三节　后现代语境中两性关系与种族关系的新视角

　　厄普代克的大部分经典重述作品从故事形式上看一般具有现实主义特征，它们塑造了典型性格，刻画出典型环境，情节清晰有序，语言具有逻辑性；但从故事的内容上看，这些作品很多则带有鲜明的后现代色彩，特别是显示出强烈的解构性。解构性是后现代语境中的一个重要概念。在此之前，文学和文化中的各类文本往往通过"宏大叙事"讲述着启蒙主义、人文主义和西方现代主义一脉相承下来的信仰体系的故事，解释着一种思想意识形态。"宏大叙事"潜隐着一种主流的意识形态，以权力的意志设计和制造整体的、同一的社会秩序，它维持了所谓的社会的整体性、稳定性和秩序。在"宏大叙事"话语表层下潜藏的是对各类逻各斯中心主义的表述。

　　逻各斯在古希腊原文中的意义是言谈，亚里士多德曾经把"逻各斯"作为言谈的功能，精细地解释为"合乎语法的言谈"。逻各斯就是一种以建立意义结构为主旨的言说活动，是在理性的引导下，以终极意义上的、普遍善的达成为最终目的的人类有意识活动；到社会生活的层面上，它就体现为一种以社会生活的秩序化为主旨的对话活动。西方文化将理性和权力合二为一，建构出一个庞大的二元对立话语体系，以一套规范行为方式的道德评价体系为标准，对现实生活中的人们的行为进行规范，以保证社会的有序，这就是"逻各斯中心主

义"。二元对立的思维模式和话语体系具有鲜明的排异性，以所谓的
"本质"和"中心"置其他于附属、边缘、衍生的地位。逻各斯成为
西方古典形而上学的中心和本源。进入 20 世纪，很多重要的哲学运
动都尝试将逻各斯作为颠覆的对象。例如，海德格尔颠覆了主客二
分，这从根本上动摇了逻各斯的统治；德里达则"以极端的偏激把西
方古典诗学与西方现代诗学全部划定为逻各斯中心主义"①，他认为
"逻各斯中心主义"包含着"一种对'中心'的固执，是一个自我击
败的'魔咒'"②。进入后现代社会，解构逻各斯中心主义成为一个文
化热点，不同文化语境中的逻各斯中心主义以不同的形式被解构：女
性主义语境中需要颠覆男权中心主义，将女性声音从长期被压制的状
态中释放出来；在后殖民批评看来，逻各斯中心主义则是西方中心主
义、白人至上论，批评的任务就是要消解人种优劣论，把受西方白种
人压迫的弱势群体的身份张显出来；生态批评者称它为"人类中心主
义"，反对人与自然的对抗和消除人在自然面前的优越感，追求人与
自然的和谐相处。

　　受 20 世纪"解构"热的影响，厄普代克对西方文化中的各类逻
各斯中心主义，诸如男权主义、种族主义也进行了一定程度的反思，
他在创作中尝试解构既有的二元对立，转换中心话语，从而达到颠覆
逻各斯中心中的各种话语霸权的目的。

一　两性关系的重新审视

　　厄普代克曾遭到很多女性主义批评家的抨击，她们指责其对女性
缺乏正面描写，女性形象在厄普代克的作品中只能作为男性的陪衬出
现。发表于 2000 年的《葛特露和克劳狄斯》则是对上述诟病的一次
有力反击。厄普代克在莎士比亚戏剧《哈姆莱特》的基础上，转换叙

---

　　① 杨乃乔：《德里达诗学理论解构的终极标靶——论西方诗学文化传统的逻各斯中心
主义》，《社会科学战线》1999 年第 1 期。

　　② 刘建军：《基督教文化与西方文学传统》，北京大学出版社 2005 年版，第 292 页。

述视角，聚焦于父权社会所不屑的女性经验，讲述王后葛特露的故事。安德烈（Andrej Zurowski）曾提醒说："莎士比亚的作品涉及了一切，但是他没有对任何一样事物的来龙去脉明确告知，他一直在邀请我们赋予他以新的生命。"① 原文本留下的巨大空间，使得厄普代克续写《哈姆莱特》成为可能。厄普代克看到了原文本中诸多信息的不确定性，从这一角度出发进行改写，让原本可能被隐藏的故事浮出水面，为读者提供一个新的角度去理解经典名著《哈姆莱特》。

　　莎士比亚的《哈姆莱特》讲述的是人文主义悲剧，是关于一个王子的复仇记。复仇者哈姆莱特站在舞台中央控诉母亲的脆弱，叔叔的奸诈，大臣的背叛，他的独白控诉赢得了观众的同情，并引导了他们的评判角度。厄普代克的《葛特露和克劳狄斯》将王后从一个无关紧要的角色推到舞台中央，作为主体向读者充分倾诉着自己从 16 岁的少女到 47 岁的妇人的情感历程：在 31 年的岁月里，她如何从一个被父亲交易的女儿变成一个被丈夫冷落的妻子；如何从一个被丈夫冷落的妻子变成一个被儿子厌恶的母亲；如何从一个被儿子厌恶的母亲变成一个被克劳狄斯宠爱的情人。葛特露的视角颠覆了原剧中哈姆莱特留给读者的阅读图式，开始思考原剧中的空白并进而质疑对哈姆莱特业已形成的同情是否合理。

　　《葛特露和克劳狄斯》转换的叙事视角使得莎士比亚故事中围绕着王后葛特露的潜藏问题浮出水面，例如：她如何认识克劳狄斯的？她与克劳狄斯是否在老国王死之前就有了通奸关系？王后为什么再嫁？王后对她两任丈夫以及儿子的看法如何？王后是否参与了对老国王的谋害？当哈姆莱特在舞台上控诉他们的罪行时，王后在干些什么，想些什么？等等，这些对于剧情的合理性至关重要的问题，在原剧中都淹没于哈姆莱特强大的控诉声中。厄普代克在此基础上，将莎士比亚的剧本与自己的想法糅为一体，编织了一个讲述女人情欲的故

---

① Andrej Zurowski, *Is Shakespeare Still Our Contemporary*? Ed. John Elsom., London：Routledge，1989，p.171.

事。如亨德森（David W. Henderson）的评论所指出的："小说的目的不在于为葛特露和克劳狄斯的行为辩护，而是为他们的行为提供一个可以接受的解释。事实上，小说的结局使得葛特露更像是一位牺牲者而不是作恶者。"[1] 在原剧《哈姆莱特》中，葛特露的第一段婚姻生活经由丈夫和儿子之口间接表述出来：老哈姆莱特将自我评价为一位绝对优秀的丈夫，在儿子眼中他是天神般的存在，生活在优秀丈夫和出色儿子关怀下的葛特露理应幸福无比，她的背叛变得既不合情也不合理。但在厄普代克的讲述中，能够自主"言说"的葛特露这样评价自己的丈夫和自己的婚姻："不是我自己要选择它的。他选择我也只是出于一种个人的策略。他爱我，但只是把这种爱看成是他公众责任的一部分，对他手下的其他人来说，甚至对于他本人来说，都根本不用担心会出现什么危险。"[2] 在葛特露的视角中，自己只是婚姻交易的物体，在交易中她失去了主体性，沦为一场场政治交易中的筹码。然而，厄普代克的葛特露却有着斗士的勇气和热情，她拒绝被动接受与听命服从，"她感觉到体内有战士的血液在奔涌流淌着——那是战士的骄傲和战士的勇敢"[3]。

很多读者接受了《哈姆莱特》剧中王子对母亲的评价——脆弱、肤浅、无法从事任何持续的理性行为。但是厄普代克以葛特露为核心展现围绕在她四周关于权力和野心的斗争以及复杂的人际关系，葛特露在这些男人间的欲望斗争中沦为一位孤独、受诱惑并最终与人通奸的妻子。有评论认为在厄普代克的故事中，葛特露呈现为"有主见、智慧、干练……明智"的女性，她的缺点只在于"渴求性爱"，这也成为推动情节的关键因素。[4] 事实上，在厄普代克的叙事中性爱是人

---

[1] David W. Henderson, "Gertrude and Claudius," *Library Journal* 125, 2000, p. 200.

[2] 约翰·厄普代克：《葛特露和克劳狄斯》，杨莉馨译，译林出版社 2002 年版，第 42 页。

[3] 同上书，第 6 页。

[4] Carolyn G. Heilbrun, *Hamlet's Mother and Other Women*. New York：Columbia UP, 1990, p. 10.

物渴望激情体验的表达，如美国女性主义者奥德瑞·洛德（Audre Lorde）所言，性爱"深深根植于女性精神层面"成为创造性能量的"力量之源"；① 但是，如果将个体实现凌驾于道德考量之上，这种力量将是毁灭性的。在与克劳狄斯通奸之前，葛特露曾发出了这样的感叹：

> 我还从来没有为我自己生活过……我是我父亲的女儿，后来成了一个精神狂躁的丈夫的妻子，还是一个总不在家的儿子的母亲。我一直在侍候着那个自己不得不将命运与之联系起来的人，没法回避他的意志，什么时候，告诉我，我可以表达出自己真正的声音……②

面对葛特露的质疑，大臣波洛涅斯回答："可爱的葛露丝，我们每一个人，如果不是从与他人的关系中，又怎样才能确定自身的位置呢？根本不存在什么斩断一切瓜葛的、自由自在的自我呀。"③ 厄普代克在此又一次让读者面对我们在第一章所谈及的无解的道德困境。在《葛特露和克劳狄斯》中，这种道德上的两难表现为葛特露徘徊于霍文迪尔代表的社会道德规范和冯贡代表的内心欲望之间。这两种道德在厄普代克看来都是正当的，但是都有瑕疵。当葛特露选择前者时，生命在平淡和沉闷中流逝；而选择后者虽然满足了灵魂和肉体的需求，但因其对伦理道德的触犯而招致毁灭性的后果。在一次访谈中，厄普代克谈到性爱对于建立和谐自我的价值："让我们将性爱从私室

---

① Audre Lorde, "Uses of the Erotic." *Writing on the Body*. Ed. Katie Conboy et al. New York：Columbia UP, 1997, p. 277.

② 约翰·厄普代克：《葛特露和克劳狄斯》，杨莉馨译，译林出版社 2002 年版，第 95 页。

③ 同上。

中带出，让它从圣坛上走下，将它安置在人类行为的链条上。"① 对于葛特露而言，爱欲是"与精神相连的事情，……重要的不仅仅是肉体"②。如果将自己定义为妻子，那她将面临失去自我的危险；同样，她也意识到自己对内在欲望的屈从令她脱离了社会结构和道德规范。

厄普代克对于葛特露的通奸表现超越了善与恶的道德语言，保持与克劳狄斯的性爱关系成为葛特露重新获取在婚姻丧失的自由与独立的唯一途径。"自从我经受了分娩的痛楚，生下了哈姆布莱特以后，我就一直在为王室的责任与体面而活。或许，我最终决定，应该重新鼓起勇气来。我的父亲和未来的丈夫一道，把我当成一桩交易的对象，而你，却重新让我意识到了自己的价值。"③ 在与克劳狄斯的关系中，葛特露发现了自己的潜在力量。厄普代克对于这种力量的表现是含混的，一方面，他认为这种力量与自我发现关联，另一方面，他通过克劳狄斯对葛特露女性力量含混不清的态度暗中消解了这种力量的积极意义。克劳狄斯对待女性的态度游走于"理想化"和"现实性"之间。对于克劳狄斯而言，葛特露"为他打开了一扇明亮的窗户，通过这扇窗户，可以通往一个更加纯净的世界"④，是他"神圣的智慧女神"。但葛特露却在克劳狄斯的表述中感到自己被"抽象化"，没有被当成"一个现实存在的人"⑤。霍文迪尔指出克劳狄斯的本质："你先是对女人花言巧语，然后竭力使她们堕于不光彩的境地，因为你自己清楚，你的兴高采烈是假装出来的，只是卑鄙无耻而又猥琐懦弱的人一时的头脑发热而已。"⑥ 克劳狄斯对待女性的含混态度似乎在暗示

---

① James Plath, ed. , *Conversations with John Updike*, Jackson：University Press of Mississippi, 1994, p. 34.

② 约翰·厄普代克：《葛特露和克劳狄斯》，杨莉馨译，译林出版社 2002 年版，第135 页。

③ 同上书，第 143 页。

④ 同上书，第 71 页。

⑤ 同上书，第 113 页。

⑥ 同上书，第 152 页。

作家对葛特露的观点，厄普代克似乎在暗示葛特露能够同时接受自己的软弱、妥协和独立、果断，她既没有被自己的女性气质所控制，也没有试图去对抗它。而克劳狄斯在利用了葛特露的情欲的同时又不由自主地赞同欲望的合理性，"我们的罪孽就是这许多年来，一直在违背自己的天性"①。

厄普代克借用莎士比亚的情景，通过葛特露与克劳狄斯的婚姻将两人的通奸行为合法化。借葛特露与克劳狄斯对婚后合法性生活的满足，厄普代克似乎成功地调和了两种对立道德观念间的冲突。但是，在葛特露而言，欲望代表了去拥抱爱和性，而克劳狄斯则在爱的名义之下谋划权力的争夺，欲望成为对权力意志的满足，"丹麦和葛露莎将同时属于他"②。因而，葛特露也意识到二人之间的差异：

> 这话多么像是一个男人说的，葛特露心想。他们总是要求你为他们做一切事情，可是过后又总是非常挑剔，不愿意承认它。克劳狄斯只是希望一切都能太太平平地过去，既然他现在已经是国王了，过去的事情就可以被埋葬了，成为历史。可是历史并不是死的；它活生生地存在于我们之间，正是它才使我们走到今天这一步。③

王后葛特露对欲望的诉求，使得原剧中不合情理的行为合理化。厄普代克从正面运用肯定性的笔触展示王后对丰富情感的渴望，但是厄普代克同时也在探讨个人欲望实现过程中的道德底线在何处，他在肯定对个人情欲满足的同时，不得不面对现实的道德准则。厄普代克对于欲望构成中缺陷的揭示，使读者联想到莎士比亚戏剧《特洛伊罗斯与克瑞西达》中的一句话，"这就是恋爱的可怕的地方，意志是无

---

① 约翰·厄普代克：《葛特露和克劳狄斯》，杨莉馨译，译林出版社 2002 年版，第 91 页。

② 同上。

③ 同上书，第 176 页。

限的，实行起来有许多不可能；欲望是无穷的，行为却必须受制于种
种束缚。"[①]

二　美国将是所有人的美国

德里达曾批评源于西方逻各斯中心主义和语音中心主义的西方种
族中心主义。他指出，理性主体或说话主体的中心地位导致西方种族
中心主义和白人文化的优越性。德里达讽刺地说，西方的"白种人"
具有很强的"漂白能力"。这种"漂白能力"附着于皮肤上，而且还
侵蚀心灵，搅扰灵魂。厄普代克的第16部长篇小说《巴西》，因涉及
种族问题再一次将他推到一个备受争议的处境，其中种族关系是小说
的核心。小说中的种族问题无处不在，特里斯陶与伊萨贝尔间的换肤
情节是争议的焦点。有批评认为厄普代克安排黑人小伙子特里斯陶与
白人姑娘伊萨贝尔置换肤色是基于厄普代克对种族品性的模式化认
识，即认为白人男性比黑人男性更自信更有希望；黑人女性比白人女
性在性关系上更具主导性；黑人男性的性能力则要强于白人男性。

《特里斯坦与伊瑟》传奇中，男女主人公均是白人，厄普代克在
改写中加入关键性的种族元素，使得《巴西》不再是对中世纪浪漫传
奇简单的重新讲述，转而变成了探讨阶级和种族在爱情中的作用。与
原著不同的是，存在于这对情人间的障碍不再是社会道德制约，而是
二人在阶级与种族上的巨大差异。特里斯陶是生活于巴西社会底层的
黑人小伙子，伊萨贝尔则是家庭富裕、拥有较高社会地位的白人姑
娘，两人在社会地位和肤色上的差异令他们的爱情无法见容于社会。
厄普代克采用了魔幻的方式令特里斯陶和伊萨贝尔置换肤色，从而超
越种族的桎梏，让他们成为一对被社会所接受的夫妻，并跻身巴西的
中产阶级行列。

这种看似妥协的行为背后实质是对种族主义壁垒的无形消解。小

---

① 威廉·莎士比亚：《特洛伊罗斯与克瑞西达》，朱生豪译，《莎士比亚全集》第七
卷，人民文学出版社1978年版，第179页。

说的第一个场景在海滩，这里被描绘成各种融合的乐园，"黑人身上闪现着一丝棕红。仔细观察，白人也是这样。这里是里约热内卢海水浴场当中最平等自由、最拥挤不堪和最不安全的科帕卡巴纳海滩，各种色彩与赏心悦目的人体黝黑肤色融成一片，一眼望去，沙滩上面好似多出一层具有生命力的表皮。"① 在厄普代克的故事中，种族身份最终消失，黑色不完全是黑色，而白色也不完全是白色。作家似乎着迷于通过肤色融合解决种族问题，每一个角色都是以种族和肤色描述，白皮肤中包含着黑皮肤。即使是在小说的开端，伊萨贝尔被描写成具有白人的典型特征，经伊萨贝尔的父亲萨略芒的揭露，其实她也是混血儿，她的血液中同样流着黑人的血液。其他人物的肤色均是介于白人与黑人之间。例如，伊萨贝尔的朋友欧多利亚是"介乎于白人与黑人之间的赤褐色皮肤"②，女佣玛丽亚是"混血人种"，皮肤呈"昏暗的黄褐色"③，特里斯陶的妈妈乌苏拉的"皮肤呈油泥般的古铜色，根本没有特里斯陶那一身非洲黑人皮肤的闪亮蓝光"④。此外厄普代克还描绘了随着环境的变化人的肤色也在发生变化，如特里斯陶同母异父的哥哥希金奥"皮肤是泛白的淡褐色"⑤，但是，在特里斯陶准备逃离时，希金奥的皮肤色泽"像一层用软布擦亮的金属"⑥；同样，特里斯陶和伊萨贝尔的肤色也随着阳光和环境的影响在发生转变，"由于她天天晒太阳，皮肤变为泛光的棕色，但头发却在变白，对照极为鲜明的是，特里斯陶变成了个浑身布满尘土的人，他臂膀的颜色也像背后的旅行袋一样在变淡"⑦。而小说中的所有人物从圣保罗酒店

---

① 约翰·厄普代克：《巴西》，韩松、张合青译，河南人民出版社1999年版，第1页。

② 同上书，第7页。

③ 同上书，第13页。

④ 同上书，第37页。

⑤ 同上书，第61页。

⑥ 同上书，第100页。

⑦ 同上书，第167页。

的侍者、巴西利亚的男管家到警察、杀手和戈亚斯的矿工，无一例外地均呈现为种族混合的特征。作家对于肤色的执着描写似乎在暗示：在巴西乃至整个世界范围内，纯粹的种族和纯正血统根本就不存在，当纯粹种族被多种族混合所取代，当种族身份不能够被明确划定，种族混合成为常态时，跨种族联盟就变得易于接受。

厄普代克创作《巴西》的动机与他的子女婚姻有很大关系。厄普代克的大女儿艾利贝斯的丈夫是西非黑人，因此，厄普代克也就有了一个黑白混血的外孙。在 1989 年出版的自传《自我意识》中，有一封厄普代克写给外孙埃勒夫的长信，信中除了说到计划重写特里斯陶与伊瑟的故事，信件的开头表达了与《巴西》相同的观点，即这个世界上不存在纯粹的种族，"我们都是混血儿"[1]，并且这个世界在为未来实现种族民主做准备。他写道："系谱学家告诉我们，我们所有人都有血缘关系，我们有共同的祖先……你的父母既是白人也是黑人，如同其他人一样，这令他们成为一对美丽的夫妇。"[2] 厄普代克对于自己外孙在美国的未来是如何预见的？他坦言：

> 当艾勒夫出生时，我的第一反应就是，如果他的父母定居在加纳，他会生活得更好。这是因为，我相信一个非洲国家对待一个半白人要比我自己的国家对待一个半黑人要友好。现在，我不知道……一个理想的无种族歧视的社会正在缓慢地形成。苗条的黑人模特登上了《时尚》杂志，衣着考究、职业化的黑人在大城市的中心区域工作，而这些事情在我成长时期的美国是没有的。未来社会，北美的拉丁化——西班牙血统的融入——已经模糊了肤色的界限，削弱了北欧的种植主带到这里的首批黑人的特性。美国正逐渐变成你们的，我愿意这么认为，它是所有人的美国。[3]

---

① John Updike, *Self - consciousness Memories*, New York: Alfred A. Knopf, 1989, p.164.

② Ibid., pp.164 - 165.

③ Ibid., pp.195 - 196.

厄普代克对于美国社会的种族未来持乐观的态度，这源于他对民权运动的记忆以及之后美国在种族问题上所迈出的巨大步伐。他认为这些在种族关系上的进步对美国黑人开放了前所未有的空间和社会流动性。今天我们看到厄普代克于 20 世纪 80 年代末期的预言正在实行，美国于 2008 年迎来了历史上第一位黑人总统，在很多人眼中美国正进入"后种族"（post-racial）时代。同时，他也意识到成为一个美国人意味着个体始终处于一张由种族紧张和彼此间的种族警惕交织而成的巨网之中。厄普代克真实感受到这种种族警惕的存在，以至于他在信中提醒外孙，终有一天他会感受到白肤色会将他与黑人群体隔离，因为白肤色会成为诸种怀疑、猜忌和不安的源头。虽然如此，厄普代克对于美国最终能够消除种族歧视保持一种乐观的态度，他说："当我想到我对待黑人的无意识的态度，以及我的孩子们在此事上的态度，他们的孩子将会有的态度时，我不得不说在对待种族问题上社会在日益进步。"① 厄普代克是美国中产阶级白人，他接纳了一个来自非洲的黑人女婿，她的女儿无视种族差异选择一位黑人男子作为自己的丈夫，着眼于自己的家庭，厄普代克看到了社会的进步，并且推导出瓦解种族壁垒的途径，这条途径"不是传统的民权斗士所惯用的社会、文化、政治斗争，而是通过男女之间的自然吸引和结合，让黑人和白人真正地融合在一起"②。《巴西》旨在消除种族间的人为意识差异，传递了厄普代克"我们都是混血儿"的信念。

在创作初始，厄普代克就意识到自己的这部小说对于种族问题的观念可能不被当时的北美地区读者所接受，因此，他采用了空间和文化转移，将自己在异域、奇幻背景下构建的种族理想与美国的种族未来通过《巴西》联结起来。基于厄普代克对于肤色的信念，小说中特里斯陶和伊萨贝尔互换肤色的情节也就不难理解。他们之所以能够很

---

① Adam Begley, "Romancing Mr. Updike," *Mirabella*, February 1994, p. 72.

② 齐园、宋德发：《"美国正成为所有人的美国"——评约翰·厄普代克的小说〈巴西〉》，《名作欣赏》2007 年第 4 期。

轻易地互换肤色，让白人变成黑人，黑人变成白人，是因为白人的肤色中本来就有黑色，黑人的肤色中本来就有白色。厄普代克为何不直接设置情节让特里斯陶肤色变白呢？只有上帝和莫楠（当地土著人心目中的造物主）能够造物，因此，根据萨满巫术关于置换理论："当这里的某样东西被置放到别处时，别处的某样东西必须置换到这里"①，伊莎贝尔要想使特里斯陶的肤色变白，只有牺牲自己。特里斯陶与伊莎贝尔间魔幻式的互换肤色不仅是伊莎贝尔出于对特里斯陶的爱而做出的自我牺牲的行为，更是厄普代克消除种族歧视的理念实践，他希望通过男女之间的自然结合来瓦解种族歧视。伊莎贝尔因为爱而接受了特里斯陶的黑皮肤，同样伊莎贝尔的父亲萨略芒出于对女儿的爱，而无视伊莎贝尔肤色转黑的改变。当特里斯陶试探性地问萨略芒是否发现女儿肤色的变化时，萨略芒非常郑重地发表了自己的看法："在父亲眼里，女儿总是完美无缺的。我发现她非常迷人，就像我头一次见到她被圣洁的母亲抱在怀里时一样迷人。至于保护她免遭日晒，这用不着过分担忧；她在日光下很容易变得黝黑。她母亲是安德拉德·古马朗伊什人。"② 厄普代克以自己的观念、生活和经历为依据，相信在人类的未来，世界上的种族问题都将不再成为问题。

厄普代克希望通过男女之间的自然结合来瓦解种族歧视，但是对于信念是否能够实现，他自己也颇为怀疑，因此《巴西》中体现了作家的矛盾心态。厄普代克通过肤色融合和转换来消解种族和阶级矛盾，但是这种转换是建立在抬高男性地位、降低女性地位基础上完成的。正如小说中指出的："白人男子娶黑人老婆，这在巴西并不像在南非或北美那样引人注目和过分显眼。"③ 作者选择方式其实在某种程度上是对社会的一种妥协，他选择了一种较能为社会所接受的方式来重新定位特里斯陶与伊莎贝尔的角色——男性为白人而女性为黑人，

---

①　约翰·厄普代克：《巴西》，韩松、张合青译，河南人民出版社1999年版，第208页。

②　同上书，第255页。

③　同上书，第232页。

赋予男性优势的社会地位，以符合社会的价值接受标准。这种转变实质上是对主流文化的服从，是对社会价值尺度的变相趋同。特里斯陶与伊萨贝尔能够为社会认可和接受不是由于种族歧视的消失，最根本的原因是这对夫妇最终回归被认可的社会价值体现中，在"正常"的社会轨道中生活。

在主人公步入"正常"的社会轨道后，小说的后半部又回到了厄普代克擅长的中产阶级生活描写套路中，特里斯陶成为拥有一定社会地位、经济富裕的中产阶级白种男人，在空闲之余勾引"几个中层管理同事的妻子"，并把这种勾当视为一种比赛，他正在内化与新身份相匹配的价值观；而伊萨贝尔则在生活中扮演起中产阶级主妇的角色，"她经常也是一天忙到晚，但忙些什么却难以说清"①，并时不时地与其他男人发生通奸行为。小说的后半部俨然成为了《夫妇们》的延续。

虽然不同于后现代作家的创作风格，厄普代克作品中的后现代创作视角却是不容忽视的。一个伟大作家往往善于把握住时代的脉搏，后现代文化语境中的美国人的生存状态在厄普代克的作品中得到充分展现。自20世纪后半叶起，后现代主义作为一种文化潜移默化地作用于美国社会的各个角落，它将人们的思维方式从惯用的对终极意义的探求直接拖入各种意义的缺失状态。面对关于"深度"的古老神话的消解，人们所表现出的无助、迷茫甚至某些极端的反应成为厄普代克关注的重心。后现代主义不仅是作家创作的一种视角，同时也成为其作品内容所呈现的一个侧面。对于厄普代克及其小说，也应当作如是观。

---

① 约翰·厄普代克：《巴西》，韩松、张合青译，河南人民出版社1999年版，第266页。

第三章

厄普代克经典重述的语言张力

你是我智慧存在的终点，我只存在于纸张上。请赋予我肉体。

——《整月都是星期日》

如何重新讲述一个大家早已耳熟能详的故事，对任何作家而言无疑都是一种挑战。对经典进行重构，重写文本，既不能完全脱离原著，又要摆脱原文本的束缚。因为互文性是重新书写和建构的文本得以存在的重要基础，读者需要在与原文本的相互参照阅读的过程中挖掘新文本的价值和意义，获得审美上的一种既似曾相识而又陌生的艺术感受。于是，重述者的叙事策略就成了重写行为能否获得成功的重要因素之一。厄普代克的"经典重构"系列作品，在叙事策略上，采用了"不可靠叙述"、"隐含作者"、"元小说叙事"等有别于传统现实主义文学的手法，以全新的方式演绎着古老的主题，令读者耳目一新。

第一节 不可靠叙述与反讽修辞

从主观上讲，厄普代克本人也许并没有刻意去制造不可靠叙事。1992年，在接受詹姆斯·斯基夫采访中，谈到了"红字"三部曲的不可靠叙事问题，厄普代克对此予以了否认。他的观点是："一个叙述者如果是不可靠的，那么谁还会去听他讲述？"①

　　"不可靠叙述者"这一概念最早由美国学者韦恩·布斯（Wayne Clayson Booth）在其专著《小说修辞学》（1961）中提出，建立在叙述者与"隐含作者"②关系的基础上。"当叙述者为作品的思想规范（亦即隐含作者的思想规范）辩护或接近这一准则行动时，我把这样的叙述者称之为可靠的，反之，我称之为不可靠的。"③也就是说，倘若叙述者的叙述与隐含作者在思想规范、价值观方面保持一致，那么叙述者就是可靠的，倘若叙述者背离了隐含作者标准，在思想规范、道德立场上与隐含作者不一致，则是不可靠的。

　　在衡量"不可靠"的标准上，学界存在较大的分歧，有的学者将叙述者是否诚实作为衡量标准。国内叙事学研究者申丹教授认为："把是否诚实作为衡量不可靠叙述的标准是站不住脚的。叙述者是否可靠在于是否能够提供给读者正确和准确的话语。一位缺乏信息、智力低下、道德败坏的人，无论如何诚实，也很可能会进行错误或不充分的报道，加以错误或不充分的判断，得出错误或不充分的解读。也就是说，无论如何诚实，其叙述也很可能是不可靠的。"④以塔玛·雅克比（T. Yacobi）和安斯加·F. 纽宁（A. F. Nünning）为代表的认知叙事学派倾向于以读者本身为衡量标准，聚集于不同读者的不同阐释

---

　　①　在接受斯基夫的采访中谈到"红字"三部曲的不可靠叙事时，厄普代克对此予以否认。他说："我尽最大可能令他们可信，即使是罗杰关于妻子和情人的关系，也许会被视为是色情的幻想，但最终也因妻子的怀孕而获证实了。……我没有意图要制造不可靠叙述。一个叙述者如果是不可靠的，那么谁还会去听他讲述？"见 James A. Schiff, *Updike's Version*：*Rewriting The Scarlet Letter*, Columbia：University of Missouri Press, 1992, p.131。

　　②　"隐含作者"同样由布斯所提出。"隐含作者"是处于某种创作状态、以某种方式写作的作者（即作者的"第二自我"），作者根据具体作品的需要，用不同的态度来表现自己。在作品阅读的过程中，通过对隐含作者的推断，人们可以看到作品中所透露出来的思想规范、道德价值、意识形态立场等。

　　③　W. C. 布斯：《小说修辞学》，华明等译，北京大学出版社 1987 年版，第 178 页。

　　④　申丹：《叙事、文本与潜文本——重读英美经典短篇小说》，北京大学出版社 2009 年版，第 64—65 页。

策略或阐释框架之间的差异。认知叙事学将不可靠性看作读者的一种阐释策略，而不是叙述者的人物特征。纽宁在《重构"不可靠叙述"概念：认知方法与修辞方法的综合》中指出判断叙述者是否可靠是一个具有主观色彩的行为，"不仅要看叙述者的规范和价值标准与整个文本之间的差距，还要看叙述者的世界观与读者或批评家的世界模式和规范之间的差距，而这些规范标准又是变化着的"①。"不可靠叙述者"概念的提出者韦恩·布思将叙述者是否偏离隐含作者的规范作为衡量可靠与否的标准，他的学生、美国当代修辞性叙事学的领军人物詹姆斯·费伦（James Phelan）在布思理论的基础上，将读者引入判断元素，关注作者动因、文本现象或信号以及读者因素在阅读过程中的相互作用。换而言之，一个不可靠叙述者是作者预先设置存在的具有创造力的元素，这个元素把大量的信号和推测邀请注入文本和叙述者，让读者注意到叙述者提供的信息与自身发掘到的信息之间的背离。

在对不可靠叙述判断标准的界定上，对应认知叙事学的"读者关怀"，修辞叙事学更多地体现为"作者关怀"。申丹教授在考察了纽宁提出的"认知—修辞方法"之后，认为这种"综合"方法从本质上讲是不可能的，最根本的原因在于两种方法的基本立场，即"读者关怀"与"作者关怀"难以做到协调统一。基于它们各自的片面性，申丹教授认为："在分析作品时，若能同时采用这两种方法，就能对不可靠叙述这一作者创造的叙事策略和其产生的各种语用效果达到较为全面的了解。"②

叙述者叙述与实际情况的背离，常常出现在第一人称叙述中。费伦在《活着是为了讲述》一书中认为当叙述者和主人公是同一个人（如第一人称独白），即为同故事叙述时，来自于叙述者的情节通常都

---

① James Phelan、Peter J. Rabinowitz 主编：《当代叙事理论指南》，申丹等译，北京大学出版社 2007 年版，第 89 页。

② 申丹：《叙事、文本与潜文本——重读英美经典短篇小说》，北京大学出版社 2009 年版，第 75 页。

是不可靠的。从叙述视角、叙述话语以及叙述者的道德观和价值观等角度来看，厄普代克"红字"三部曲的叙述都属于一种不可靠叙述。

厄普代克的"红字"三部曲——《整月都是星期日》、《罗杰教授的版本》、《S.》均属于同故事叙述，即小说的叙述者和主要故事人物都是"我"，叙述者"我"既是故事的叙述者，也是事件的参与者，是所讲述的故事的一部分。[①] 霍桑在《红字》中，以全知的角度讲述了海斯特、丁梅斯代尔、齐灵渥斯三人之间的故事，厄普代克在三部曲中，分别以三位人物的视角分别讲述三个完全独立的故事。《整月都是星期日》、《罗杰教授的版本》、《S.》均属于开放性的文本，其中隐含作者的态度是学界讨论较多的话题之一。一些叙事学家认为厄普代克设置第一人称叙述故事，构成了文本阐释的多义性，因为第一人称叙述方式缩短了叙述者与读者间的距离，容易引发读者对叙述者的认同。[②] 其后果是为读者判断隐含作者的态度设置了重重障碍。美国研究厄普代克的专家唐纳尔德·格雷纳在《肉体与灵魂：厄普代克与红字》一文中认为，厄普代克与罗杰·兰伯特均为巴特神学观的拥护者，"在某种程度上，他（厄普代克）甚至为罗杰的报复行为而祈祷"[③]。格雷纳的上述结论是建立在厄普代克与罗杰·兰伯特宗教观一致性的基础上。但笔者认为这一基础的可靠性值得商榷，因为后期的厄普代克的信仰背离了巴特神学。因此，更倾向于从不可靠叙述的角度解读"红字"三部曲。

一　突破叙述视角局限，引发叙述的不可靠性

《罗杰教授的版本》中，故事叙述者罗杰·兰伯特，在小说中扮演了"体验主体"和"叙述主体"的双重身份。在故事叙述中，第

---

① Gerald Prince, *A Dictionary of Narratology*, Revised Edition, Lincoln: University of Nebraska Press, 2003, pp. 40 – 41.

② Donald J. Greiner, "Body and Soul: John Updike and Scarlet Letter", *Journal of Modern Literature*, XV: 4., Spring 1989, p. 489.

③ Ibid. .

一人称叙述者不能像上帝式的全知叙述者那样无所不知，除了对自己亲身经历的事件叙述具有相对真实性外，其他讲述均值得怀疑。首先，限制性视角是构成罗杰叙述不可靠的最主要因素。故事在两条线索上展开：埃丝特与戴尔的所谓"通奸"，以及罗杰与侄女弗娜的乱伦。厄普代克对两个故事的讲述均以罗杰为叙述主体，这样的设置不可避免地会涉及叙述者的叙述是否可信的问题。从常识上讲，罗杰与侄女乱伦的故事，读者可以视为基本可靠叙述，而妻子埃丝特与年轻人戴尔的"通奸"，则是发生在封闭的两个人的空间中，作为第三人的罗杰是从何得知的呢？厄普代克在对叙述视角的处理上，采用了跳出视角限制的做法。

作为故事人物的"我"，本不可能像上帝那样去洞见别人的想法和感觉，但是，在与戴尔的初次见面中，罗杰便跳出了有限的视角，对戴尔的感官进行了直接呈现。

> 戴尔由于跟我——我这个妖魔——的遭遇战结束了，一时感到头脑轻松，得到了暂时的解脱。
> ⋯⋯
> 他有些心乱。可惜的是，她的微笑他觉得与他毫无关系。
> ⋯⋯
> 他矗立在她面前，接过她递过来的申请表，看见她脸上挂着嘲弄般的微笑，但其中还夹杂着凡人的引人入胜的羞怯。他看到他们两个人都包容在了这未来的视角里。①

罗杰像上帝一样窥视到了戴尔的内心，与此同时，他作为叙述者的可靠性在他全知式的讲述中发生了动摇。

在其后近一半的故事讲述中，罗杰又退回了自己视角所能及的范

---

① 约翰·厄普代克：《罗杰教授的版本》，刘涓、李海鹏译，河南人民出版社 2000 年版，第 30—31 页。

围内。感恩节的家庭聚会是罗杰叙述方式的转折点，在这次聚会中，戴尔与埃丝特初次相遇，罗杰俨然变成了一个忙碌的窥探者和臆想者。

　　我透过他的眼睛看见了她，我的小妻子，她精巧的身材从他的角度看比我的角度看缩短了一节。她姜红的头发和梳理整齐的发式由于烹调的劳作和温热而松弛下来，蓬松松地散落着；她凸鼓的眼睛映在前门射进的灯光下显得格外泛绿。

　　……

　　他是在凭空讲话。只有我知道他的真正企图。

　　……

　　在我眼里这种嘲弄大可不必；她的潜意识实际上是在冲戴尔说，看看我陷在了什么境地？一对白痴。

　　……

　　他们两人听上去都很委屈。他们两人都擅长数学。他们彼此都欢迎对方。①

　　罗杰再一次盗用了戴尔的视角，他通过戴尔的眼光去观察妻子，发现了妻子的魅力，并且主观地认为两人之间互相吸引，将一场关于数学的话语交谈阐释为妻子与戴尔间的互相讨好。

　　在小说的第三章中，罗杰第一次想象了妻子埃丝特与戴尔的性爱场面。他以"我想象着"展开了细腻、深入的细节描写。厄普代克小说中关于性的直接描写，是他遭人诟病的主要方面，常常被冠上"色情"一词。霍桑笔下丁梅斯代尔和海斯特间的圣洁爱情变成了罗杰叙述中的赤裸裸的身体动作展现。在接下来的故事中，罗杰完全突破了视角的限制，抛开了最初的半遮半掩的姿态，随意地穿梭于埃丝特与

_____

　　① 约翰·厄普代克：《罗杰教授的版本》，刘泗、李海鹏译，河南人民出版社 2000 年版，第 98—115 页。

戴尔的思想与感官间，体验着这对"情侣"的不安、兴奋与紧张。

罗杰对他人在肉体感官上的超越，从最初仅对性爱场面的报道，发展到故事最后肆无忌惮地介入戴尔日常生活的点点思想中，俨然成了戴尔的影子。罗杰通过戴尔的眼光观察，重新获得了生命的活力，他沉迷于戴尔与妻子的关系中，利用戴尔作为复活其婚姻的工具。[①] 不管怎样，正是对叙述视角局限的突破，将罗杰的叙述置于"不可靠"的悬置状态中。

二　叙述话语的不可靠性

厄普代克的不可靠叙述还体现在其小说中叙述话语的不可靠性上。费伦认为，不可靠的叙述者通常会在叙述过程中做出三种相应的行为：报道、阐释和判断。不可靠的叙述者对隐含作者的观点的偏离主要表现在："事实/事件"轴上的不可靠报道、"知识/感知"轴上的不可靠解读、"价值/判断"轴上的不可靠判断。在同故事叙述中，既是事件当事人又是叙述人的"我"，出于多种原因在事件的报道过程中往往不可避免地会带有个人情感因素，使得被报道事件偏离真实的轨道，从而令整个叙事染上不可靠的色彩。

《罗杰教授的版本》中，作为事件当事人的罗杰对他人的描述具有很强的主观性、随意性和不稳定性。在罗杰的描述中戴尔是一个"不甚健康"、"笨拙"、长着"痤疮"、衣着邋遢的青年；由于对婚姻的厌倦，曾经充满魅力的妻子在他眼中也变成了一个有"光洁的宽额头和大大的绿眼睛缩得只剩下一块布满雀斑的小鼻子，还有一抹扭歪上噘的小嘴和一张上翘的小下巴……整个嘴唇看上去复杂得难以用语言形容"，身材瘦小、缺乏吸引力的女人。[②] 具有反讽意味的是，罗杰的视点不是确定的，而是处于游移状态，他对戴尔的不屑和对埃丝特

---

①　James A. Schiff, *John Updike Revisited*, New York：Twayne Publishers, 1998, pp. 99 - 100

②　约翰·厄普代克：《罗杰教授的版本》，刘洎、李海鹏译，河南人民出版社 2000 年版，第 39 页。

的厌倦情绪会因为情境的变化而发生转变。在前一刻罗杰批评戴尔"身穿不甚协调的灰色套装和旧式衬衫，只有脖子上戴的紫底上突兀地配着绿色的领带才撞出我们想象中科学家特有的笨拙的音符"，但是随后当埃丝特与戴尔照面时，罗杰又将戴尔描写成了一位"梳洗整齐，全身西装，俨然一副优雅的装束，透视出一种力度"的绅士。①很明显，前者是站在罗杰本人的角度，以他一贯刻薄、冷酷的眼光来审度戴尔；后者则是罗杰以妻子埃丝特的眼光来欣赏，赋予戴尔男人的优雅和威信，向读者透露戴尔与埃丝特彼此吸引的信息，为其后设想妻子与戴尔的"通奸"设置铺垫。斯基夫在考察霍桑笔下的海斯特与厄普代克笔下的埃丝特的关系时，提醒读者要时刻留意所阅读的内容完全"出自于罗杰的视角"，并认为，如果换着另一个人来讲述，他也许会选择强调埃丝特一些好品质，毕竟她称得上"一个好母亲、社区义工、感情细腻的情人。而在罗杰的眼中，恼恨于埃丝特的通奸行为以及他们间日益枯萎的婚姻，埃丝特显得冷酷"②。

　　这种对他人评价体系的不定性，与罗杰自我标榜的成熟、睿智等品行之间构成张力，折射出罗杰的本质上的欺骗性。"他企图欺骗那些粗心的读者，将自己伪装成睿智、成熟、富有爱心的人，……与齐灵渥斯相似，兰伯特同样具有复杂性、虚伪性和诱惑性。因此，读者一定要小心，不能为兰伯特的诡计所操控，不能听信他所讲述的一切，同样也不能接受他的主张和观点。"③罗杰宣称自己是巴特神学的信徒，而巴特神学一直为厄普代克所信奉，对其思想和创作影响深远。罗杰·兰伯特与作者厄普代克在宗教信仰上的吻合，能否根据这一点而简单地将罗杰归为厄普代克宗教观的代言人呢？格雷纳在《肉

---

① 约翰·厄普代克：《罗杰教授的版本》，刘洎、李海鹏译，河南人民出版社 2000 年版，第 97—98 页。

② James A. Schiff, *Updike's Version: Rewriting The Scarlet Letter*, Columbia: University of Missouri Press, 1992, pp. 70 – 71.

③ Frank G. Novak, Jr., "The Satanic Personality in Updike's Roger's Version", *Christianity and Literature*, Autumn, 2005, p. 6.

体与灵魂》一文中认为：《罗杰教授的版本》是对霍桑经典的颠覆，兰伯特最终能够摧毁戴尔的原因不在于戴尔与埃丝特"通奸"，而在于戴尔在宗教上的缺陷：他竟然试图运用"科学论证上帝的方法"，将上帝显现于世人面前，这与巴特的"上帝是完全他者"的神学观点背道而驰，因而，戴尔是一位"反巴特神学的异教徒"①。叙述者与作者在神学信仰上的共性赋予文本阅读很大的复杂性，读者极易为表面的共性所迷惑，仅看到厄普代克试图通过塑造罗杰来颠覆霍桑摆脱不了的清教思想，以达到肉体与灵魂的和谐，而忽视厄普代克在创作中的辩证态度。事实上，巴特理论与罗杰的实践形成一种张力关系，这种张力关系构成了文本深层次的反讽。

　　罗杰与侄女弗娜乱伦交往是小说的第二条主线。在这起事件的报道中，罗杰将自己描述成"温情脉脉"的长辈。罗杰以四次探访结构整个故事，四次探访中发生的主要事件如下：

　　第一次探访：初次问候和看望→看见弗娜的乳房→给弗娜 60 美元现金

　　第二次探访：辅导弗娜文学阅读→轻吻弗娜的头发→给弗娜 80 美元现金

　　第三次探访：劝说弗娜做人工流产→轻吻弗娜的下体→互相接吻→给弗娜 85 美元现金

　　第四次探访：将受伤的波拉送医院→与弗娜发生性关系→事后给弗娜 300 美元用来购买回克利夫兰的机票

　　可以看出，罗杰对于每次探访都给出了一个冠冕堂皇的理由，扮演着"仁慈"的长辈形象，但随后发生的事件却都与罗杰给出的探访原因大相径庭。在此，罗杰对声音、气味、颜色等非常敏感，与对妻子的漠视相反，罗杰极力描绘出四次拜访中弗娜的衣着式样颜色、头发和身体的气味、房间的光线色彩等，营造出暧昧的氛围。这些描写

---

① Donald J. Greiner, "Body and Soul: John Updike and Scarlet Letter", *Journal of Modern Literature*, XV: 4., Spring 1989, p. 490.

远远偏离了"舅舅"这一身份应有的关注点，无形中将自己塑造为一位"被诱惑者"的形象。但是，在第二次探访亲吻弗娜头发之后，罗杰颇为得意地向读者摊牌，泄露了自己对弗娜的企图，以及真实的目的。

> 我对此禁不住一笑。她的这些愤怒与拒绝都是一种虚张声势，被引诱者的虚张声势……男人一旦赢得女人的注意，那么他为了保持她的注意所做的任何事，都将有助于他实现自己的目标。我觉得今天已有了良好的进展。
> ……我最关心的是怎样把这个婴儿从弗娜身边撬开，好使我在那个简陋但香美、温暖的公寓里，在那个栗色吊帘后面的房间里，尽情地享受她的身体。①

从某种程度上讲，罗杰将自己与弗娜间的乱伦行为演变成为弗娜的"卖淫行为，因为，罗杰每次离开前都给弗娜一些金钱"②。

相对于埃丝特和戴尔间充满"色情"氛围的性爱描述，罗杰将自己与弗娜的交往处理得颇带"感情意味"③。罗杰将埃丝特与戴尔的交往置于赤裸裸的色情描写中，对两人亲密关系的表述以直接的性爱镜头显示，在罗杰的镜头中，肉体刺激的追逐成为埃丝特与戴尔交往的终结目标。而在处理自己与弗娜乱伦的关系中，罗杰却做出大量铺垫，牵扯出一堆"家长式的关爱"场景，将两人最终的性行为极力描述成水到渠成的结果。对两种性爱不同的处理方式不能不说是一种反讽，如果说埃丝特与戴尔之间的性爱或多或少地以"爱"为基础，罗

---

① 约翰·厄普代克：《罗杰教授的版本》，刘洎、李海鹏译，河南人民出版社 2000 年版，第 148 页。

② James A. Schiff, *Updike's Version*：*Rewriting The Scarlet Letter*, Columbia：University of Missouri Press, 1992, p. 77.

③ John N. Duvall, "The Pleasure of Textual/ Sexual Wrestling：Pornography and Heresy in Roger's Version", *Modern Fiction Studies*, Vol. 37, No. 1, Spring 1991, p. 88.

杰与弗娜的交往则完全是为了满足肉体感官刺激的需要，后者的"色情"因素更据主导地位。

《S.》中萨拉叙述的可靠性同样因其叙述语言的不确定和前后矛盾而遭到质疑。萨拉将自己塑造成一位追求独立、自由的女性主义者，她时刻表明自己所做的一切是在与往昔的生活决裂，自己在寻找一条能够自我实现的女性之路。可是，萨拉又总是在不经意中流露出对往昔生活的留恋和依赖。此外，萨拉常常因其主观感情造成报道的不充分以及价值判断与事实背离。例如，萨拉因对避居地教主阿汉特的狂热崇拜而将其描述成一位"英俊潇洒"、"气度非凡"、双目"闪烁着智慧的光彩"的圣洁之人①；她无视阿汉特依靠避居地的"教化基金"过着奢侈的生活，却对有关阿汉特开豪华轿车，戴镶有钻石的手表，穿定做鞋的相关报道怒不可遏，并为其行为辩护，她认为事实是"阿汉特身无分文——一切资产都归属教化基金会，……对于诸如物质方面的事，他完全置之度外。他只是天真地认为，他所需要或渴望的东西都将具体成为现实，他的生活真的如百合花那样纯洁，……此外，他的钻石在他的追随者看来，仅仅是佛教世界中那宝石树的象征而已"②。最后事实证明避居地实质上是在利用宗教谋取物质利益的带有欺骗性质的机构，而在萨拉眼中"纯洁"的阿汉特正是这次骗局的策划者，最具讽刺的是阿汉特本身就是一个欺骗。

三　叙述者、隐含作者以及读者的伦理取位

巴特的神学观念自20世纪60年代开始深刻地影响厄普代克的宗教观、世界观以及创作观。在一段时间里，巴特似乎成为了他写作的重要内容之一，我们不仅可以从他作品中的宗教观念，而且也可以从他笔下人物的言行中看到巴特的影子。"上帝是全然的他者"，这是巴特的重要神学观点。巴特提出这个概念是想要确立上帝的独立性和唯

---

① 约翰·厄普代克：《S.》，文楚安译，河南人民出版社1997年版，第30页。
② 同上书，第95页。

一性，确定人类世界以外的上帝的世界，恢复人在上帝面前的卑微和谦恭，重新确立上帝和人的关系。巴特这一思想是对唯信论的重新确定，它使厄普代克"获得了一种自由的感觉"①，从而贯穿于厄普代克的主要创作中。

在《罗杰教授的版本》中，"上帝是全然的他者"成为罗杰绝大多数实践的理论依据。他依据巴特的这一观点反对戴尔运用计算机显现上帝的计划，因为巴特认为，人不能以任何的方法去追求上帝的存在真实性，以任何的手段昭示上帝的存在和上帝的真实。于是，我们看到了一种具有反讽意味的张力：作为科学家的戴尔执着地试图证明上帝的存在，而作为神学教授的罗杰却固执地排斥证明的可能性。②事实上，"上帝是全然的他者"仅仅是罗杰反对戴尔科研计划的一个表层的、堂皇的理由，更深层的排斥原因是罗杰自身无法克服的对宗教的日益冷漠以及他对戴尔宗教热情的嫉妒。为了证明自己反对的合理性，罗杰回到家翻阅巴特的《上帝与人类之语》。这本书曾经是罗杰年轻时"精神把握"的答案，现今却让这位标榜为"巴特信奉者"的神学教授颇费时力地才"偶然翻到"，这不能不说是一种讽刺。这也从一个侧面暗示"巴特神学"只能被视为罗杰曾经的信仰，作为当下的"罗杰"无论是时间上还是空间上离巴特神学思想都已很遥远了。

更具反讽意义的是，罗杰在运用巴特神学观表明自己宗教信仰的同时，也为自己的欲望冲动找到了宗教支撑。"上帝是全然的他者"被罗杰用来证明自己乱伦行为的合理性。巴特认为"站在人的一端的上帝不会是上帝"，人与上帝的鸿沟是无限的，上帝与人的关系是单向的，只有上帝能达及人，人类绝不可通过任何形式触及上帝。从本质上说，巴特的"上帝是全然的他者"的信条是路德虔信原则的延

---

① 金衡山：《道德、真实、神学：厄普代克小说中的宗教》，《国外文学》2007 年第 1 期。

② James A. Schiff, *Updike's Version: Rewriting The Scarlet Letter*, Columbia: University of Missouri Press, 1992, p. 62.

续，是唯信论在现代条件下的翻版①，即视信仰高于一切，信仰超越道德，因为道德仅仅是"人自己制定的涉及人的存在的东西，其起始点是人，终极点仍是人"②。巴特的唯信论赋予了个人行动的自由。在信仰的前提下，人是自由的，一方面，人的行为是自己选择的，每一个人要为自己行为的结果负责，上帝并不为其行为负责；另一方面，信仰使人类相信上帝对人无限热爱，尽管上帝并不为人的行为负责，但因为有信仰，不管其行为如何，都不会被上帝所抛弃。这种"上帝之爱"给予了人自由行动的信心。因为人会"堕落"，人才成其为人，而不是与上帝一样；此外，人类的"堕落"也见证了上帝的存在。③

罗杰正是利用了巴特唯信论中"自由"和"信仰"的观点，将自己通过乱伦行为寻求身体刺激的过程辩解为"证明上帝存在的明证"（第282页）。

> 在我眼里，即使上帝惩罚我们，我们仍始终如一地热爱上帝、崇敬上帝，这一点具有无限的美感；同样美妙的是上帝始终保持着沉默，好使我们探索和享受我们所拥有的做人的自由。（第282页）

在此，罗杰将自己的宗教信仰置于实用主义的色彩之中，从本质上讲，宗教成为罗杰谋生、行事的工具和伪装。就这样，"巴特神学"成为隐含作者为真实读者设置的"陷阱"。有鉴于罗杰与真实作者一致的神学观，有些读者会轻信罗杰所说的一切，将叙述者的伦理取位等同于隐含作者的伦理取位，而忽视掉文本中的反讽元素。

总体而言，在"红字三部曲"中厄普代克运用了多元的叙事技巧

---

① 金衡山：《道德、真实、神学：厄普代克小说中的宗教》，《国外文学》2007年第1期。

② 同上。

③ Richard Chase, *The American Novel and Its Tradition*, New York：Doubleday Anchor Books, 1957, p. 72.

为读者刻意营造了一种叙述的不可靠性和含混性。叙事视角的突破、人物品行中的缺陷的暴露直接动摇了人物叙述的可靠性。尽管厄普代克否认了关于"红字"三部曲的不可靠叙事，但是现代的阅读接受理论将读者的反应和理解纳入对文本的理解和阐释框架中，正如"一千个读者就有一千个哈姆莱特"。同样，对于"红字"三部曲的阅读和阐释，完全不必依据作者一时之语而放弃自己的认知。文本的多义性正是文学魅力之所在。

第二节　隐含作者与潜在话语

厄普代克作品中的隐含作者是一个不能被忽视的对象，因为它能为我们揭示作者声音之外的潜在话语，成为解读厄普代克的经典重述作品的一把钥匙。

"隐含作者"是20世纪西方叙事学界的核心概念之一。这一概念最初是由韦恩·布思1961年在《小说修辞学》中提出，40多年来，这一非常重要且富有创新性的概念在西方文评界产生了较大影响。所谓"隐含作者"就是隐含在作品中的作者形象，它不以作者的真实存在或者史料为依据，而是以文本为依托。从阅读的角度来看，隐含作者就是读者从整个文本中推导建构出来的作者形象。美国叙事学家西摩·查特曼（Seymour Chatman）在1978年出版的《故事与话语》（*Story and Discourse*）一书中，提出了下面的叙事交流图，该图在叙事研究界被广为采纳，产生了深远影响。

叙事文本

真实作者→ 隐含作者→（叙述者）→（受述者）→隐含读者 →真实读者

这一图表显示在结构主义叙事学中，隐含作者尽管被视为信息的发出者，但只是作为文本内部的结构成分而存在。以色列叙事学家施洛米丝·里蒙—凯南（Rimmon-Kenan）赞同将隐含作者作为文本构建物的做法，"在我看来，将隐含作者说成是以本文为基础的构成物比把它想象为人格化的'意识'或'第二自我'更为妥当"①。西方很多学者与里蒙—凯南观点相近，倾向于将隐含作者囿于文本之内，视之为真实作者写作时创造出来的，这与布思关于"隐含作者"这一概念的本义有一定的出入。

在西方学界把隐含作者囿于文本之内数十年之后，詹姆斯·费伦对这一概念作出了重新界定，他认为："隐含作者是真实作者精简了的变体，是真实作者的一小套实际或传说的能力、特点、态度、信念、价值和其他特征，这些特征在特定文本的建构中起积极作用。"②费伦批评查特曼和里蒙—凯南等人将隐含作者视为一种文本功能的做法，恢复了隐含作者的主体性，并将隐含作者的位置从文本之内挪到了"文本之外"。

"隐含作者"这一概念的产生，正值西方文学批评由"外部"向"内部"转变之际。在这一背景下，作品被视为独立自足的文学艺术品，研究作者生平、社会历史语境等因素在形式主义和新批评思潮盛行中渐被抛弃，作者遭到排斥，布思以这一概念中的"隐含"指向文本，强调以文本为依据推导出作者形象，符合内在批评的要求。"隐含作者"以重视文本为掩护，暗中纠正批评界对作者的排斥倾向。国内学者申丹教授认为："在当时的情况下，只有巧妙地恢复对作者的重视，才有可能看到作者修辞的审美和伦理的重要性，也才有可能看清第一人称叙述的'不可靠性'。布思在《小说修辞学》中，重点论述了在叙述这不可靠的文本中，隐含作者如何跟与其相对应的隐含读者进行秘密交流，从而产生反讽叙述者的效果。"③

值得注意的是，同一作者在不同作品中的隐含作者立场不是一成不变的，应避免对作者的立场形成固定的看法，同时不应简单根据作

---

① 施洛米丝·雷蒙—凯南：《叙事虚构作品》，赖干坚译，厦门大学出版社1991年版，第103页。

② 转引自申丹《叙事、文本与潜文本》，北京大学出版社2009年版，第44页。原文出自James phelan, *Living to Tell about It*, Ithaca：Cornell UP, 2005, p.45。

③ 申丹：《叙事、文本与潜文本》，北京大学出版社2009年版，第52页。

者访谈等公开声明就贸然推断一部作品中隐含作者的态度。隐含作者与真实作者在立场上的疏离和亲近常常将文本间的差异性复杂化，文本阐释往往变为作者与读者间扑朔迷离的智力游戏。厄普代克的女性题材小说就充分地说明了这一点。

厄普代克创作的女性小说数量不是很多，主要有《伊斯特威克的女巫》（ *The Witches of Eastwick* ，1984）、《S.》、《葛特露和克劳狄斯》和《寻找我的脸》（ *Seek My face* ，2002）这四部，将这四部小说归为女性小说，主要原因是它们均以女性为叙述主体，描写的是"她的故事"。厄普代克对扣在他头上"厌女症"的帽子很不以为然，他一直以为自己比任何其他男性作家都尊重女性，曾表示"我实在想不出有哪位美国男性作家比我更严肃地对待女性，或者比我有更多的热情将女性作为主人公来塑造"①。为了给自己平反，厄普代克相继创作了上述四部女性主义题材的作品。尽管厄普代克一再声明自己是从女性视角完成小说的创作，倘若仔细考察会发现隐含在这四部女性小说中立场与厄普代克在不同场合中的言论不尽相同，我们从中看到了对女性主义某些观念的解构。《伊斯特威克的女巫》讲述女性与性爱、权力的关系，厄普代克赋予女性权力，却在质疑女性获取权力后的效果，同时再次重申女性对男性肉体上的依附；《S.》继承了女性文学中离家出走的主旋律，以追寻女性诉求开场，却讽刺性地终止于对男性社会的回归；《葛特露和克劳狄斯》让女性尽情吐露了心声，成功地为自己的"背叛"行为进行了道义上的辩护，但是女性过度自我寻求和自我实现的后果也是灾难性的；《寻找我的脸》虽被誉为厄普代克最具女性主义色彩的小说，但是主人公在丈夫逝世，自我得以实现之后的凄凉归宿却是对女性运动目标的潜在嘲讽。其中，小说《S.》的文本叙事结构中透露出的潜在话语，就在相当大的程度上显露出隐含作者的声音与面貌，并解构作者公开宣称的创作意图。

---

① James Plath, *Conversations with John Updike*, Jackson：University of Missouri Press, 1994, p. 78.

　　"红字"三部曲的第二部《S.》从海斯特·白兰的视角对霍桑的《红字》进行改写。在这部重构的作品中，厄普代克让海丝特借萨拉·渥斯开口说话，讲述自己在 20 世纪寻求自由和自我的故事。萨拉在给亲友的信中公开谈论自己与其他男性的性关系以及同性性行为，这些行为彻底颠覆了海斯特庄严、圣洁的形象，很多读者都难以接受这一改变。有评论就质疑萨拉和海斯特之间的关联性，"很难发现海斯特和萨拉·渥斯间有任何真正联系，除了她们姓氏相同，并且都有个女儿叫珠儿。"① 在谈到这部作品的创作动机时，厄普代克似乎是在表达对女权主义的一种妥协，"它是描写行动中的妇女的一次真诚尝试，这也许多少会让一些女性感到满意，她们认为我笔下的女性从不尝试改变，她们被男人困住，动弹不了……这本书从头到尾描写一个妇女，我试图去展示她追求独立的轨迹"②。

　　这部以主人公萨拉为故事叙述者的文本，是由萨拉写给丈夫、女儿、母亲、牙科医生、发型师、银行等的信件，以及给朋友米吉的几段录音文字组成。与原著《红字》中的海丝特不同，萨拉被赋予了言说的权利，如果说海丝特被压抑的声音通过她富有创造力的刺绣得以表达，那么在厄普代克笔下，萨拉则通过书写和言说彻底释放自己的声音。从这个意义上讲，《S.》确实带有某种女权主义特点，"厄普代克将海丝特的沉默转变为萨拉的侃侃而谈"③，萨拉声音的释放成为一种类似女权主义的宣言。这样的文本解读似乎符合厄普代克自称的创作意图，但是在对文本结构进一步挖掘之后，一些潜在话语就浮现出来，这些潜在话语在某种程度上解构着萨拉·渥斯追求精神自由和独立的表层叙述，以及作者自称的他赋予文本的女性主义意识。

---

① Alison Lurie, "The Woman Who Rode Away," *New York Review of Books*, May 12, 1988, p. 4.

② Mervyn Rothstein, "In *S.*, Updike Tries the Women's viewpoint," *New York Times*, 2 March 1988.

③ James A. Schiff, *Updike's Version: Rewriting The Scarlet Letter*, Columbia: University of Missouri Press, 1992, p. 98.

　　从整体上看，信件和录音文字记录了萨拉离开家庭追寻自由的全过程。看似无意的文本呈现和排列背后，隐藏的是作者对故事情节和节奏的操控。在萨拉书写的众多信件中，最后的三封信件是分别给萨拉的初恋男友迈伦、避居地的精神领袖阿汉特以及丈夫查尔斯三人的。从信件的书写时间上，这三封信件完成的时间依次为致查尔斯的、致阿汉特的和致迈伦的信，但在小说文本呈现上，次序正好相反，作家将给迈伦的信件安排在其他两封信件之前。从表层上看，这样的文本次序安排有其合理之处，因为萨拉将给阿汉特和查尔斯的信件附在给迈伦的信件中，请迈伦转寄，所以让读者最先阅读到给迈伦的信件也无可厚非。这样的结局安排，也"赋予了萨拉真正独立的女性形象，她用自己的笔伐宣告对生命中两位代表父权制的男性的抛弃"①。对三封信件排列是整部小说中唯一一处没有以时间顺序组织文本的地方。两种不同的信件次序安排，会呈现出截然不同的阅读效果。如果按照信件的完成顺序，将给迈伦的信件放在文本最后，那么萨拉追求独立的形象则彻底遭到颠覆。萨拉给迈伦的信件内容除了请求他帮忙转寄两封信件之外，还花了大量笔墨回忆两人过去的美好时光，以及迈伦对她无微不至的关怀。萨拉在信中表达了对迈伦维持至今的爱慕之情，希望能够与之重修旧好。这一情节与萨拉宣称要追求独立、摆脱男性压迫的女性诉求间形成了强烈的反讽张力，呈现了萨拉人生追求的循环：以离开丈夫、摆脱家庭的束缚、追求独立自主作为行动的起点，在避居地经历了与两位男性的性爱关系以及一段同性性爱关系，最终又回到了对初恋男友肉体和精神的诉求上。这种循环结构蕴含了巨大的反讽色彩，同时也为萨拉在精神和物质生存方面的独立诉求能否成功蒙上了不确定性。这种不确定性还通过萨拉自己的书写传递出来。她在给迈伦的信件中提到正在阅读动物学课本：

---

　　① Derek Parker Royal, "An Absent Presence: The Rewriting of Hawthorne's Narratology in John Updike's S.", *Studies in Contemporary fiction*, Vol. 44, No. 1, 2002, p. 79.

这本书说到"女性同样渴求性兴奋，但她又对与其他动物包括男性身体的接触有一种与生俱有的恐惧"。对此我很有感触。我的生活经历以及我们所有人的生活经历都说明了这一点。惧怕我们的同类。接着它又谈到女人就像灰松鼠——如果你曾目睹松鼠怎样在树间相互追逐你就会明白它的意思——"你会感到你在两种本能间挣扎：她们想逃避但同时她们又希翼着同异性的不期而遇"。①

这些表述似乎在暗示萨拉最终的结局，无论她怎么努力，萨拉都无法将自己从对强大的男性需要中解脱出来；从本质上讲，"她无法拒绝'同异性不期而遇'念头"②。

《S.》的主题是萨拉对女性身份以及精神自由的诉求，然而，这一主题在对文本结构剖析过程中变得模糊、游离不定，甚至带有一丝反讽意味。这与作品中隐含作者的存在及其作用密切相关。

首先，隐含作者展现女性在身份诉求过程中反讽性的内在矛盾，并且以赋予女性权力的方式解构女权主义的政治理想。小说由几十封长短不一的信件和录音文字组成，隐含作者对萨拉在信件后的签名安排具有解构表层主题的功能。在给查尔斯和女儿珠儿的信件中，萨拉将自己离开家庭的原因部分归咎于丈夫的忽视，此外内心深处渴望实现自我梦想也是促成其行动的原因之一。"当然，事情并非只如此简单。作为女人，难以控制的欲念，使我们不得不怀有某些狂热的希望，指望获得某些东西，——不然的话，永不停止，年复一年的禁锢般的生活只能使我们女人固守在炉旁，尽管冷漠乏味，我们仍然不得不捣碎更多的小麦，还满怀感激之情，为这种囚禁而心安理得，只能同月光谈心。"③不愿受男性控制，追求女性的自我实现应该是萨拉离

---

① 约翰·厄普代克：《S.》，文楚安译，河南人民出版社1997年版，第254页。

② James A. Schiff, *Updike's Version：Rewriting The Scarlet Letter*, Columbia：University of Missouri Press, 1992, p.113.

③ 约翰·厄普代克：《S.》，文楚安译，河南人民出版社1997年版，第11页。

开家庭的根本原因。阿汉特的避居地为萨拉身份独立提供了实现的空间。来到避居地之后，萨拉参与到与男性同等的体力劳动中，并从中感受到精神上的"轻松、自由"，但在随后与阿汉特近距离接触中，萨拉一度丢失了自己的独立身份。她以阿汉特的口吻处理避居地日常事务信件往来，成为阿汉特的发声器，在对外公共性事务的信件中萨拉通常署名"希里·阿汉特·敏塔塔里/硕士、博士/阿汉特避居地高级冥想师"。萨拉的行为看似合理，但她对男性思想传递的行为与她离家的初衷间形成了一种反讽张力。

在与阿汉特发生性关系之后，萨拉便不再以阿汉特的名义处理避居地的事务，而是直接署名"贡荼利尼"，署名的转变标志着萨拉在避居地取得了独立的身份。耐人寻味的是，萨拉在实现身份上的"独立"之后，随即便将避居地基金中的大笔钱财转移自己在瑞士的账户中，如此的情节安排不难看出隐含作者对萨拉身份独立的质疑。萨拉在避居地实现了她理想中的身份独立，被赋予了管理避居地部分事务的权力。然而在潜藏的文本中，隐含作者延续着在《伊斯特威克女巫》中的质疑：女性在掌握权力之后是否能摆脱男权社会中的暴力、排挤、歧视、贪腐等现象，建造出和谐的家园。厄普代克在《伊斯特威克女巫》中给出的是否定的答案。在《S.》中，厄普代克再一次将这个问题提出，与《伊斯特威克女巫》中的小镇类似，避居地同样是一个女性权力主导的世界。避居地在杜尔卡女士的管理下同样充斥着暴力和猜忌，杜尔卡建立了避居地武装，并且排挤、猜忌和打压其他避居地成员，肆无忌惮地剥夺和欺诈着避居地成员的财力和劳力。隐含作者在此暗示当女性获得权力之后，在权力、财富、性等诱惑面前，女性的行为和反应与男性别无二致。就连知识层次较高，怀揣女权主义理想的萨拉在获得权力之后，也抵御不了财富的诱惑。隐含作者在此以自己的故事严肃地反思了女性运动中某些极端和简单化的主张，从更高的层次探寻女性的未来和两性关系。从某种程度上讲，这是对女性主义在两性关系上的理想和政治上的诉求的变相解构。

其次，隐含作者质疑萨拉在精神和身份上独立诉求的内化程度。

　　小说开篇萨拉即以女权主义的姿态出场，控诉过去几十年中家庭生活对她思想和人生的禁锢。结婚前，萨拉虽然倾心于初恋情人迈伦，但是最终屈服于父母的压力，选择与能够代表中产阶级价值标准的查尔斯结婚。在婚后，萨拉一直扮演着"娜拉"式的贤妻良母角色，丈夫在感情和肉体上的冷漠和出轨促使萨拉开始反思自己在家庭生活中所扮演的角色，发出了"超越自我"的独立宣言。但是，仔细考察文本结构之后，不难发现萨拉对独立和自我的追寻仅仅停留在表层形式上，没能将其真正内化为一种精神。

　　萨拉在过去二十年中的身份是中产阶级家庭妇女，这一身份已被萨拉内化为一种生活精神状态，即使是在离开家庭之后，中产阶级家庭主妇的惯性思维始终在主导着萨拉的言行。在对女儿婚事上的见解体现了萨拉作为中产阶级家庭主妇的价值观和婚姻观，其中不乏偏见、保守的观念，但也可以看到一位家庭主妇对女儿的殷切教诲。作为美国人的优越感无时不体现在萨拉的言行中，她希望女儿能够嫁给一个美国中产阶级小伙子，多次在给女儿的信件中表达对其荷兰男友的猜忌。萨拉本能地对美国之外的小伙子存有偏见，认为他们与美国姑娘结婚只不过是为了获得在美国的绿卡而已。作为一个离开家庭的母亲，萨拉以自己的经历为教训一再叮嘱女儿要完成学业，不要过早地陷入婚姻和家庭的陷阱中。

　　萨拉在对待物质财富的态度上，俨然是一位精打细算、精明的中产阶级妇女，即使在离家出走之后仍不忘给母亲投资上的各种建议；要求查尔斯将出租房屋收入的一半寄给她；甚至对离婚后二人财产分割中的最细微之处都作了安排。萨拉对财富的追逐一方面体现了她对财富的贪婪，她"掉入一个一味追逐金钱和物质的美国式的陷阱中。在一部讲述精神、宗教和自我更新的小说中，金钱主宰着一切。……在新的身份诉求中，不仅要求有'一间自己的房间'，同时还紧紧伴随着对金钱的梦想"①；另一方面萨拉对物质财富的欲望同时也说明了

---

① James A. Schiff, *John Updike Revisited*, New York：Twayne Publishers, 1998, p.111.

中产阶级价值观对她的内化。在她的独立诉求中，对物质财富的追求是不可缺少的环节，对金钱的诉求自始至终贯穿于她身份诉求的全过程：从离家出走时带走了处理股票和债券的收入，到利用避居地管理财务的职务之便非法挪用了相当多的钱到自己的账户中，再到最后在离婚财产分割中坚持要求得到至少一半的财产。萨拉将物质财富的获取视为其独立诉求中的一个重要环节来加以实现。隐含作者在对萨拉利用不合法手段获取财富的暴露中，将自己的质疑也表露出来：萨拉的自我诉求更多地流连于对形式的追求中，其争取自由的行为并没有内化为一种精神，起到改变其思维方式和行为模式的作用。

隐含作者在《S.》中通过对文本结构的精心安排，将潜藏于表层之下的话语呈现出来：女权主义构建的两性关系模式以及她们在政治上的诉求无法从根本上消除父权制统治下的二元对立。因而，与其将《S.》视为对女权主义运动的附和，不如将之视为对女权主义部分极端主张的反思和消解。

第三节　元小说叙事与虚构指涉

在重构经典的过程中，后现代创作中常见的元小说叙事手法成为厄普代克时常采用的方法之一。作家将元小说的叙事方式融入现实主义的创作中，显示出他在小说创作技巧方面积极的、多样性的尝试。德里克（Derek Parker Roya）认为，厄普代克在"对19世纪的经典作品改写过程中，不仅模仿了霍桑的人物和主题，更重要的是沿用了霍桑的写作技巧"[①]。霍桑在《红字》的前言"海关"部分以故事中套故事的叙述结构，讲述"我"是如何在海关的一堆旧文件中发现海丝特·白兰的故事，以及属于她的一块红色破布，上面绣着大写的字母"A"。霍桑希望通过文学与读者达成某种真实关系，叙述者"我"试

---

① Derek Parker Royal, " An Absent Presence：The Rewriting of Hawthorne's Narratology in John Updike's S. ", *Studies in Contemporary fiction*, Vol. 44, No. 1, 2002, p. 75.

图说服读者相信他们将要读到的故事是有历史记载的可靠事实。霍桑在"我"与小说人物间建立了同一的空间，混淆现实物理时空与文本虚拟时空之间的界限以追求"真实性"，制造"真实"幻觉。这种僭称历史的手法从 16 世纪开始在中外小说创作中就颇为常见，如笛福在《鲁宾逊漂流记》的"编者"序言中交代了"我"和鲁宾逊其人之间的"现实性"关系；茅盾的《腐蚀》在开头交代"作者"在防空洞里拣到一本日记，接着声言以下内容就是这本日记的原样。这些与霍桑前言"海关"中的交代均有异曲同工之妙。霍桑在虚构的同时交代创作过程，使得发现海丝特故事这样的情节成了小说虚构性的自我暴露，从而使小说沾上了元小说的叙述特征。

"元小说"这一概念最早是由美国小说家威廉·H. 伽斯（William H. Gass）在《小说与生活中的形象》提出的，其后，帕特里夏·沃（Patricia Waugh）在其专著《元小说：自我意识小说的理论与实践》中这样定义："所谓元小说就是指这样一种小说，它为了对虚构和现实的关系提出疑问，便一贯地把自我意识的注意力集中在作为人造品的自身的位置上。这种小说对小说作品本身加以评判，它不仅审视记叙体小说的基本结构，甚至探索存在于小说外部的虚构世界的条件。"① 元小说通常是指游戏性质或自涉性地处理小说的写作及其叙事传统的小说。它的特点在于"叙述者超出小说叙事文本的束缚，常常打断叙事结构的连续性，直接对叙述本身进行评论。这就使叙事性话语和批评性话语交融在一起，从而在语言操作方式和艺术形象的描写之间建立起一种有机的联系"②。简而言之，"元小说"就是关于小说的小说，通过强调表现小说创作的过程，揭露小说的虚构特性：小说只不过是作者虚构的叙述框架，绝非对外部现实世界的再现或反映。

需要指出的是，虽然厄普代克的作品运用了元小说的叙事策略，

---

① Patricia Waugh, *Metafiction: the Theory and Practice of Self - Conscious Fiction*, London: Methuen, 1984, p.2.

② 江宁康：《元小说：作者和文本的对话》，《外国文学评论》1994 年第 3 期。

但是他归根结底是一位现实主义作家，在他的所有创作中，没有纯粹意义上的元小说，因为他的小说通常有传统小说的时空顺序，有连贯的叙事线索，完整的故事情节，合乎逻辑的语言表述。但是仔细考察厄普代克的作品，尤其是经典和神话重构作品，不难发现他对此实验性技巧的尝试。此外，对经典和神话的改写行为本身就具有元小说虚构指涉的特点。厄普代克在创作中运用的元小说策略主要包括：露迹、自我指涉、戏拟和碎片叙事等手法。

一　露迹

对 20 世纪之前的大多数小说家来说，叙事操作手段是一些不得不用而又藏之唯恐不及的东西。在他们看来，一部优秀的作品必须具备能够最大限度降低文本中作者主观介入，在文本中隐去人为痕迹，使故事获得最高逼真度等特质。为了达到上述目的，那些把"再现真实"视为创作首要目的的作家们发展出了一整套"自然化"的叙事技巧，诸如锚定、成规化自然、文化逼真、包容非本质性细节等①，以强化自己所描述的人物、故事以及环境的真实性，从而诱使读者产生一种"意识幻觉"，将文本误读为现实本身。然而元小说的作者却采取了一种与此完全相反的立场：通过各种不同程度以及各种方式的自我暴露，揭穿小说的虚构性。

作者的介入，或称露迹是元小说的外部特征之一，是作者在文本中自我暴露叙述和虚构的痕迹。它通过对小说虚构性的揭示，将读者的目光引向对小说与现实关系的思考，它向读者表明：任何小说都是经由语言的叙述而出现的一个纯属想象的虚构世界；小说不是所谓对"现实"的再现，至少小说不能"忠实"地再现现实，因为词与物之间不是一种同构关系，所谓"真实性"无非是我们的一种意识幻觉。

在《巴西》中，厄普代克采用了典型的故事叙述形式，开篇即交代故事发生的时间、地点和人物。"这是多年前圣诞节过后不久的某一

---

① 华莱士·马丁：《当代叙事学》，北京大学出版社 1990 年版，第 66—76 页。

天"，以类似回忆的方式告诉读者将要读到的内容是多年后某人的回忆和整理。在故事叙述过程中，作者经常中断叙事，以叙述者的身份，对人物的面容、行为举止等作出点评，并补充缺失的信息。例如：

> 她大概已经猜到特里斯陶的偷窃念头．并认为自己的地位高出他这种人一等。孰不知，她住在富人的家里，穿着人家提供的干净衣服摆样子，这本身也一种窃取方式。①

厄普代克本人并不排斥作者介入，他对作者介入的看法是"作者从作品中隐身是一种装腔作势。而恰当的姿态应该像荷马史诗中的吟游诗人一样——他在作品中，但地位并不重要"②。作者介入的功能体现在故事的叙述进程中，作者以与读者讨论叙事技巧的方式，打断正在进行的故事情节，干预读者对故事的阅读，暴露文本的书写性质，将沉溺于故事情节营造的虚幻空间中的读者拖入现实空间中，正视文本的虚构性。《巴西》中，厄普代克与读者探讨了叙事技巧，"小说家们对此类平庸无奇和表面光彩而实则冗长乏味的中产阶级生活内容总要退避三舍，不去赘述。这一章的时间跨度虽然在本书各章中是最长的，但写到这里也该收笔了"③。上述文字，无疑是给渐入佳境的读者的提醒——他们是在阅读小说家的创作，而不是直面正在发生的故事。读者在阅读中因叙述者类似的不断的提醒而保有一种批判的眼光，消解了由小说的逼真度所营造的真实感，切割了虚构世界与现实世界的界限。

在《S.》和《整月都是星期日》的创作中，厄普代克采用了一种

---

① 约翰·厄普代克：《巴西》，韩松、张合青译，河南人民出版社 1999 年版，第 13 页。

② Charles Thomas Samuels, "The Art of Fiction XLIII: John Updike," James Plath, ed. *Conversations with John Updike*, Jackson: University Press of Mississippi, 1994, p.45.

③ 约翰·厄普代克：《巴西》，韩松、张合青译，河南人民出版社 1999 年版，第 268 页。

即时性的写作方式，以书信和日记的形式叙述故事。书信体和日记体小说具有较大的真实欺骗性，因为它们似乎在表示：在叙述者未进行叙事操作之前整个故事不曾存在，故事的存在是经由叙述而实现的。然而，厄普代克在选择了带有真实欺骗性质的文体的同时，却以暴露对文本的叙述操纵的方式直接指涉文本的虚构性。以《S.》为例，文本中插入了很多标识"作者"存在的话语，例如：萨拉给朋友米吉每段录音文本前后均有括号标注诸如"录音"、"录音到此结束"等字样；录音文本主体部分，也经常出现一些阐释性的文字，如"一个男人的声音，用黑体字表示"等能够暴露真实作者对文本操纵的表述。这类文字显示出文本叙述声音的转换，即叙述者由原先文本内的人物暂时切换为由文本外处于真实空间中作者承担。文本内的虚构人物与文本外真实作者在小说的某一节点同时承担着叙述功能，造成了阅读过程中的文本虚拟空间与真实空间并置的效果，使小说呈现出"被写"的虚构感。

厄普代克还在录音文本中以全知视角表述的方式闯入故事中，进行解释性的话语干预，展示封闭环境中情境的变化。例如：

> （不再模仿声音，有点儿诡秘。）米吉，我刚刚冒出了一个令人激动的念头。这念头具有冒险性，实在值得一试。
>
> ……
>
> ［屏住呼吸］好，米吉，咱们听这段录音。（声音。衣服和手指摩擦声显然已被放大。衣服贴身窸窣声，甚至还可以听到仿佛是心脏跳动的声音。静寂，但不时有某些捉摸不透的轻微杂音。女人的声音，难以辨别是谁。一个男人的声音，用黑体字表示。）古鲁，平安无事。
>
> ……
>
> （沉默。些微杂音。听得见仿佛是心脏的跳动声。）①

----

① 约翰·厄普代克：《S.》，文楚安译，河南人民出版社1997年版，第120—132页。

从逻辑上讲，这些对当时情境阐释性的文字，无法存在于录音中，无疑是作者事后添加上的。作者以传统的全知全能表述方式，暴露了他的客观存在。这些存在于录音之外的解释性文字不仅暴露了作者的踪迹，而且阻碍了叙事节奏，中断了读者的阅读进程，对文本的"真实诉求"起到破坏性和解构性作用。

此外，将声音转化为文字这一行为无疑将读者阅读视野引向对文本外真实作者存在的关注。录音是在通过言语传递信息，而读者的阅读行为则需借助于文字得以实现。一方面，这种由言语向文字的转换行为，提醒读者去思考谁是这一转化过程的执行者，答案自然引向文本背后的真实"作者"。厄普代克通过这样一种较为隐蔽、间接的方式出现在读者视野中。另一方面，转换行为也揭示了文本的虚构性和不可靠性。除了使读者避免落入文本营造的"真实性"陷阱之外，这一行为在某种意识上是对文本意义"真实性"和"可靠性"的解构。厄普代克采用的将言语转化为文字的创作方式，在某种程度上暗合了德里达的反"逻各斯中心主义"的解构主义思想。传统的言语中心主义认为言语是直接表达思想的最好手段，说出的声音能够在短时间里与思想保持一致，因此是本源的、可靠的，而与之相对应的书写和文字被认为是第二位的、派生的、不可靠的，因为书写和文字是言语的记录或模写，可与产生它们的思想相分离。此外，书写还导致各种各样的误解，从而掩盖了它原初的意义。德里达对这一观点进行了解构，在他的观点中，文字不再是派生的，言语也不再由于其直接性而凌驾于文字之上了，二者都可以在接受者或说话者不在场的情况下发挥作用：言语和文字一样都是可重复的记号。"记号（语言符号）的重复决定了意义的不确定性。"[1]萨拉在文本中至少两次提到德里达和他的解构主义思想，这些情节的安排似乎不是巧合之举，厄普代克在将言语转化为文字的过程中，传递着意义的"不确定性"这一信息，

---

① Thomson Alex, "Deconstruction," in Waugh Patricia ed., *An Oxford Guide to Literary Theory and Criticism*, New York: Oxford University Press, 2006, p. 305.

提醒读者他们正在阅读的只是"可重复的记号"，在转换和复制过程中无可避免地会发生信息遗失或更改的情况。

二　自我指涉

如果说以虚构的艺术来反映艺术的虚构过程就是元小说，那么元小说的核心就是自反性（self‐reflexive）。自反性又被称作自省性（self‐consciousness），它是元小说创作中的突出特点。元小说作家并不打算掩盖小说的虚构性，相反，他们不遗余力地揭示小说的虚构性及其虚构过程，旨在提醒读者所读的不是事实而是虚构的故事，从而把读者的注意力转向小说的创作过程，打破他们对意义和结局的传统阅读期待。因此事实与虚构的界限在元小说中变得模糊起来。

《整月都是星期日》就是一部自省性很强的作品。厄普代克在这部小说中表现出对传统现实主义的背离，自我告白和步道构成了一部关于"叙述"本身的小说。在这部文本中，厄普代克以各种方式提示读者：小说不是故事的现实主义重新讲述。例如，他邀请读者发挥想象填补文本中的细节空白，以注释的方式提醒读者去关注叙述的可靠性，以及运用多种风格的叙述语言等。这些都在告诉读者他们所阅读的只是一个虚构的产物。

《整月都是星期日》的自反性首先体现在马斯菲尔德对自己作者身份和写作行为的认识过程中。"敬爱的读者，你是谁？我是谁？我走向镜子。"①这句话开启了马斯菲尔德对作者身份的体验和实践过程，以及伴随而至的对作者本体地位的逐渐质疑，最终引向一个交叉性的问题：谁是作者？谁又是读者？以下的引用展示了马斯菲尔德关于写作行为的自省过程：

1. 最初认为写作行为是一种让人感兴趣的力量："这真有趣！这就像你削制了一些木偶，然后你操控着它们。"（第 12 页）

2. 意识到写作的随意性："这些句子的排列没有特别的顺序。它

---

① John Updike, *A Month of Sundays*, Penguin: Penguin Group, 1974, p.6.

们都带着伤痛，每个句子也许不一样，但都具有相同的效果。"（第19 页）

3. 认为写作行为有时具有伪装性："我为什么不能让它保持目前的状态？"（第 28 页）

4. 揭示写作的虚构性："也许这些话从来就没讲过，是我编造出来的，为的是缓解或打破这间纯洁屋子中的沉默。"（第 33 页）

5. 探讨写作与真理间的复杂关系："更糟，我必须进行创造；我必须从我那恶心的幻想中拣出真理的幼虫。什么是真理？我的那些幻想在影响着你。"（第 91 页）

6. 探讨虚构存在与真实存在之间的混乱："它提醒着我，当我在这个世界上存在时还有另一个虚构时空，在那我也同样存在。"（第117 页）

7. 写作带来的上帝般操控的虚幻感："它们就像是我的玩偶，一会被我放在这里，一会又被放在那些肮脏地方。"（第 178 页）

8. 怀疑写作的真实性："现在花一个小时重新去阅读我们（你、我和读者，没有你的存在将如同在无情的森林中一棵树静静地倒下）累积下来的那些页。"（第 202 页）

9. 写作赋予存在以不同的形式："你是我智慧存在的终点，我只存在于纸张上。请赋予我肉体。"（第 220 页）

10. 对书写内容及其意义的不确定："我是在做梦吗？……后天，我的这个月也许就变成了一个寓言。"（第 226 页）

马斯菲尔德时刻意识到自己的书写行为，并不时发表自己对写作的见解。他由最初感叹于写作行为带来的力量，逐步意识到写作的随意性、虚构性和不确定性，最终发展到对写作行为真实性的质疑，怀疑它只是一场"梦"，一个"寓言"。

自反性在《整月都是星期日》中还表现为厄普代克在这部小说中突破传统作者、读者存在空间，将作者与读者的关系内在化于文本，模糊二者界限，完成文本的自我指涉。作品中马斯菲尔德牧师书写日记的过程同时可以被视为一位作者寻找读者的过程，马斯菲尔德通过书写行为有意识地寻找他的读者，并希望与他的读者实现灵魂与肉体上的结合。从某种意义上讲，《整月都是星期日》是一部关于如何写作与如何阅读小说的寓言，它具有明显的自我意识，是一部自反式的作品：阅读的行为、读者的反应、阅读的暗示——既在叙事内又在叙事外。

在感觉到自己的日记被人阅读之后，马斯菲尔德牧师便开始有意识地通过书写行为寻找他的读者，日记成为他试图与这个隐藏读者进行沟通的渠道。白兰太太是马斯菲尔德在心中确立的叙述对象，他认为白兰太太就是那个偷看他日记的人。此外，从某种意义上讲，现实世界中的读者、马斯菲尔德本人甚至于厄普代克，都是文本的"理想读者"。有很多次马斯菲尔德直截了当地表明要和现实中的读者进行交流。马斯菲尔德本人在文本中既是日记的撰写者又是日记的阅读者，最初他对被要求记日记作为"心灵治疗"的手段非常排斥，"让我的精神分裂继续不受控制吧"①，并将书写行为贬低为"唯我论"的表现，但在书写过程中马斯菲尔德逐渐为之入迷，书写让他感受到了创造的愉悦以及操控的力量，同时"马斯菲尔德开始明白写作是对通奸的再一次重复"②。作为读者，马斯菲尔德极其认真地阅读自己书写的日记，并且经常为自己的文本提供一些衍生注释，他会为自己"弗洛伊德式的口误"引发的拼写错误标出注释。例如："供参考：我发誓，艾丽丝的名字是真实的，不是为了迎合仙境而故意编出的。最后的字母'm'本想打成'k'。"③ 他在打字时将"flash"写成了"flesh"，并为自己"潜意识逃脱语言的控制浮出水面"④ 的行为注释

---

① John Updike, *A Month of Sundays*, Penguin：Penguin Group, 1974, p. 4.

② John T. Matthews, "The Word as Scandal：Updike's A Month of Sundays," *Arizona Quarterly*39 (1983), pp. 351 – 380.

③ 拼写错误的是 near – miss 一词，按马斯菲尔德的解释，他本意是要打成 near – kiss。John Updike, *A Month of Sundays*, Penguin：Penguin Group, 1974, p.97。

④ John Newman, *John Updike*, New York：St. Martin's press, 1988, p.111.

为"我当然是要写成'flash'"①。正是这些脚注泄露了隐藏的动机和策略。

《整月都是星期日》中厄普代克既是作者又是读者。在马斯菲尔德最后一篇布道文的结尾处出现了以下文字:"【出自另一人手写的铅笔斜体字:】终于这篇可以用来布道了。"马斯菲尔德的日记全部是通过打字机打出的,任何标注在文本中的评论性的手写文字应该都是出自"另一人",这令人想起德里达的名言"文本之外别无他物"。语言本身无所谓真假,语言的意义是由语言自己创造的,相应的文本的意义也是由文本自己决定的,它与外在世界无关。任何用语言说出来的话,写出来的句子、文章,就只能是虚构。

厄普代克对作者和读者的处理彻底颠覆了传统作者与读者的二元对立,叙述者既是文本内的作者又是读者,文本外的作者又是文本内读者,真实世界的读者也被文本内的作者邀请参与讨论。博尔赫斯曾说:"如果虚构作品中的人物能成为读者或观众,反过来说,作为读者和观众的我们就有可能成为虚构的人物"。② 在自反性的元小说中,原本属于小说之外在的四大背景——作者、读者、文学史和"现实世界"——都被当作人物或特点包含在小说当中。③ 这就使元小说中的作者、读者和现实世界呈现出一种特殊的关系,虚构(fiction)、虚构者(the fictionist)、被虚构者(the fictionalized)和虚构过程(fiction-alization)构成一种复杂的关系。

三 碎片与拼贴

在后现代主义文化语境下,传统意义上的中心、深度和连续性均消失了,碎片成为真正的存在,也是唯一的存在。各种类型的文化碎片被以各种形式拼贴在后现代的文本中,所以巴塞尔姆认为:"拼贴

---

① John Updike, *A Month of Sundays*, Penguin: Penguin Group, 1974, p.14.

② 理查德·博尔赫斯:《博尔赫斯全集·散文卷》(上),林一安主编,浙江文艺出版社1999年版,第379页。

③ David Lodge, *The Art of Fiction*, London: Penguin Books, 1992, p.242.

原则是 20 世纪所有传播媒介中的所有艺术的中心原则。"①

　　厄普代克在创作中借用了后现代拼贴的创作方法。他在"红字"三部曲的结构设置上运用了文本碎片模式，尽管在叙事上仍旧采用传统的时间顺序，但是整个文本更像是由各类片段构成的大杂烩。《整月都是星期日》全书从总体上看是由 31 篇日记和布道文按时间顺序排列，倘若细分，这 31 篇文本又可被划分为以下几类：马斯菲尔德家庭生活的记录；有关马斯菲尔德与教堂里两个女人通奸行为的描述；马斯菲尔德在流放地日常生活的记录；对白兰太太诱惑性的讲述；马斯菲尔德撰写的布道文。上述内容不是以连贯的方式逐一讲述的，而是众多内容相互穿插，使得整个文本呈现出支离破碎的状态，读者在阅读过程中为了能够勾勒出故事的大致轮廓，常常不得不往回翻页。同样《S.》运用了与《整月都是星期日》类似的叙事结构，全书由萨拉寄给亲友、医生、银行的信件、明信片、录音组成，这些信件和录音主要涉及萨拉离家前的家庭生活；避居地的生活状况；对女儿的谆谆教导；对丈夫查尔斯的控诉；对阿汉特欺骗行径的斥责，以及关于避居地和自己各类事务的处理等。这些内容像一块块拼图零乱散落于文本各处，读者需要对散乱的信息收集整理，尝试拼贴出完整的图画。《罗杰教授的版本》虽然是按传统的逻辑顺序讲述故事，但是罗杰的讲述同样涉及神学、情欲、家庭生活和性爱描写四方面的内容。这些内容交织穿插，只有对它们收集整体分析才能发现罗杰叙述中的不可靠因素，揭示出他的真正意图。

　　在文体语言的运用上，厄普代克采用了拼贴的手法。马斯菲尔德在日记中的语言运用变化多端，表现出叙述者玩世不恭、游戏的人生态度：叙述语言时而是仿照 17—18 世纪华丽的巴洛克式的叙述风格；时而是对庄严的新教布道的模仿；时而是坦率、充满激情的辩护；时而又是对诙谐俚语和双关语的运用。各类风格文体语言出现在同一文

---

① 见杰罗姆·克林科维兹《巴塞尔姆访问记（一）》，载唐·巴塞尔姆《白雪公主》，周荣胜译，哈尔滨出版社 1994 年版，第 331 页。

本中，一方面表现出马斯菲尔德对他的原型丁梅斯代尔语言天赋的继承，另一方面也是马斯菲尔德对丁梅斯代尔虔诚的、宗教式的语言风格的消解与嘲讽。

四　戏拟

戏拟方式主要是将文学传统中某一个在叙述成规或意识形态观念方面具有代表性的文本在当前的文化语境中进行改写。改写的要旨在于置换语境和夸大某些文类特征，从而使其从整体框架中突出出来，引起人们的注意和进一步的思考。

厄普代克的"红字"三部曲即是对霍桑红字的戏仿和反讽。仿写后的文本语境从 17 世纪新英格兰清教传统禁锢下的美国社会被置换到 20 世纪七八十年代充斥各类信仰的社会中，人物的角色要素也发生了变异：沉默、饱受内心矛盾折磨的牧师丁梅斯代尔被戏谑、玩世不恭、能言善辩的马斯菲尔德牧师取代。马斯菲尔德对自己与他人通奸的行为并没有表现出多少忏悔之意，相反，倒是以诙谐、讽刺的语言极其详细地记录了他与女人们相互诱惑的过程。原著中美丽善良、勇敢具有反叛精神的海丝特则化身为 20 世纪毅然走出家庭，追求自由的萨拉，在体现海丝特式的反叛独立的同时，萨拉更多地表现了其自私、贪婪、性生活随便的一面。厄普代克的戏仿折射出当代美国人在价值观、道德观和宗教观上的变迁，美国也已由霍桑笔下以幽暗森林、陡峭峡谷、各类魂灵怪力等超自然现象为印记的神秘空间，转变为厄普代克笔下弥漫着日常琐事、家庭争吵和中产阶级焦虑的平庸之地。

厄普代克的戏拟不仅将美国从清教的桎梏中解放出来，摆脱了悲剧般的严肃气氛，以戏谑、反讽的笔调呈现喜剧性的场景，更为重要的是通过这种戏拟性的改写，整个后现代社会中的文化困境、人类信仰危机、中产阶级百无聊赖、失去生活热情的生存状态被逐一呈现。戏拟这一操作行为本身所具有的反中心、反权威、反制度化及其游戏色彩，为处于后现代社会政治、文化和语言夹缝的中厄普代克提供了一个自由轻松探讨严肃主题的方式，并赋予了文本多义性和不确定性。

　　总体而言，在"红字三部曲"中厄普代克运用多元的叙事技巧为读者刻意营造了一种叙述的不可靠性和含混性。真实作者的介入提醒着读者的阅读行为，人物品行中的缺陷的暴露直接动摇了人物叙述的可靠性，而日记、信件、录音等文体的运用更是使得人物叙事的可信度被质疑。马斯菲尔德的日记成为其勾引白兰太太的手段，他为自己所写的内容预先设定好了特定读者——白兰太太，因此，如果考虑到马斯菲尔德的写作动机，那么他的言论尤其是他关于性爱发表的观点的可信度就要大打折扣了。同样，罗杰呈现的叙事绝大部分是其推测性的幻想，而萨拉在针对不同收信人所运用的不同语气及其自相矛盾的言行，则令人不得不怀疑其对自己信仰的忠诚度和可信度。

　　通过上述分析不难看出厄普代克在实验性叙事技巧方面所做的尝试，不可靠叙事、隐含作者、元小说等诸多20世纪后半叶颇为盛行的小说叙事语言，也出现在了以现实主义创作见长的厄普代克的文本中。从中，我们看到了厄普代克创作的多样性和创新特点。这种现象模糊了文学创作流派彼此之间泾渭分明的界限，也显示出20世纪文学中各种创作类型的互相渗透。

第四章

厄普代克经典重构的空间形式

> 作家最大的骄傲不在于偶然的机智，而在于他能够推进众多
> 关联意象，感受到在他的手中生活变得栩栩如生。
>
> ——《厄普代克访谈录》(*Coversations with John Updike*)

　　20世纪的小说家对于小说空间概念的把握突破了传统，在他们那里，空间不再仅仅被视为故事发生的地点和叙事必不可少的场景，它成为现代小说中的一个重要组成部分，被用来安排小说结构，是推动故事情节发展的重要手段之一。厄普代克在经典重构作品中为读者展示了炉火纯青的空间驾驭能力，"空间"成为一种被有意识地加以利用的技巧或手段，空间不再局限于其物理意义，而是更多地被赋予了形而上的色彩。不夸张地讲，厄普代克经典重构作品中的空间形式可以被视为厄普代克叙事艺术的成功展示。

　　小说的空间形式在20世纪后半叶才逐渐被重视，约瑟夫·弗兰克 (Joseph Frank) 的论文《现代文学中的空间形式》成为相关命题和理论引发争论并得到普遍关注的开端。在这之前，学界对小说叙事的探讨更多地在时间的维度中展开，叙事艺术曾经更多地被看作时间维度上的艺术，空间仅仅被等同于建筑物、地点、场所，有时还等同于地域。随着现代叙事空间理论的发展，越来越多的小说家意识到"空间并不是被动的、静止的或空洞的；它不是事件在时间中展现时

的背景或地点"①，而是同时间因素一样，是构成叙事发生的力量之一。小说的空间安排和设置被有意识、有目的地注入小说的构思和创作中，被赋予了更多的叙事功能，成为小说叙述的一部分。厄普代克的经典重构作品也显示出他对于空间形式的高度重视，以及他驾驭空间形式的卓越能力。

第一节　并置与循环：叙事的物理空间

在一般小说文本中，任何一个故事的讲述都离不开物理空间，它是人物活动的场所、故事发生的背景，是显性的，最容易被读者捕捉到。但是，物理空间并非只能在简单意义上扮演故事场景的功能，在现代小说中，它往往更多地被赋予象征意义和形而上的色彩。反观厄普代克的创作，可以发现，他的很多重构作品中的空间形式都参与到叙事的进程中，起到推动故事发展的作用。作家设置了诸如并置空间、对比空间、循环空间等多种物理空间形式，小说人物的性格、行为和命运在这些空间中被强化、解释和预言。

一　并置的物理空间设置

并置的空间结构是《马人》在结构上的一个显著特点，小说的叙事在现实世界与神话世界两个空间层面上展开。现实层面的空间主要讲述中学教师乔治·考德威尔与儿子彼得三天中发生的故事；神话层面讲述的则是希腊神话中半人半马的喀戎的故事。在现实世界中，考德威尔是一位焦虑、懦弱、不走运的小人物，他在生活中奉行与人为善，却又一再地被命运作弄，接二连三地遇到倒霉事。考德威尔的糟糕境遇与生活在神话世界中的喀戎形成鲜明对照：喀戎是一位学识渊博的老师，他的学生中有很多英雄人物，如伊阿宋、阿喀琉斯、阿斯

---

① James Phelan、Peter J. abinowitz 主编：《当代叙事理论指南》，申丹等译，北京大学出版社 2007 年版，第 209 页。

克勒庇俄斯等。与考德威尔在课堂上时常遭到学生的戏弄不同，喀戎深受学生的尊重，能够在传授知识中获取快乐。二者更多的是相同之处：从身份看，喀戎和考德威尔都是教师，前者教授希腊英雄们各种技艺，后者在中学讲台上讲解自然科学。从地位看，他们在各自的评价体系中，都属于最底层的弱势群体，在推崇丰功伟绩和俊男美女的希腊神系中，喀戎的经历和半人半马的外貌注定了他在神祇社会中的卑微地位；而现实世界中的考德威尔则是一个时刻担心失业的不折不扣的小人物。从性格看，两者都具有牺牲精神，为了他人默默地承受命运的重压，艰辛地生活着。从遭遇上看，考德威尔曾被学生用箭射中脚踝，身体遭到伤害；而喀戎也曾被自己的学生赫拉克勒斯误伤，永世都得承受无法愈合的箭伤折磨。

《马人》中考德威尔的原型是厄普代克的父亲韦斯利·厄普代克（Wesley Updike），受经济萧条所迫他不得不像考德威尔一样在一家高中任教，过着单调沉闷的生活。尽管父亲认为自己不适应公立学校对教师的诸多要求，但他努力使家庭生活稳定。作为儿子的厄普代克感受到父亲在精神萎缩和身体恶化的状况下，仍然挣扎生活下去。他称之为“日常生活的绝望”，“人们质疑……活着是件好事，我们周围有很多未留意到的美，存在中充满了善。但是，一个人即便不愿死去，每一天生活显得单调乏味且漫长”。[1] 这成为他创作《马人》的动机，他说：“《马人》背后的创作动机是记录下我的父亲。以一种漫画式但是真实的方式记录下一个正常、品行良好、信奉新教的男人在 15 年里所感受到的痛苦。”[2] 厄普代克意识到讲述父亲故事的最适当的方式是将它置于经典神话视角下，他选择喀戎的故事是因为喀戎是“为数不多的自我牺牲的经典典范，这一名字奇妙地接近于基督”[3]。他希望

① Jane Howard, "Can a Nice Noverlist Finish First?" James Plath, ed. *Conversations with John Updike*, Jackson: University Press of Mississippi, 1994, p.11.

② Eric Rhode, "Grabbing Dilemmas," *Vogue*, 1 February 1971, p.184.

③ Charles Thomas Samuels, "The Art of Fiction XLIII: John Updike," James Plath, ed. *Conversations with John Updike*, Jackson: University Press of Mississippi, 1994, p.33.

借助于喀戎神话戏剧化考德威尔"被社会排斥的感觉和包裹着他的神秘感"①。考德威尔单调乏味的生活对照神话世界中的理想，我们最终在一个有缺陷的人身上看到了英雄主义光辉。

作家将考德威尔的故事与喀戎的故事并置于一个文本中，让两个人物的命运穿越时空的隔阂，有机地对接起来，远古神祇和现代人物的命运对照，从而赋予小说普遍的寓言意义：面对无可避免的苦痛和绝望，人应该作何种选择。面对苦难，生活在两个不同空间的人物均选择了牺牲自我成全他人的做法，从而完成对自我的拯救历程。在神话中，喀戎以自己之死来抵偿普罗米修斯窃火之罪，他在牺牲自己拯救他人的行为中也使自己从苦痛的折磨中解脱。在现实中，考德威尔同样以自我牺牲的方式完成了精神上的复活。他一直把维护家庭当作自己的责任，为了维持家庭的生存，实现儿子的愿望，长期以来考德威尔一直压抑着自己的情感和欲望，卑微地生存着。生活的重担令他一点点丧失继续生活下去的信心，进而觉得自己患了癌症快要死了。考德威尔对死亡的担忧实质上是他内心想要放弃生活、卸下令他窒息的家庭重负的影射，他的精神在此时实际上已处于死亡状态。当他和儿子在外面共同相处了三天，最后在风雪中回到家中，他坚定了自己作为家庭拯救者和守护者的责任，考德威尔的精神由此得到了复活。

这种将神与人，神话与平凡两分的创作方法在《马人》的卷首语中得到暗示，"天国是人所不能理解的世界，尘世是人能够理解的世界。人本身介乎天国和尘世之间的生物。"这句话引自卡尔·巴特的《教义学要纲》(*Dogmatics in Outline*)。小说的神话与世俗并置的空间结构表现了精神与肉体、天堂与尘世、不朽与平凡的分离。考德威尔身上同时混合着喀戎的不朽以及人类的短暂，他试图去协调这两种特性，但他最终发现自己的努力未必有用。彼得·考德威尔同样处于记忆与欲望、沮丧与奉献、幼稚与成熟的旋涡之中，他诉诸神话性和抒

---

① Charles Thomas Samuels, "The Art of Fiction XLIII：John Updike," James Plath, ed. *Conversations with John Updike*, Jackson：University Press of Mississippi, 1994, p.33.

情性去探究昨天与今天、童年与成年之间关系的深度。在故事的讲述中发现了爱。

《马人》的结局是一个开放式的结局，有些评论认为考德威尔最终选择了死亡，对此厄普代克澄清说："在《马人》中我并没有暗示考德威尔的死亡，……他选择返回工作，成为儿子的避风港。"① 考德威尔以精神复活的方式重新担负起家庭的责任，并以坦然的方式随时接受到来的死亡，所以有评论者说："厄普代克的结尾充满希望并且暗示着痊愈。"② 与喀戎选择放弃永生的牺牲方式不同，考德威尔选择了为了家庭而重新面对苦难，不能否认这也是一种牺牲方式。厄普代克在小说中以多种方式影射考德威尔的自我牺牲，他对自我牺牲行为的理解甚至触及生物学领域。考德威尔在进化论和世界史的课堂上讲到团藻菌是一种非常有趣的生命形式，它发明了死亡、牺牲与合作：

> 每个细胞虽然是可以永生的，但是如果它自愿在一个有组织的细胞社会里专司某种功能，它就进入了一个取舍的环境中。这种奋力而为的结果便使其逐步伤耗致死。它是为了整体的利益而牺牲的。最早的一批细胞们没完没了地老是坐在那青蓝色的泡沫里坐得厌烦了，就说："让我们凑在一起变成个团藻菌吧"，它们是最早的利他主义者，最早的做好事的。如果我戴着帽子，我要为它们脱帽致敬。③

厄普代克视牺牲行为为一种普遍的存在，它不仅存在于人类社会关系中（考德威尔和彼得），同样也存在于宗教社会（上帝与基督）、神祇社会（喀戎与普罗米修斯）甚至于生物群体（团藻菌）中，牺

---

① Charles Thomas Samuels, "The Art of Fiction XLIII: John Updike," James Plath, ed. *Conversations with John Updike*, Jackson: University Press of Mississippi, 1994, p. 27.

② James A. Schiff, *John Updike Revisited*, New York: Twayne Publishers, 1998, p. 27.

③ 约翰·厄普代克：《马人》，舒逊译，外国文学出版社1991年版，第39页。

牲和救赎因此而成为各个生命群体的普遍寓言。

如果说在《马人》中厄普代克采用了显性的将神话社会和现实社会并置的空间叙事方式，那么《罗杰教授的版本》中则存在一种隐性的并置空间，即想象空间与现实空间的并置。埃丝特与戴尔的通奸行为发生在罗杰的想象空间中，而罗杰与侄女弗娜的乱伦关系则真实存在于文本的现实空间中。埃丝特与戴尔的性爱行为描写以及他们之间的对话都是通过罗杰的眼睛来达到的，在罗杰"凝视"式想象的视觉功能下，埃丝特与戴尔的通奸关系在很大程度上激活了他已经有点麻木的情感神经，厄普代克笔下的罗杰"紧紧地凝视住埃丝特和戴尔间的性行为，继而重新激发了一种自我刺激"①。由此可见，想象空间的存在是一种罗杰的自我治疗方式，他试图通过刺激性幻想来恢复在婚姻生活中逐渐令他乏味的夫妻间的正常性关系。在想象空间中罗杰获得的满足远胜于在现实空间中的实际性行为，在与弗娜发生性关系后，罗杰的描述是"下面发生的事情已经在我炽热的脑子里模糊不清了，远不如我想象中的妻子与戴尔不忠的画面更清晰"②。

二　循环的空间设置

在厄普代克的小说中还存在着一种循环的、圆圈般的空间设置。圆圈（circle）在原型性象征中是最富于哲学意义的。从最初有记载的时代起，圆圈就被普遍认为是"最完美的形象"，这一方面是由于其简单的形式完整性，另一方面也是出于赫拉克利特（Heraclitus）所道出的原因："在圆圈中开端和结尾是同一的"③。而弗莱的"循环（Cyclical）理论"也认为，世界的一切都是一个循环系统：生与死、成功与失败、努力与宁息等，都是一个循环的运动过程。神话正是表现了这一过程，把世界的循环与轮回描绘出来。在厄普代克的小说

---

① James A. Schiff、*John Updike Revisited*，New York：Twayne Publishers，1998，p. 102.

② 约翰·厄普代克：《罗杰教授的版本》，刘涓、李海鹏译，河南人民出版社2000年版，第281页。

③ 叶舒宪：《神话——原型批评》，陕西师范大学出版社1987年版，第229页。

《巴西》中，特里斯陶与伊萨贝尔的命运正是在一个循环的结构中层层推进展开，循环的空间被赋予了形而上的象征色彩。

　　小说主人公贫穷的黑人青年特里斯陶和富裕的白人姑娘伊萨贝尔相识于巴西的科帕卡巴纳海滩，开始了二人多难的爱情历程。为了逃避伊萨贝尔的父亲的迫害，这对年轻人选择了离开闹市逃向西部腹地。在极富传奇性的旅程中，两人的爱情在种种考验下得到了升华。在蛮荒腹地中，伊萨贝尔为了将特里斯陶从营地的奴隶地位中解救出来，请求萨满巫师为他俩互换肤色。肤色转换之后的男女主人公在社会地位上发生了逆转，他们选择了重返社会和文明。此时他们的爱情因肤色的转变而被社会和家庭接受，两人开始了富裕的中产阶级家庭生活。但故事到此并没有结束，就在两人生活日益稳定之后，某天特里斯陶重返科帕卡巴纳海滩时，遭到两个来自社会底层的黑人男青年的抢劫并被杀害。两人爱情开始的海滩最终也成为葬送他们爱情的场所。特里斯陶与伊萨贝尔的爱情故事发生的主要场所形成一个循环的空间结构：

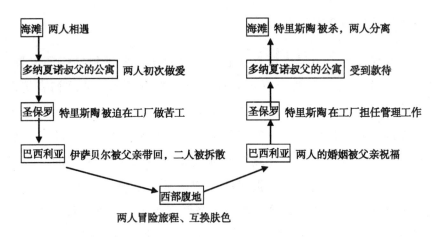

　　在西部腹地的传奇之旅后，特里斯陶与伊萨贝尔的命运与先前形成对比，伊萨贝尔一步步实现了对最初生活的回归。故事开始在海滩，同样也结尾在海滩，特里斯陶的死亡结束了两人传奇般的爱情，一切又回到了最初的起点，从而在故事结构上形成了一个循环的

圆圈。

在《批评的剖析》中，弗莱将英雄神话的原型模式总结成一套具有普遍性的循环模式，即春、夏、秋、冬四个阶段和与之相对应的喜剧、传奇、悲剧以及反讽这四种体裁形式，用以描述叙事中的各类原型结构的周期性循环。《巴西》的叙事结构借鉴了弗莱原型理论中的循环模式，所不同的是厄普代克没有借助于时间的更迭来完成喜剧、传奇、悲剧和反讽四种叙事程式的转换。特里斯陶与伊萨贝尔的爱情以喜剧的方式开始，在性爱中体验到的激情坚定了他们对彼此的爱情，来自社会和家庭的排斥也无法将二人分开。为了逃避来自伊萨贝尔父亲的迫害，两人开始了传奇历程，一系列的磨难升华了二人的爱情并将之推向了顶点，构成了爱情故事中的传奇部分。在返回文明社会后，两人的激情在平静的生活中逐渐消耗，"他们已经很少做爱，就像一对家财万贯的夫妻并不常去查看他们的保险箱一样；但是当他们偶尔查看一下时，他们会发现他们的宝贝仍然待在里面"①。伴随着物质财富的积累，两人的幸福指数却在下降。伊萨贝尔也发现了这种变化，她曾经问特里斯陶："你怀念你在我们相识前的那种充满自由和富有刺激的旧日时光吗？"她认为特里斯陶是自己的"牺牲品"，她在让特里斯陶获得社会地位的同时也剥夺了他的自然属性，令他失去往日作为黑人的自由和激情，变为白人身份下对情感的压抑和情绪的自制，在日复一日的工作中消耗生命。

特里斯陶在海滩遇刺无疑是对二人肤色互换的一种反讽。伊萨贝尔与叔父多纳夏诺对往昔生活的回忆令特里斯陶感觉自己被推出了伊萨贝尔的世界，不由地开始怀念起自己在贫民窟生活的时光。在被告知曾经生活的贫民窟已被铲平后，他决定重返海滩。具有讽刺意味的是，他被几个黑人男孩抢劫，这些黑人男孩似乎是遇到伊萨贝尔前的特里斯陶的再现，同样的贫困，同样地从事抢劫，同样地穿着广告

① 约翰·厄普代克：《巴西》，韩松、张合青译，河南人民出版社1999年版，第266页。

衫，带着单面刀片。在遭遇到过去的自己时，特里斯陶似乎并没有意识到此时的他在各方面均已发生巨大的变化，他本能地说："我跟你们一样"（I am one of you），但是他的话并没有得到男孩们的认同。

> 他笑出声来，想把此情和许多相关的故事都告诉孩子们，他满可以做他们的爸爸；他们虽然十分恐惧，在所干的这件非同小可的大事面前已陷入狂乱，但——个个却还在奋力表现他们的团结，左一刀，右一刀向这个渐渐蜷缩和倒下去的白人身上刺去，他们要给所有这种白人阔佬一个教训，谁让他们还认为白人仍可主宰世界！①

具有反讽意义的是在肤色的转变中，白人特里斯陶变成了从前自己的敌人，从某种意义上讲，是曾经吸引伊萨贝尔的黑人特里斯陶杀死了现在的拥有白人身份和地位的特里斯陶。呼应小说开头特里斯陶出现的场景"从沙洲后面的拍岸碎浪中爬上海滩"②，特里斯陶的"尸体在一排海草和五米外的一个小沙洲之间被海水报过来推过去，是沙洲挡住了他没让他被海水带向天边"③。各人的命运又回到了最初的起点。

此外，《巴西》的故事框架中包含了早期叙事中常见的旅程模式。旅程模式在西方小说中被反复运用，成为一个经久不衰的结构原型。这种旅程模式兼有传奇性、冒险性、象征性和喜剧性。早期故事中的主人公在历尽千难万险之后总是大功告成，胜利归来，故事通常以喜剧结局。例如，荷马史诗《奥德修记》中的主人公奥德修斯 10 年海上漂流，历尽各种艰险，终归故里。主人公"所经历的出发、变化和回归三个阶段的启蒙和洗礼过程，象征着蒙昧无知、非社会化的旧我

---

① 约翰·厄普代克：《巴西》，韩松、张合青译，河南人民出版社 1999 年版，第 284 页。

② 同上书，第 1 页。

③ 同上书，第 285 页。

的死亡和人格成熟、社会化的新我的诞生"①。笛福的《鲁滨逊漂流记》、菲尔丁的《汤姆·琼斯》、拉伯雷的《巨人传》和塞万提斯的《堂吉诃德》等许多作品的结构都属旅程模式，后来的小说如马克·吐温的《哈克贝利·费恩历险记》等也有着同样的原型结构。小说《巴西》的核心情节就是特里斯陶与伊萨贝尔的富有传奇性、冒险性、喜剧性和象征性的蛮荒之旅。在旅程中他们历经各种磨难，同时也发掘到了巨大财富，但他们重返文明社会时，特里斯陶与伊萨贝尔在肤色、性格、社会地位甚至在性关系中的地位等各方面均发生扭转，由不被社会接受的婚姻模式变成了"人人都爱"的两口子。厄普代克在小说中为传统的结构原型披上了反讽的色彩：出发→变化→回归的英雄旅程模式演变为特里斯陶与伊萨贝尔爱情走向幻灭的历程。伊萨贝尔的自我牺牲行为以解救特里斯陶为目的，却在不经意中改变了二人爱情产生的基础。在伊萨贝尔一步步重返原先生活的同时，特里斯陶却越来越背离自己的本质，连他曾经生活的"棚屋"也被夷为平地。特里斯陶成为一个没有根的人，最终只能以死亡的形式实现对往昔的回归。

在中世纪传奇《特里斯陶与伊瑟》中，女主人公以选择与男主人公共同死亡的方式实现二人的最终结合，但是在《巴西》中，厄普代克却未让伊萨贝尔以同样的方式延续她与特里斯陶的爱情。

> 相传很久以前，有一女子的情人亡故，她便躺在情人身边，心中期望自己也一同升天，而且如愿以偿。她果真实现了殉情壮举。
>
> ……
>
> 伊萨贝尔躺倒在他的一侧，开始吻他的脸，吻他的唇。他的皮肤上已经有一股海草的苦味。围观的群众意识到，她也要实施那种伟大的壮举了，便肃然起敬地安静下来。……

———

① 叶舒宪：《探索非理性的世界》，四川人民出版社 1988 年版，第 137 页。

伊萨贝尔把身体向上凑了凑，解开睡袍，把特里斯陶的大理
石般的脸搂在她温暖的怀里，弯下一只胳膊环绕住他那将干未干
仍旧阴湿的西装，开始祈求自己的心脏也停止跳动。她在等候这
一时刻的到来，像骑在海豚背上一样让爱人的身体承载着她一同
潜入海底的灵界。她知道一个男人要交欢前就是这种感觉——他
的灵魂伸展开去，径直向情欲的黑洞里钻。

但是，初升的太阳仍然能够照红她紧闭的眼睑，……人群变
得不耐烦起来。今天是看不到奇迹了。……已成新寡的伊萨贝尔
两眼昏黑，她领悟到这条让人心冷的真理之后，便摇摇晃晃地站
立起来，用睡袍围紧赤条条的身子，由叔父引领着走回家去。①

厄普代克以悲剧的方式结束小说的叙述。一切在循环的空间中又
回到了故事发生前的状态，特里斯陶与伊萨贝尔的爱情之花在他们选
择返回当初迫使他们离开的社会空间时就开始枯萎了。当来到他们最
初相遇的海滩，特里斯陶与伊萨贝尔最终完成了他们的爱情历程，圆
形的叙事结构实现了首尾对接。

第二节　隐性的文本空间

厄普代克在经典重写中，除了采用物理空间的直观呈现外，还非
常重视小说文本空间的营造。文本空间，即文本所表现的空间。文本
的空间形式表现为作者如何通过各种手段结构文本，从而赋予平面的
文本空间感。厄普代克常常借助于隐性的文本空间结构，向读者传递
表层话语之外的信息。

一　并置的线索情节

约瑟夫·弗兰克在《现代文学中的空间形式》中指出文学空间的

---

① 约翰·厄普代克：《巴西》，韩松、张合青译，河南人民出版社 1999 年版，第
289—290 页。

手段有"并置"、"重复"、"闪回"等。通过并置的情节线索和闪回、回溯等叙述方式可以中断和破坏时间顺序，取得叙事结构的空间性。厄普代克在创作中尝试通过上述叙述手法来营造小说的空间形式，追求一种独特的空间审美效果，这些手法对厄普代克小说中的人物刻画、主题表达和深化、增强作品的艺术感染力等，都起到了重要的作用。

厄普代克对于小说叙事空间形式的处理上首先表现在多线索的情节结构上。在《马人》中，考德威尔与儿子彼得的三天相处是情节的主线，与它并置的是神话层面的马人喀戎受难的故事线索。从小说结构来看，这条神话情节线索起到了阻断情节主线时间发展顺序的作用，它与情节主线的并置既达到了一种共时性的效果，使小说的叙事结构具有了空间性，形成了并立对照的空间效果，同时，两个对照和对峙的空间实际上又构成了一种对话的关系。

厄普代克把喀戎的受难作为潜在和深层的文本，在小说结构中形成了神话和现实两个并存的空间结构。远古的神话传说和现代人的现实故事并置于同一文本中，看似为两个互不相关的独立空间，但稍作分析便会发现，厄普代克采用了与乔伊斯的《尤利西斯》类似的结构：以神话传说观照现实的故事结构。发生在神话空间与现实空间中的故事，在人物塑造、情节安排、主题表达等多方面都存在对照关系。首先是人物形象设置上存在着明显的对应关系。主要人物考德威尔对应于神话中的喀戎，校长吉摩尔曼对应于奥林匹斯山上的宙斯，儿子彼得则对应于被喀戎解救的普罗米修斯。书中的次要人物与希腊神祇社会也有所关联，厄普代克在全书结尾的"希腊神话索引"中说明"喀戎和普罗米修斯贯穿全书故未列入。书中人物并不是全都固定影射某一希腊神：例如德芬道夫有时是马人，有时又是人鱼，甚至有些时候竟成为赫剌克勒斯"[1]。在情节安排上厄普代克借助于神话空间中喀戎肉体受难→肉体死亡→肉体复活的故事结构来影射现实空间中

---

① 约翰·厄普代克：《马人》，舒逊译，外国文学出版社1991年版，第278页。

考德威尔的精神历程。正如厄普代克在卷首所引用的卡尔·巴特的观点："天国是人所不能理解的世界，尘世是人能够理解的世界。人本身是介乎天国和尘世之间的生物。"对卡尔德威尔而言，他既有世俗世界中的小人物卑微的一面，也有天国的神祇的崇高品性，他就是一个"介乎天国和尘世之间的生物"。喀戎的故事与考德威尔的故事都在表现一种献祭的精神和勇气。

《马人》中神话世界的设置同时也是对现实世界的一种反讽，作为正逐步走向世俗化的现实世界的对峙空间而存在。喀戎的受难是肉体的，但解脱苦难的方式和结果是神性的：用悲壮的死换取最后的永生；考德威尔的受难是精神的，但解脱苦难的方式和结果是世俗的：用平庸的活来守护家庭。考德威尔的世俗性对照喀戎的神性，表达了厄普代克对现实中普通美国人生存状况的一种讽喻：现实的美国社会不是远古的奥林匹斯神祇社会，现代美国人面对危机时的行为方式也不是神性的，而是一种世俗的、卑微的寻求解脱的方式。

福克纳曾将小说的布局比作"装饰展览橱窗"，他认为对小说的结构需要的是运用艺术的眼光将不同的物件排列组合，而且正是从物件的自由组合中呈现出新颖的构型。《马人》对神话空间和现实空间的布局类似于福克纳的"装饰展览橱窗"之说，它突破了传统的机械刻板的直线型的单一模式，两条情节线索按照一定的空间形式的美学效应精心安排，自由组合，实现各情节线索之间的并立对峙中的对话效果。

《马人》中的神话空间与现实空间的展示是以空间并置为主，在多数篇章中两个文本空间是以一种相对闭合、独立的形态各自存在于"展览橱窗"之中，但两个并存空间并不是完全的平行，有时也会出现对接和重叠。厄普代克主要借助于叙述视角的转换来实现叙事空间的转换。在全书的九个章节中，第一章的视角是全能第三人称，讲述的是考德威尔在教室受伤并遭遇校长刁难的故事；第二章中儿子彼得成为故事的讲述者，运用第一人称讲述"我"和父亲考德威尔从家出发到学校路上发生的事；第三章视角又转为全能第三人称，叙述喀戎的神话；第四章彼得又作为故事的讲述者，回忆 14 年前那个冬日的下午和晚上；而第五章是第三人称对考德威尔一生的简短总结；第六章是彼得第一人称叙述自己的梦境；第七章转向第三人称继续讲述考德威尔的故事；第八章又回到彼得的叙述；最后一章即第九章又采用了第三人称全能视角。对现实空间的叙述主要是第一、二、四、五、六、七、八、九章，神话世界的展示出现在第一、三、九章，在第一章和第九章中，厄普代克通过将考德威尔与喀戎的影像重叠，实现现实空间与神话空间的对接。总体来看，整个文本由于叙述视角的切换被分割为一个个相对独立的叙事空间，它们分属于神话与现实两大空间之中。

正如厄普代克在塞缪尔的访谈录中曾谈到的，《马人》中神话空间的存在起到了多方面的作用。① 首先，作为考德威尔生活空间的对照物，神话空间提升了彼得回忆录的高度。换句话说，考德威尔是生活在平凡世界中的小人物，用希腊神祇喀戎的经历来观照考德威尔在日常生活中的奉献，无形中将考德威尔提升到神的高度，反映出成年后的儿子对父亲牺牲精神的赞美。其次，通过神话空间与现实空间的对照设置，以现实世界隐射神话世界，厄普代克旨在揭示在俗世生活平凡的表面下，有着与神祇世界同样的崇高和意义。再次，如斯基夫所指出的："神话世界成为文本中许多玩笑的借口。"② 例如，在第一章中，维纳斯向喀戎抱怨："你了解男人。他们为什么辱骂我？为什么拿我的名字开玩笑，为什么在厕所墙上乱刻我的像？还有谁像我为他们这么好地服务？"③ 最后，厄普代克将神话世界注入现代人的生活空间，证明了古代文明与现代文明之间的连续性，同时揭示神话如何在现代生活中产生共鸣。

在对叙事空间的布局上，厄普代克经常采用了回溯和闪回的叙事

① Charles Thomas Samuels, "The Art of Fiction XLIII: John Updike," James Plath, ed. *Conversations with John Updike*, Jackson: University Press of Mississippi, 1994, p.37.

② James A. Schiff, *John Updike Revisited*, New York: Twayne Publishers, 1998, p.25.

③ 约翰·厄普代克:《马人》，舒逊译，外国文学出版社 1991 年版，第 27 页。

手法，破坏文本的时间顺序，过去与现在并置，使作品的叙事呈现出一种空间性结构。例如在《罗杰教授的版本》中，厄普代克多次运用到了回溯和闪回的叙事手法。故事的主体部分是按时间顺序讲述的，发生在头一年的 10 月份到来年的春天短短数月之内，但按时间顺序发展的主体叙事多次被回溯和闪回的叙事打断。例如：罗杰与同父异母的妹妹艾德娜暧昧的青春往事，以及他在 14 年前与现任妻子埃斯特发生婚外恋情、结婚，14 年间的夫妻生活分割成若干长短不一的片断穿插在主体故事的讲述中。这种对往昔的回溯和闪回破坏了主体故事的时间顺序，文本被分割成了若干空间单元。同时回溯和闪回的运用补充了叙事主体部分中关于罗杰与妻子埃斯特的恋爱和婚姻生活，以及罗杰在青春期时的生活片断的空白，将罗杰一生的经历大致勾画出来，将罗杰与家人、亲属、同事、朋友的各种关系在这些穿插的片断中呈现出来，展示了他生活的多个侧面，丰富了罗杰的形象。

二   片断陈列

弗兰克曾在《现代文学中的空间形式》中借乔伊斯的《尤利西斯》探讨了片断陈列对空间设置的作用。他认为各个事件必须通过各个片断来重新构建，读者不得不接连不断地把各个片断组合起来，并且记住各个暗示，直到他能够通过反应参照，把它们与它们的补充部分连接起来，将散落在文本各处的片断在空间上连接起来，最终对事件产生印象。[①] 随后，在后现代文化理论的建构过程中，时空观发生了重大的转变，出现了"时间空间化"的新概念。"传统的、线性的、一维的时间被瓦解，时间整体性在崩溃之后成为一种零散化的、无向度的时间碎片。这些时间碎片被另一种力量所左右，并被组织、会聚到'现在'，'现在'成为包容过去和未来的唯一时间存在的标志。

---

① 约瑟夫·弗兰克：《现代小说的空间形式》，秦林芳编译，北京大学出版社 1991 年版，第 7—8 页。

从这个角度看，时间被纳入了现时的空间，时间被空间化了。"①

　　由于当今时代时空观念发生改变，人们体验不到了柏格森"绵延"的时间概念（从过去到现在并指向未来），只有"现在性"，每个人都生活在"此时此地"，因此空间性增强了。这也造成以往的宏大叙事被个体叙事所取代。碎片对抗宏大叙述，是对宏大理想的质疑。在小说里，空间因素相对落在了有限的场景中，作家往往进行大量细节片断化叙述。厄普代克的"红字三部曲"之一《S.》即显示为一种碎片的呈现。小说完全由零碎的几十封信件构成，有女主人公给丈夫、女儿、朋友的信件，也有一些与银行、律师等事务往来上的信件，信件的形式将文本空间化，每封信件都构成一个独立、完整的叙事空间单元，这就肢解了传统小说追求的整体性和连贯性。

　　《S.》涉及的事件主要有以下几件：萨拉与丈夫查尔斯的婚姻危机，萨拉对女儿恋爱婚姻的指导，萨拉在避居地的生活，萨拉与银行的财务往来，等等。这些事件互相穿插，破坏了固有的语言的连续性，迫使读者按照空间并置的方式认识文学作品的基本单元。对于一个事件的讲述有时要相隔几十页才被再次提及，就故事的持续来说，叙述的时间流被中止了。"注意力在有限的时间范围内被固定在诸种联系的交互作用之中。这些联系游离于叙述过程之外而被并置着。"②例如萨拉窃取避居地钱财一事，全书并没有一个完整的讲述，读者只有通过收集散落在文本各处的信件中透露出信息，才能完成对这一事件的拼图。

　　厄普代克通过小说内部世界的重叠错乱，刻意追求一种文本意义的不确定性。信件中流露出写信人游离不定的态度，以及言行不一的话语，厄普代克以一种隐退的、看似超越文本的姿态，引导读者发现叙述者的不可靠性。信件是叙述者意识的部分呈现，在将意识转换为

---

　　①　管宁、魏然：《时间的空间化：小说艺术方式的转换》，《社会科学战线》2006年第6期。

　　②　约瑟夫·弗兰克：《现代小说的空间形式》，秦林芳编译，北京大学出版社1991年版，第7页。

文字的过程中，萨拉表现出了叙述的不可靠性，她或多或少地在掩饰或美化自己，对于她的这种遮掩，作者并不是采取直接揭露的方式，而是将信息置于遥远的文本某处。例如，萨拉一方面控诉自己作为家庭主妇所受到的不公正待遇，并声称自己的出走是在追寻一种"虚空"，避居地"提供了一个没有利己主义意义的生活模式"①；另一方面，萨拉即使是在避居地也没有约束自己性格中的自私和贪婪。萨拉的这种言行矛盾必须通过并置的多个空间才能被发现。从审美的角度看，碎片化的空间叙事"含混"了事件的真实面貌，厄普代克刻意追求这种"含混"，营造陌生化效果，延长了读者的审美过程。读者穿梭于凌乱的文本空间中，收集散落在各处的信息，正如弗兰克在分析《尤利西斯》中的片段设置时所谈到的那样，"读者不得不运用与阅读现代诗歌同样的方法……接连不断地把各个片断组合起来，并且记住各个暗示，直到他能够通过反应参照，把它们与它们的补充部分连接起来"②。在厄普代克的文本中，通过碎片形成的叙事空间，仿佛是作者邀请读者加入的拼图游戏。

三　作为象征的空间

现代小说中的空间场所在小说中的作用不再局限于仅为故事人物活动提供场所，它更多地开始承担结构作品的功能，通过空间场景的转换来表现时间的更迭，时间化叙事在小说中被淡化，这一特征在厄普代克的小说《巴西》中有着鲜明的体现。

《巴西》是在以一个现代的形式讲述一个传统的爱情故事。对于爱情故事的讲述，通常遵循爱情故事的开端、发展、高潮和结局的线性时间流程，厄普代克在故事讲诉中完全遵循了这一爱情故事的常规模式，特里斯陶与伊莎贝尔二人间的爱情从两人初识→相爱→结合→

---

① 约翰·厄普代克：《S.》，文楚安译，河南人民出版社1997年版，第34页。
② 约瑟夫·弗兰克：《现代小说的空间形式》，秦林芳编译，北京大学出版社1991年版，第7页。

分离被——清楚地、有条不紊地交代给读者。与传统爱情故事讲述模式不同的是，传统的讲述是以时间为主线推进情节，厄普代克在《巴西》中却不是以时间为主导来结构作品，相反，小说的空间叙事特征十分突出，即以空间场景来结构作品，以空间场景的转换来表现时间。特里斯陶与伊莎贝尔爱情不是凝固在某一具体空间中，厄普代克借助于不断的空间转换来表现二人爱情故事的推进。例如，二人的爱情发生在海滩，随着空间转变到公寓，两人关系走向亲密，在特里斯陶的棚舍中两人在灵魂上确定了彼此伴侣的身份。其后的空间场所有圣保罗、巴西利亚、戈亚斯州、金矿、营地、台地等，每一次空间场所的转换必然伴随着二人在爱情上的突破。厄普代克在《巴西》中采用了强化空间、弱化时间的创作方法，与对场景转变的强化相比较，时间性的描述在小说中常常是一笔带过，令读者更为关注空间转换与二人命运的紧密关系，而不是时间流逝对他们的影响，正如弗兰克所说："当年代被取消至少被严重淡化时，真正的空间形式出现了。在那里，时钟的时间或者任何种类的线性时间并不成为叙述的一个因素。"①

此外，厄普代克更是从文本的形式结构上突出空间在小说中的地位。全书30章中大部分章节的标题都是以具体的空间场景和人物来命名的，例如，1. 海滩，2. 公寓，3. 多纳夏诺叔父，4. 棚舍……这一点与霍桑的《红字》文本形式颇为相似，霍桑在《红字》中同样采用了类似的标题，即海关、狱门、市场、医生、海丝特和珠儿、总督府大厅……二者的标题风格极为相似，霍桑对厄普代克在创作技巧方面的影响在此可窥一斑。在这些具体的物理空间的转换之中，叙述者完成了故事的叙事、人物心理的描绘和人物形象的塑造。

诚然，从一个场景到另一个场景体现了小说的空间轨迹，而对小说本身而言，这些空间场所被赋予了象征意义，每一个场景都与主题

---

① 约瑟夫·弗兰克：《现代小说的空间形式》，秦林芳编译，北京大学出版社1991年版，第150页。

密切相关，"空间从来就不是空洞的，它往往蕴涵着某种意义"①。象征场景的描绘，亦是小说空间叙事的特征之一。狭义的象征场景，是融于情节时间之流中的空间场景。它既是小说情节中的现实场景，又超越于情节具有独立的空间意义。《巴西》中的海滩、公寓、棚舍、巴西利亚、营地、台地等场所都是具有隐喻和象征的空间。

　　读过《红字》的人都无法忽视霍桑在作品中对森林的渲染和描绘，森林被赋予人性自由与解放的象征意义，同时也是海丝特与丁梅斯代尔的伊甸园，只有在树林中他们的真实情感才能够无拘束地流露。在"红字"三部曲中，厄普代克借用了这一意象，将之延伸为"沙漠"。《整月都是星期日》中的马斯菲尔德牧师被教会机构流放到亚利桑那州沙漠中的一个地方，作为对他通奸行为的惩罚；《S.》的主人公萨拉在离家出走后，选择了位于亚利桑那州 Forrest（与 forest 同音）小镇上的一个信奉印度教的避居地。在《红字》中荒漠的意象即为"森林"意象的延伸，"她漫无目的地在道德的荒野中徘徊；那荒野和这个莽莽的原始森林一样广漠无边、一样错综复杂、一样阴森可怕，而他俩现在就在这片幽暗的林中进行决定他们命运的会谈。她的智慧和心灵在这块荒漠之地适得其所。她在那里徜徉自在，安步漫游，正如野蛮的印第安人在树林中随心所欲一样"②。詹姆斯·斯基夫在《重访厄普代克》一书中认为，厄普代克是从表层字面意义的角度解读了"desert place"，因而将萨拉安置在了亚利桑那州的沙漠中。③

　　关于沙漠的意象，唐纳德·格尔根（Donald Goergen）在《趋势：沙漠作为现实与象征》（*Current Trends: The Desert as Reality and Symbol*）一文中提到，沙漠作为一种象征具有宗教意义。他认为，现代关于沙漠象征意义的运用源于它是早期"一神信仰"的诞生地；在伊斯兰的预言中多处提到"在沙漠中寻求并找到灵感"；此外，基督教隐

①　Henri Lefebvre, *The Production of Space*, Wiley: Blackwell, 1991, p.154.

②　纳撒尼尔·霍桑：《红字》，姚乃强译，译林出版社1996年版，第180页。

③　James A. Schiff, *John Updike Revisited*, New York: Twayne Publishers, 1998, p.104.

士们也纷纷逃往沙漠"以躲避俗世的污染"。因此，唐纳德认为沙漠与宗教文化密不可分。①厄普代克同样认为沙漠是基督教的发源地，他曾说过，"基督教精神是在沙漠中得到滋养的。沙漠在《旧约》中随处可见"，而且在基督教早期，所有教士们都渴望能够"进入沙漠"②。基于上述理由，有学者认为厄普代克将丁梅斯代尔（马斯菲尔德）和海丝特（萨拉）从森林移到沙漠在某种程度上是为了强调沙漠的宗教意义。③无论如何，在厄普代克的笔下，沙漠延续着霍桑的森林的象征意义，马斯菲尔德（丁梅斯代尔）和萨拉（海丝特）在肉体冲动的宣泄中实现了对灵与肉关系的协调。如果说森林是霍桑灵魂获得自由的场所，那么沙漠则是厄普代克肉体得到解放的空间，"霍桑发自本能地坚信灵与肉的冲突是不可避免的"④，而厄普代克则通过肯定肉体冲动完成了对《红字》的转换。

伊甸园在厄普代克的作品中也是多次出现的场景意象，萨拉在亚利桑那沙漠中的避居地从某种程度上带有人类的伊甸园的影子。按《圣经》记载，"上帝在东方开辟伊甸园"，让亚当和夏娃住在里面，那是人类之源，生命之源。避居地没有传统的道德束缚，成员们享有性爱自由，萨拉在与阿汉特的圆满性爱中暂时体验到从精神到肉体的完整的人生，实现肉体与灵魂的统一。

类似的意象也出现在小说《葛特露与克劳狄斯》中，戈尔森林中的小屋俨然变成葛特露和克劳狄斯二人的伊甸园。与戈尔梭小屋相对应的是葛特露居住的爱尔西诺城堡，它是一座巨大的、富丽堂皇的囚笼。在原型中，亚当和夏娃在伊甸园里生活得无忧无虑，但他们终究

---

① Donald Goergen, "Current Trends: The Desert as Reality and Symbol", *Spirituality To-day*, March 1982, Vol. 34, No. 1, pp. 70 – 79.

② Michael Stragow, "Updike Redux", *The Harvard Crimson*, 2 February 1972, pp. 3 – 4, 6.

③ 靳涵身：《重写与颠覆：约翰厄普代克〈红字〉三部》，四川大学出版社 2008 年版，第 90 页。

④ John Updike, *Hugging the Shore: essays and criticism*, New York: Knopf, 1983, p. 77.

由于受蛇的诱惑偷吃了禁果，被上帝逐出了伊甸园，背负着原罪开始了无尽的苦难。他们拥有了智慧，却失去了乐园。在《红字》中，霍桑延续着原罪意识，形成了"霍桑的信条"。在灵魂与肉体对立之中，"肉体濒临于罪恶的边缘；贞节则与灵魂相邻"①，并且"大地——肉体——血液与天堂——思想——精神的对抗之轴的轻微转动便成为世界与自我之间的对抗"②。D. H. 劳伦斯也将肉体与灵魂的冲突归为人类的原罪意识，只是他认为"罪恶的开端不是行为，而是对行为的了解"③，罪恶来自于"人的自窥和自我意识"④。劳伦斯将霍桑的《红字》解读为海丝特（夏娃）对纯洁的丁梅斯代尔的诱惑："她做的第一件事就是引诱他，他做的第一件事就是上了她的钩。他们做的第二件事就是隐瞒他们的罪恶。他们自我满足，试图相互理解。这是新英格兰的神话。"⑤厄普代克以辩证的眼光看待亚当和夏娃的堕落，他认为人类始祖在罪恶中精神获得觉醒，从"猿"走向了"人"。因此，在对待"通奸"这一主题的态度上，厄普代克是对霍桑是彻底的反拨。詹姆斯·普拉思（James Plath）认为厄普代克笔下人物对通奸罪恶感的缺失从一个侧面反映出厄普代克对待通奸行为的观念："卷入通奸行为的三方要比被婚姻束缚的两方更贴近自然。"⑥厄普代克将实现灵魂与肉体的统一视为人生的首要，因此，不难理解他是从认同和赞美的角度来描写葛特露与克劳狄斯二人在林间小屋的约会的。小屋隔离了权力和纷争，成为相爱的两人在俗世中的伊甸园，在这里葛特露与克劳狄斯协调了肉体和灵魂的冲突，体验到完整的人生。

　　小说叙述的空间感，是作者在文本叙述中产生、读者在阅读中通

---

① John Updike, *Hugging the Shore: essays and criticism*, New York: Knopf, 1983, p. 77.

② Ibid., p. 78.

③ D. H. 劳伦斯：《灵与肉的剖白》，毕冰宾译，漓江出版社 1991 年版，第 133 页。

④ 同上。

⑤ 同上书，第 136 页。

⑥ James Plath, "Updike, Hawthorne, and American Literary History", *The Cambridge Companion to John Updike*, New York: Cambridge University Press, 2006, p. 128.

过理解和想象而获取的三维立体的空间感觉。厄普代克是一位具有空间意识的作家，他善于将这种空间感有效地传达给读者，令读者在阅读过程中能够有效地还原、复现叙述空间。

第三节　构建认知诗学视角下的读者心理空间

在认知诗学（cognitive poetics）视角之下，读者的阅读过程就是构建一个具有增补性且相互作用的心理空间网络的过程，通过建构心理空间获得文本的现实意义，从而使虚构文学投射出对现世的人文关怀；而读者心理空间构建则是文本叙事的必然结果。厄普代克在他的系列重构文本中主要从以下几方面构建读者的阅读心理空间，从而或强化或动摇读者的阅读心理预期。

一　多重视角叙事丰富读者心理空间

《马人》正如厄普代克自己所说："这部小说就像它的主人公一样，是个半人半马。"① 小说不具备传统意义上的统一性，它更像是一个分裂的物体，穿梭于不同的物理空间、叙事声音和视角、叙述风格之中。"是谁在讲述故事？"成为读者的首要解决的问题，同样也是众多学者争论不休的问题。斯基夫认为故事的讲述者只有一人，那就是彼得·考德威尔。小说的第七章在描写迈诺餐厅时，叙述者是这样描绘的："这里只留下了三个人：迈诺本人，约翰·戴德曼和那教自然科学的老师的儿子、自我意识特强的彼得·考德威尔。"② 对于彼得的描绘在此显得特别的"极端"和"没有根据"，而且考虑到叙述者没有对迈诺和戴德曼作任何评价，因此，对于彼得的介绍就"格外的显眼"。斯基夫据此认为，在"叙述者的背后隐藏着彼得的声音，是对

---

① John Updike, "Four Speeches," in *Picked - Up Pieces*, New York：Knopf, 1975, p. 16.

② 约翰·厄普代克：《马人》，舒逊译，外国文学出版社1991年版，第185页。

处于青春期的自我的嘲讽"①。

　　我们可以尝试将整部小说视为彼得意识的产物。整部小说如同体现他的创作理念的一幅画作，正如他在作品的结尾处领悟到的那样：

　　　　我忽然悟到我必须走向自然，摈弃掉理性的方位，把自己像一张透明的大幅画布一样铺在她上面，在完全降服于她的情况下，希冀在她上面印出一个美丽和有用的真实画面。②

　　时而超现实，时而又如梦幻般，彼得的这种故事讲述方式可以视为他试图在用语言表达出自己在绘画创作中领悟到的要旨："捕捉并保存生活中的真实内容及其与神话的共鸣。"③ 无论是写作还是绘画都能够将流逝的生活再现，将时间固定。作为一位抽象的表现主义画家，彼得将绘画中的技巧运用到故事讲述中，超现实主义和立体主义成为他讲述自己故事的方式。"《马人》中的多重视角产生于立体主义，它在展示对一个人或物的多种审视方式。"④ 在故事的讲述过程中，彼得不断地转换着自己姿态、声音、情绪，将父亲的形象多角度地并置呈现在画布上，最终构成一幅抽象的表现主义画作。

　　叙事的多重视角导致《马人》的叙事态度的不统一以及信息的不连贯，读者必须从不同的切入点自行建立事件的全貌；而另一方面，只要读者能够在文本中找到合理证据，就可以论证叙事的真实性和虚假性，因此，阅读小说的过程就是构建心理空间网络的过程。心理空间是无状态的短期认知再现，一方面建构在文本输入的基础上，另一方面建构在解释者背景知识基础之上。在这个过程中，"语篇参与者就好像是在心理空间点阵中移动，从一个空间进入另一个空间时，他

---

① James A. Schiff, *John Updike Revisited*, New York：Twayne Publishers, 1998, p.24.

② 约翰·厄普代克：《马人》，舒逊译，外国文学出版社 1991 年版，第 271 页。

③ Jack Branscomb, "Chiron's Two Deaths：Updike's Use of Variant Mythic Accounts in The-*Centaur*," *English Language Notes*, 28, No.1, September 1990, p.66.

④ Robert Detweiler, *John Updike*, rev. ed., Boston：Twayne, 1984, p.64.

们的视角和焦点随着空间的改变而改变"①。

彼得以第一人称讲述的故事给读者构建的心理空间是：考德威尔是一位不走运的烂好人，在生活中时常失败，处于绝望的边缘，儿子对父亲的懦弱行为时常感到不满和愤怒；而在第三人称讲述的部分，父亲考德威尔对儿子的奉献被一一呈现，儿子眼中的无能变成了考德威尔对他人的友善行为，正是考德威尔的善良和牺牲精神为他赢得了朋友们的喜爱和尊重。两种不同的视角在读者心理上形成了各自独立的接受空间，随着视角的转变，读者从一个空间进入另一空间。如果我们将第三人称的讲述部分视为成年后的彼得对父亲的认知，那么则可以将阅读过程中形成的两块心理空间叠加，从而塑造出一个完整的考德威尔形象。此外，神话部分的描述则成为对完整的考德威尔的共鸣。正如斯基夫所言，成年后的彼得是一位"智慧的，有洞察力和野心的画家"，他能够意识到"生活不只有一个层面"②。《马人》可以视为成年后的彼得与青春期的彼得共同构建了一个完整的父亲形象。

二　空间对照冲击读者心理空间

本文第一节曾详细探讨了《马人》的并置空间，指出小说结构是由神话和现实两个并存的空间结构而成的，希腊古典神话中喀戎的传说和美国现实生活中卡尔德维尔的故事构成了小说的主体。从外在形态上，小说的主体体现了一种二分性：一个是生活在天国的神，另一个是生活在俗世的人。事实上，这种"二分性在小说中通过一系列连续的二元对立得到进一步的强化：现实和神话；感知和未知；大地和天空；人类和上帝；身体和灵魂；人类和野兽；奥林格小镇和奥林匹斯山；过去和现在；乡村和城市"③。

所有这些二分性，都构成神祇社会的崇高性、悲剧性与俗世的卑

---

① Gilles Fauconnier, *Mappings in Thought and Language*, Cambridge：Cambridge UP, 1997，pp. 38 - 39.

② James A. Schiff, *John Updike Revisited*, New York：Twayne Publishers, 1998, p. 24.

③ Ibid. , p. 23.

微性、平凡性间的强烈对照。故事主体的喀戎和考德威尔投射在读者心理的是截然不同的影像。喀戎虽然在希腊神系中是一个边缘者，但他品格纯洁，坚毅忍耐，学识渊博，是受到诸神和英雄们爱戴的老师；考德威尔用现实的眼光看，他完全是一个失败者：教育学生，他失败了，学生没有把他当成老师，在课堂上肆意妄为，还用箭射伤了他的脚踝，以至于他认为自己是在从事一个并不适合自己的职业；和妻子相处，他失败了，在妻子眼里，无论在精神还是肉体方面，他都是一个不称职的丈夫；抚养儿子，他失败了，他懦弱谦卑，无法在儿子心目中树立起高大的形象。喀戎可以用活着的方式来为他人默默无闻地奉献，也可以用死亡的方式来为他人惊天动地地奉献。但现实生活中的考德威尔无法用死亡来拯救他人，他是学生的老师、妻子的丈夫和儿子的父亲，他无法回避真实的生活责任。所以，死亡对他是一种感觉，一种绝望的心态，"他肉体上没有死亡，尽管他热爱死亡，但为了家庭和工作，他选择了回到地狱般的学校"①。考德威尔的世俗性复活对照喀戎的神性光辉，在某种程度上令读者感受到一丝无奈的嘲讽：现代美国社会距离奥林匹斯的崇高越来越远，生活的世俗和平庸取代了远古的悲壮。

神话传说和现实故事既是对立的，又是统一的，这种统一性体现在作为"人"的考德威尔身上，恰好为卡尔·巴特视人类为介于天国和人间的生物这一观点提供了佐证。考德威尔的身上体现了神话和现实的内在统一。对考德威尔而言，其性格的一极是立于地上的卑微，另一极则是向往天国的崇高。他是卑微与崇高、平凡与悲剧的统一体，他以卑微的生命形式，最终达到崇高的精神状态。"《马人》是厄普代克为'善'而唱的颂歌"②，考德威尔在基督的准则中是一个好人，他在迎合社会期待和自我期待的过程中失败了，但在为他人献祭

---

① Robert Detweiler, *John Updike*, New York: MacMillan Publishing Company, 1984, p. 127.

② 宋德发、酉平平：《颂歌还是挽歌？——论〈马人〉的宗教主题》，《东莞理工学院学报》2005 年第 4 期。

的爱中，却呈现出基督的光辉。小说的结尾颇具隐喻色彩，喀戎与考德威尔合二为一：喀戎获得了永生，并被置于闪烁的群星之中；考德威尔也通过坚定守护家庭的决心完成了自救。救赎他人者终将获得自救，神话中的喀戎和现实中的考德威尔，在善良和仁慈的照耀下实现了影像的重合。

《巴西》的循环空间结构从某种角度可以视为一种空间的对照。与《马人》的异质空间对照不同，巴西采用的是同质空间对照，即在不同的时间下，相同空间承载着不同的寓意。下表中所列的地点是特里斯陶和伊萨贝尔逃亡旅途中停留的主要地点。伊萨贝尔与特里斯陶的换肤行为是二人命运的转折点，a 行是换肤前二人的遭遇，b 行是换肤后两人的命运。在同一空间中，由于肤色的置换，两人的遭遇截然不同。这种前后命运的强烈对照在某种程度上强化了读者关于肤色改变命运的观点，尽管厄普代克的创作本意是在探讨消除种族歧视的途径。

	海滩	公寓	圣保罗	巴西利亚	马托格罗斯	营地
a	相遇	身体结合	特里斯陶被迫在工厂做劳工	二人被拆散	逃亡	二人被拆散，特里斯陶沦为奴隶
b	分离	心灵产生疏离	特里斯陶在工厂担任管理工作	二人婚姻被祝福	重返文明社会，并被接纳	特里斯陶获释，二人重聚

当特里斯陶与伊萨贝尔的爱情模式回归社会所能接受的道德轨迹中时，两人的命运也发生了本质的转变。厄普代克在《巴西》中试图从肤色的自然属性出发否定种族歧视，通过男女之间的自然结合来瓦解种族歧视，但是这样的尝试是以对种族歧视的屈服、以对固有的男性和女性在社会中的角色模式的重复为前提的。特里斯陶和伊萨贝尔最终能够回归文明社会，更大程度依赖于二人社会地位和社会角色的置换，特里斯陶由社会底层的黑人男青年变为处于中产阶级的白人男性，而伊萨贝尔则由白人女性变为社会认为地位较低的黑人女性，这

种男强女弱的模式符合社会认可的价值体系。《巴西》的同质空间下的主人公的命运对照在读者的心理空间建构过程中，将读者的阅读视野由关注种族问题延伸到作者在性别问题的态度上，这样的阅读效果也许超出了厄普代克本人的创作预期。读者不得不质疑厄普代克所提出的解决种族问题的途径，是否以牺牲女性权益为代价。

三　象征的意象渲染读者心理

关于意象的含义自古以来有多种不同解释。康德认为，意象是一种想象力所形成的表象；20世纪欧美意象派更是认为，表情达意的唯一艺术公式就是找出意之象，即运用想象、幻想、隐喻等方法以构成种种具有鲜明性、具体性、可感知性的形象。总之，意象是理解作品的结构、效果和隐含意义的非常重要的线索，它是承载作家情感的载体，是作家情感的形式化。同时，意象也是触发读者联想、想象活动的媒介，反复出现的意象减缓了叙述的进程，阻止了读者阅读的向前发展，"通过主题或通过一套相互关联的广泛的意象网络，可以获得一个空间性的程度"①。

在《葛特露与克劳狄斯》中，"鸟"作为一个连续的意象是不能被忽视的，它是葛特露处境的象征。葛特露与鸟有着不可分割的关联，各类鸟被霍文迪尔和冯贡作为礼物送给了葛特露，在这些鸟的形象背后隐藏着送礼人的潜在话语。霍文迪尔与葛特露首次见面时，带给她的礼物是"一对关在柳条编成的笼子里的黑白相间的红雀"。霍文迪尔将葛特露视为自己红雀，他为葛特露打造了一个富丽堂皇的鸟笼——爱尔诺西堡，并希望葛特露能够像红雀一样在自己的打造的鸟笼中感到幸福。他自负地将笼子鸟的鸣叫视为幸福的表达：

"很快有一天，葛露莎，你也会为琴瑟和谐的幸福而歌唱

---

① 约瑟夫·弗兰克：《现代小说中的空间形式》，秦林芳编译，北京大学出版社1991年版，第148页。

的。"他信誓旦旦地说。

　　"我可不能保证鸟儿们歌唱的就是幸福。它们或许正在为身陷囹圄而痛哭呢。鸟儿和我们兴许有着一样复杂的情感，可惜的是，它们却只能用一种固定的声调来表达。"①

　　葛特露对笼中的红雀产生同情，暗自想到自己未来的境遇何尝不是一只被关在笼中的鸟。因此，与霍文迪尔将鸟鸣视为幸福的表达不同，她认为鸟鸣是对失去自由的痛哭。葛特露借此表达了自己对未来婚姻的忧虑和不满。

　　芭思谢芭是葛特露收到的第二只鸟，它是冯贡赠送的一只被驯化的猎鹰。芭思谢芭身上承载着葛特露对自由的向往和恐惧。

　　我们给它把脚带解了下来，开始它飞得很低，不断向下，好像脚带还拖在身上，随时可以被拉回来似的，很快，它便意识到羁绊已经没有了，于是拍打着翅膀向高空飞去，它上升着，轻快地飞翔着，试探着它的天地有多么宽阔，不过，它还老是在我们的头顶上倾斜着身体盘旋，打着圈圈，好像充满了疑问，并不情愿放弃它已经掌握的一种关系。它向下飞来，仿佛打算再次站到我的手腕上来，可是我把里面衬着羚羊皮的手套扔进了高高的草丛中，它在飞翔的过程中看见了，像是打算把它衔回来；可是不，它终于猛然飞离了驯养它的地方，朝着爱尔西诺的方向，向戈尔森林飞去了。②

　　葛特露将芭思谢芭放飞象征着她渴望走出了封闭、枯窘的生活，寻找失落的自我的内心冲动。

---

　　①　约翰·厄普代克：《葛特露和克劳狄斯》，杨莉馨译，译林出版社2002年版，第14页。

　　②　同上书，第89页。

　　冯贡送给葛特露的第二件礼物是一只孔雀形状的珐琅彩釉的挂饰。厄普代克在此借葛特露的疑问,将鸟的意象与葛特露紧紧关联起来。"'你总是送鸟给我。'葛露丝说着,同时想起了她所得到的第一件诸如此类的礼物,那一对身上有斑纹的红雀,那是霍文迪尔送给她的。"① 葛特露的疑问,无疑暴露出在两个男人的心目中,她都是一只鸟。霍文迪尔将她视为关在笼中的鸟,而克劳狄斯则感受到葛特露内心被束缚的苦闷,以及对自由的渴望,正如他在给葛特露的解释的那样,孔雀"拖着华丽的羽毛,……发出一种足以让人发疯的叫声,因此,人们更多地会觉得它们代表了一种正在忍受折磨的灵魂"②。克劳狄斯将此时的葛特露视为一只正忍受折磨的孔雀。而克劳狄斯送给葛特露的最后一件礼物是一件花纹像孔雀毛的丝绸紧身裙,穿上这件裙子葛特露俨然变成了一只孔雀。在脱下克劳狄斯给她穿上的孔雀裙之后,葛特露最终冲破了道德的束缚,向克劳狄斯发出了召唤:"你给我穿上了什么,也可以替我脱下来呀。"③

　　鸟的意象自始至终伴随着葛特露,读者看到了她怎样一步步由一只被囚禁于牢笼中的红雀,转变为一只被驯化的、渴望自由的猎鹰,在与冯贡的相处中,她又变身为一只忍受折磨的孔雀,徘徊于欲望和伦理之间;最终身体法则超越了道德法则,她选择了将以感性生命为基础的爱情置于男人的荣誉感之上。葛特露的选择不代表她无视荣誉与感性生命本身的冲突,她对奥菲利娅说:"对于我们来说,荣誉似乎只是男人们的信条而已,他们心甘情愿为了它而卖命,为获得它而感到荣耀不已,可是对于我们来说,荣誉却会阻止我们获得爱情的滋润。"④ 不难发现,在与克劳狄斯结婚后的葛特露并没有根本改变自己的地位,她又一次充当了权力的砝码。葛特露在摧毁一种鸟笼的同

---

　　① 约翰·厄普代克:《葛特露和克劳狄斯》,杨莉馨译,译林出版社 2002 年版,第 115 页。

　　② 同上。

　　③ 同上书,第 131 页。

　　④ 同上书,第 194 页。

时，又亲手为自己建造了另一座鸟笼。

除了鸟的意象，小说中还运用了囚笼的意象：王后生活的爱尔西诺城堡成为禁锢自由的囚笼，而关住红雀的鸟笼更是一个没有自由的囚笼。此外，还有上文谈到的伊甸园的意象，葛特露与克劳狄斯在林中小屋中享受着灵魂与肉体的自由。

鸟、城堡、小屋等意象互相叠合，共同构建了象征性的空间场景。葛特露复杂的隐蔽内心在各种意象的烘托下表现得真挚、细腻、酣畅淋漓，凸显出了本性中的纯洁、善良。她的不幸婚姻生活和对情爱的渴望自然而然地诱导着读者同情克劳狄斯和葛特露出自生命本能的情爱，而对原著中王子哈姆莱特复仇的正义性和合理性开始产生质疑。在厄普代克的笔下，莎士比亚剧本中浓得化不开的血腥气消散了大半，读者更多的是感受到一个女人对于男女之间感性的情爱的渴望。建立在莎士比亚原著基础上的黑白分明的伦理世界不复存在，这儿没有绝对的好人，也没有绝对的坏人，读者不得不去思考各人背后所体现的法则。读完全书人们会或多或少地去思考文本中隐含的观念：男女之间感性的情爱及其欢乐与权力和复仇相比，更符合人类生存的本质需求。

四　信息拼图强化读者心理的不确定性

厄普代克在《S.》的创作中抛弃了传统的线性叙事，采用了书信体写作。综观整部小说，可以看出，全书围绕着两条线索展开故事，即萨拉对情爱的追求以及萨拉母爱的展示。在两条故事线索的结构上，厄普代克没有采用"花开两朵各表一枝"的传统写法，而是将各条线索上的信息分割、打乱，安排在全书的各个部分，如同一幅被打散的拼图。因此，阅读《S.》的过程如同是在完成一幅图画的拼合，要求读者将散落在各个角落的相关信息收集整理，最终形成一个完整的故事。

在对信息的收集过程中，读者对萨拉叙述的不确定性在逐步增强。传统的线性叙述很容易将人物性格中的矛盾之处暴露无遗，而书信体小说中由于穿插了很多枝节，这些枝节的设置由于割断了情节的连贯性而在某种程度上阻碍了读者的阅读进程。在阅读过程中，读者常常会因为受到多方面的信息干扰，而轻易地被叙述者所左右。但是也正是信息的零散，迫使读者在阅读之外，对接收到的信息进行二次组装。在拼装的过程中，读者会发现叙述中的不确定性，例如萨拉自己向往爱情、需要男性，可是对于母亲的黄昏恋态度却十分强硬和蛮横，骂母亲的情人"无耻之尤"，还怂恿母亲打电话报警。在给弟弟的信中一方面劝说其不要把遗产看得太重，另一方面又说自己母亲是随意挥霍掉爸爸留下的钱。在对信息的再处理过程中，叙述者的言行不一，反复无常被读者一一发现，叙述者讲述的可靠性也因此遭到质疑。

此外，读者还会发现文本中留有诸多"空白"和"未定点"，这无疑给读者留下许多遐想的空间，让读者尽可以张开想象的翅膀并按照自己的想象去做"填空"的工作，重构完整的故事情节。

五　绘画空间营造艺术感

厄普代克小说中的视觉艺术空间是非常显著的，他曾在波士顿电视台的一档节目中说，他最欣赏的画家是维梅尔，"在我努力想成为语言表达的艺术家时，我去了艺术馆——尤其是现代艺术馆，寻找艺术作品的典范。我在艺术馆中感受到的微小战栗或巨大颤抖是我在写作中想要表现的内容"[1]。厄普代克将绘画技法运用到小说创作。

安德烈·马尔罗（André Malraux）曾说："无论何时我们做的记录要能够使我们追溯起源至一位画家、一位雕塑家，我们探究任何一位艺术家的工作……是探究艺术家的视觉，灼热或静穆的情感。"[2] 这点对厄普代克同样适用，他除了赞同艺术模仿说，他认为

---

① Christopher Lydon, "Interview with John Updike," in James Plath, ed., *Conversations with John Updike*, Jackson: University Press of Mississippi, 1994, pp. 218－219.

② André Malraux, *The Voices of Silence*, New York: Doubleday & Company, 1953, p. 281.

自己的作品"所能给予的不会超出它所接受的，我们试图为他人创建我们曾经历的审美感觉。就我而言……是杜勒或维梅尔提供的精准画面"①。厄普代克将自己描绘为"高度绘画性的作家"（highly pictorial writer），他认为"叙事不应该为了心理层面的洞察而被包装，如同面包上的葡萄干。内容是生面团……作家最大的骄傲是他有能力推进大规模的图像"②。在厄普代克看来，对于图像的空间处理与时间叙事同样重要。

17世纪荷兰画家杨·维梅尔对资产阶级日常家庭场景近似照片的描摹与厄普代克对中产阶级家庭生活的细琐描绘遥相呼应。维梅尔的绝大部分作品以中产阶级家庭妇女生活为创作素材，表现她们读信、弹琴、假寐以及种种生活杂务。不同于同时代的日常生活风俗画，维梅尔弱化了绘画中的叙事元素，代之以聚焦物体布局和光影运用，达到马尔罗所说的"被光束穿透的简化的色彩和谐"③。在画面中维梅尔平均分布物和人，并给予物在光线上的重点表现，人物则呈现为时间的停滞感。曾经很长一段时间内这种画法无法为主流接受，直到1860年法国印象派诞生，公众开始关注头像画面、光和影而不是绘画中的叙事，维梅尔的画作才受到追捧。维梅尔观察外部世界的视角颇具现代性：破碎的空间、形式上人与物的对等表现、形式即内容的唯美观念，最重要的是对光线的创新运用，在画面上建立了色彩与色调并列基础上的和谐感。

厄普代克精心将维梅尔的绘画视觉技法转化为语言呈现。唐纳德·J.格雷纳观察到厄普代克的故事讲述方式令关注"投向了微不足道的小人物，而不是剧中的主人公"④。亚瑟·麦兹纳（Arthur Mizener）认为厄普代克的故事既有关于重大事件的哥斯玛特式（cosma-

① John Updike, *Picked - up Pieces*, New York：Knopf, 1975, p. 36.

② Ibid. , p. 453.

③ André Malraux, *The Voices of Silence*, New York：Doubleday & Company, 1953, p. 339.

④ Donald J. Greiner, *John Updike's Novels*, Athens：Ohio University Press, 1984, p. 4.

tesque）镶嵌，又有大量无关紧要事件的琐碎装饰。① 罗伯特·S.金杰
（Rober S. Gingher）总结厄普代克具有照相写实主义特征，如照相机
般捕捉和保留下细微之处和平凡的细节。② 跟随着厄普代克，我们很
容易发现平凡事物的闪光之处，如同维梅尔的作画技法，厄普代克通
过将光投射到细微事物上提升了人物平凡生活的品质，在这一过程中
人通过关注光如何为生活注入内容而实现对生活的重新确认。《兔子
富了》卷首语中援引了华莱斯·斯蒂文斯的诗歌《众鬼之王的兔子》
中的句子："白日过去时再难思量，／无形的阴影遮住太阳／别无他物
只剩下你皮毛的光亮。"这几句似乎可以解释光在平凡生活中的重要
性，对于哈里以及厄普代克创作的其他人物而言，注意到并能够从内
心欣赏和接受光亮是非常重要的。

对于琐碎图像的选择是构成画面和谐的第一步，厄普代克显然清
楚意识到这点。他曾谈道："相对于不惜一切地表现活力和暴力，我
更青睐于表现事物的整洁和精确：'家庭'描写。我喜爱维梅尔甚于
德拉克洛瓦。"③ 对于整洁、精准画面的选择偏好在《马人》中随处
可见。

> 我周围都是花瓶和光亮的家具。在硬挺的桌布上，一块甜面
> 包摆在上面，焕发着点彩派画家的光点点缀的光彩。在我的阳台
> 栏杆外，一个叫做纽约的阳光永照的高耸城市，闪烁着从百万个
> 窗口发出的灯光。我的白色的墙壁接受着带有白垩和丁香花蕾香

---

① Arthur Mizener, "Behind the Dazzle Is a Knowing Eye", Rev. of *Pigeon Feathers*, by John Updike, *New York Times Book Review*, 18 March 1962: 1, 29.

② Rober S. Gingher, "Has John Updike Anything to Say?" *Modern Fiction Studies* 20. 1 (1974), p. 98.

③ Jean-Pierre Salgas, "Hawthorne, Melville, Whitman, and the American Experience", in James Plath, ed., *Conversations with John Updike*, Jackson: University Press of Mississippi, 1994, p. 178. 欧根·德拉克洛瓦（Ferdinand-Victor-Eugene Delacroix），19 世纪上半叶法国浪漫主义画家，是印象主义和现代表现主义的先驱。他的作品充满浪漫主义风格，善于把抽象的冥想和寓意变成艺术形象。

味的清风。一个女人站在门口望着我，她的身影映在光亮的花砖地面上；她的下嘴唇稍显得厚一点，带着懒散的味道，像《海牙》那幅画里那个戴蓝头巾的女郎的下嘴唇。在收音机迅速地为我带来的这些形象里边有一处空白。①

　　这段是彼得在自己脑海中勾画的作品，从中我们看到了维梅尔的画面布局风格，花瓶、家具、甜面包、花砖等这些都是维梅尔画面中的常见元素，宽阔的光束似乎是随意地投射到家具上，这些杂物与门口静止的女人在画面中占有同等分量。光亮的家具与光亮的花砖这些平凡的事物因为光线而非凡。此处，彼得的叙事语言完全是画家的语言。

　　在这部具有浓烈自传性的小说中，叙述者彼得·考德威尔所以能够熟练通过语言展示维梅尔的绘画技法，根本原因在于他本人是维梅尔的支持者，如同作家厄普代克对于维梅尔的青睐。"一幅像弗美尔的画那样的清爽的天国世界般的景象。那个弗美尔本身曾经很穷，不为人知，这我知道。但我的分析是他生于落后的时代，而我从杂志上看到我们的时代是不落后的。"② 彼得对维梅尔的不断提及，可以视为厄普代克对自己孩童时代迷恋画家的再现。厄普代克对维梅尔作画技法的运用在多部作品如"兔子四部曲"、《嫁给我吧》、《夫妇们》、《伊斯特威克女巫》中不断被重复，不仅运用在场景描写，也运用到人物塑造上。如在《兔子，跑吧！》中厄普代克对哈里的教练的表现采用了透视缩短法，维梅尔常通过轻微模糊处理或以透视法表现静物与前景各种物体的关系。哈里再见教练后获得的形象完全不同于他记忆中的形象。而哈里在对异性思考时，通常发生在反光性空间中，他不仅能够注意到光投射在对象上的效果，而且想象或思考效果的象征意义。

---

① 约翰·厄普代克：《马人》，舒逊译，上海译文出版社 2010 年版，第 79 页。
② 同上。

　　厄普代克在创作中，不仅仅把空间看作故事发生的地点和叙事必不可少的场景，而且利用它来表现时间、安排小说的结构，甚至推动整个叙事进程。尤其是一系列象征、隐喻与意象的使用，物理空间和隐喻空间的紧密结合，使读者更加关注故事及其意义的深度与广度，而不是时间的长度。文本的空间形式所营造的阅读心理空间令读者体会到时间之外的叙述顺序所带来的艺术魅力。

结　语

　　厄普代克作为现实主义作家的主要创作固然代表了他最高的艺术成就，但是我们不能就此而忽略其创作的多样性。任何一个作家的创作都应视为世界文学传统中的一部分，克尔凯郭尔、霍桑、纳博科夫、乔伊斯、塞林格等欧美经典思想家和作家对厄普代克创作思想、主题选择、艺术风格等方面有着不容忽视的影响；而厄普代克对西方经典作家的长期、深入关注也为他的作品打上上述作家的个人印记。克尔凯郭尔为厄普代克提供了深厚的哲学根基，并且帮助他度过了精神上的危机，厄普代克其后几十年的创作都能够看到克尔凯郭尔的身影。虽然，作家晚年的宗教思想颇为复杂，在某种程度上对克尔凯郭尔和巴特神学思想产生背离，但是克尔凯郭尔的内在哲学反讽却是厄普代克一直使用的创作方式，他通过空白和裂隙激发读者对自身生存状态的思考，而非提供明确道德评判。这在某种程度上也增加了阅读困难。而在主题选择上厄普代克与美国 19 世纪作家霍桑有着千丝万缕的联系，他的《罗杰教授的版本》、《整月都是星期日》、《S.》是对霍桑经典名著《红字》的改写，甚至于他的其他多部作品，如《伊斯特威克女巫》、《夫妇们》"兔子四部曲"都在探讨霍桑的困境——灵魂与肉体冲突，厄普代克将之称为霍桑的信条。与霍桑在困境踌躇不前截然相反，厄普代克有自己的信条，即表现三角的通奸关系。通过此种书写模式，探讨同时获得肉体与精神上的满足，人类才能获得真正的圆满。而在小说技法上厄普代克明显受英国作家詹姆斯·乔伊斯的影响，这种影响早在 1960 年出版的《兔子，跑吧！》中就已显现，其后纳博科夫的创作方法也极大地影响了厄普代克，但是厄普代克对于纳博科夫作品中故意的道德轻视，显得耿耿于怀。纳博科夫逝世之后，厄普代克面临了类似的指责，他的小说被很多批评指责为道德核心的空洞，认为作家过于注重形式的完美而忽略关于"重大问题"的探讨，有"道德怠惰"之嫌。这或许可以视为作家主观愿望与客观效果的差距所在。

厄普代克通过对文学经典的改写展示了自己创作活动与文学传统之间的千丝万缕的联系，表达了对那些业已确立文学地位的经典和神话作品的敬意，它们成为厄普代克创作的重要源泉。此外，通过改写，厄普代克也表达了后世作家对文学经典的重新审视，他的创作文本因此而成为对文学经典的一种拓展阅读。应该可以认为，厄普代克对文学经典的重构不是简单的故事重述和延续，他是借助于读者熟知的题材，以独特的书写方式实现自己的创作意图，在对原文本的重构中延续着他在"宗教、艺术和性"等主题上的探讨。

联系时代变迁的影响和作家的人文情怀，可以发现，后现代的文化背景深层地影响着厄普代克，令他无法忽视后现代文化背景下的当代美国人的精神状态。空虚、卑琐、肤浅、无聊成为后现代文化语境下多数美国人生活状态的真实写照，厄普代克将这种生活状态通过日常生活的细节描写和琐碎、杂乱的小事件记述等方式呈现出来。面对关于"深度"的古老神话的消解，人们所表现出的无助、迷茫甚至某些极端的反应成为厄普代克关注的重心。因而，后现代主义不仅是厄普代克创作的一种视角，同时也成为其作品所呈现出的一种风貌。

在这些对经典重构的作品中，我们不仅看到了厄普代克在创作视角上的拓展，还看到了厄普代克在艺术手法上的大胆创新和尝试。20世纪下半叶盛行的不可靠叙事、隐含作者、元小说叙事等文学批评概念在厄普代克的创作中都可以找到理想的阐释范本。通过上述艺术技巧的运用，厄普代克将自己的文本置于意义不确定的状态之中，以此不露痕迹地引导读者去思考。他以后现代主义视角对经典的改写与重述，与那些经典原著形成了一种复调的对话关系。

在 20 世纪后半叶小说批评和创作的空间转向中，我们同样看到厄普代克在此领域的尝试。他不仅仅将空间看作故事发生的地点和叙事必不可少的场景，而且利用空间来表现时间，利用空间来安排小说的结构，甚至利用空间来推动整个叙事进程。

无论从创作视角还是创作手法上看，厄普代克创作中对既有风格的突破和对新的艺术形式的尝试，都是不容忽视的。在重构作品中，我们看到了不一样的厄普代克，一个游走于现实主义与后现代主义创作风格之间的厄普代克。现实主义固然是厄普代克创作的主要基调，但是，对于研究者而言，厄普代克的创作全貌却不能简单地用"现实主义"来概括的。至少，在经典重构作品中，我们可以观照到大量现实主义手法之外的创作元素，它们的存在可以视为厄普代克对自己创作领域的一种拓展；但是，另类叙事方式表象之下传递出的作家潜在话语同样值得关注。在历经半个多世纪的创作实践中，厄普代克一次次地给读者以惊喜和耳目一新的感觉，因此，我们不能静态、片面、单一地来考察这位多产的作家。挖掘时代文化背景留在作品中的烙印，以及隐藏于文本之下的潜在话语，更有利于我们从多种角度去把握厄普代克作为 20 世纪伟大作家的复杂性和多样性。他在宗教、艺术和性等问题上的持续半个多世纪的探讨以及这些探讨的方式，也留给读者无尽的话题。正是从这个意义上，也许至今还没有人能够说他已完全读懂了厄普代克。

厄普代克主要作品创作年表

兔子系列

1960 年　　《兔子，跑吧！》（*Rabbit，Run*）

1971 年　　《兔子归来》（*Rabbit Redux*）

1981 年　　《兔子富了》（*Rabbit Is Rich*）

1990 年　　《兔子安息》（*Rabbit At Rest*）

2001 年　　《怀念兔子》（*Rabbit Remembered*）

贝克三部曲

1970 年　　《贝克，一本书》（*Bech，a Book*）

1982 年　　《贝克归来》（*Bech Is Back*）

1998 年　　《贝克陷入绝境：一本准小说》（*Bech at Bay：A Quasi - Novel*）

布坎南系列

1974 年　　《布坎南快死了》（*Buchanan Dying*）（戏剧）

1992 年　　《福特内阁回忆》（*Memories of the Ford Administration*）

伊斯特威克系列

1984 年　　《伊斯特威克的女巫们》（*The Witches of Eastwick*）

2008 年　　《伊斯特威克的寡妇们》（*The Widows of Eastwick*）

红字三部曲

1975 年　《整月都是星期日》（*A Month of Sundays*）

1986 年　《罗杰教授的版本》（*Roger's Version*）

1988 年　《S.》（*S.*）

其他小说

1959 年　《贫民院集市》（*The Poorhouse Fair*）

1963 年　《马人》（*The Centaur*）

1965 年　《农场》（*Of the Farm*）

1968 年　《夫妇们》（*Couples*）

1977 年　《嫁给我吧》（*Marry Me*）

1978 年　《政变》（*The Coup*）

1994 年　《巴西》（*Brazil*）

1996 年　《圣洁百合》（*In the Beauty of the Lilies*）

1997 年　《走向时间的尽头》（*Toward the End of Time*）

2000 年　《葛特露与克劳狄斯》（*Gertrude and Claudius*）

2002 年　《寻找我的脸》（*Seek My Face*）

2004 年　《小镇》（*Villages*）

2006 年　《恐怖分子》（*Terrorist*）

短篇小说集

1959 年　《同一扇门》（*The Same Door*）

1962 年　《鸽子羽毛》（*Pigeon Feathers*）

1964 年　《奥林格故事》（*Olinger Stories*）（短篇小说集）

1966 年　《音乐学校》（*The Music School*）

1972 年　《博物馆和女人们》（*Museums And Women*）

1979 年　《困境》（*Problems*）

1979 年　《遥不可及》（*Too Far to Go*）（短篇小说集）

1987 年　《相信我》（*Trust Me*）

1994 年　《来生》（*The Afterlife*）

2000 年　《美国二十世纪最佳短篇小说》（*The Best American Short Stories of the Century*）（主编）

2001 年　《爱的插曲》（*Licks of Love*）

2003 年　《早期故事集：1953—1975》（*The Early Stories：1953—1975*）

2009 年　《父亲的眼泪及其他故事》（*My Father's Tears and Other Stories*）

诗集

1958 年　《木匠母鸡和其他驯兽》（*The Carpentered Hen and Other Tame Creatures*）

1963 年　《电线杆》（*Telephone Poles*）

1969 年　《中点》（*Midpoint*）

1969 年　《硬粒的舞蹈》（*Dance of the Solids*）

1977 年　《辗转反侧》（*Tossing and Turning*）

1985 年　《面对自然》（*Facing Nature*）

1993 年　《诗集》（*Collected Poems 1953—1993*）

2001 年　《美国文献：及其他诗歌》（*Americana：and Other Poems*）

2009 年　《终点及其他诗歌》（*Endpoint and Other Poems*）

非小说，评论集

1965 年　《各类散文》（*Assorted Prose*）

1975 年　《拾起的碎片》（*Picked - Up Pieces*）

1983 年　《拥抱海岸》（*Hugging The Shore*）

1989 年　《自我意识：回忆录》（*Self - Consciousness：Memoirs*）

1989 年　《看看而已》（*Just Looking*）

1991 年　　《零碎的工作》（*Odd Jobs*）

1996 年　　《高尔夫梦想：关于高尔夫》（*Golf Dreams：Writings on Golf*）

1999 年　　《平心而论》（*More Matter*）

2005 年　　《看了又看：美国艺术散文集》（*Still Looking：Essays on American Art*）

2007 年　　《锦思：杂文与批评》（*Due Considerations：Essays and Criticism*）

2008 年　　《一直在看：艺术散文集》（*Always Looking：Essays on Art*）

2009 年　　《高雅的闲话》（*Higher Gossip：Essays and Criticism*）

参考文献

英文文献：

[1] Ahearn, Kerry, "Family and Adultery: Images and Ideas in Updike's Rabbit Novels," *Twentieth Century Literature* 34 (1988), pp. 62 – 83.

[2] Alonso – Gallo, Laura P. "*Brazil*: John Updike's Contemporary Rendition of Romance and Medieval Myth," *Grove* 2 (1997), pp. 7 – 17.

[3] Bailey, Peter J. , *Rabbit (Un) Redeemed: The Drama of Belief in John Updike's Fiction*, Madison, New Jersey: Farleigh Dickinson University Press, 2006.

[4] Barth, Karl, *The Word of God and The World of Man*, New York: Harper, 1957.

[5] Batchelor, Bob, *John Updike: A Critical Biography*, Santa Barbara: ABC – CLIO, LLC, 2013.

[6] Bayer, John G, "Narrative Techniques and the Oral Tradition in The Scarlet Letter," *American Literature* 52 (May 1980).

[7] Bellis, Jack De, *The John Updike Encyclopedia*, Westport, Connecticut, London: Greenwood Press, 2000.

[8] Billings, J. Todd, "John Updike as Theologian of Culture: Roger's Version and the Possibility of Embodied Redemption," *Christianity and Literature*, Wntr, 2003, Vol. 52, No. 2.

[9] Bloom, Harold, ed. , *Modern Critical Views of John Updike*, New York: Chelsea House, 1987.

[10] Booth, Wayne, *The Rhetoric of Fiction*, Chicago: University of Chicago Press, 1961.

[11] Boswell, Marshall, *John Updike's Rabbit Tetralogy: Mastered Irony in Motion*, Columbia: University of Missouri Press, 2001.

[12] Branscomb, Jack, "Chiron's Two Deaths: Updike's Use of Variant Mythic Accounts in The Centaur," *English Language Notes*, 28, No. 1, September 1990.

[13] Brodhead, Richard H. , *The School of Hawthorn*, New York: Oxford University Press, 1986.

[14] Broer, Lawrence R. , *Rabbit Tales: Poetry and Politics in John Updike's Rabbit Novels*, Tuscaloosa: University of Alabama Press, 2000.

[15] Burchard, Rachael C. , *John Updike: Yea Sayings*. Carbondale: Southen Illinois University Press, 1971.

[16] Calinescu, Matei, "Secrecy in Fiction: Textual and Intertextual Secrets in Hawthorne and Updike," *Poetics Today*, Fall 1994, 15 (3).

[17] Campbell, Jeff H. *Updike's Novels: Thorns Spell a Word*, Wichita Falls, TX: Midwestern State University Press, 1987.

[18] Chase, Richard, *The American Novel and Its Tradition*, New York: Doubleday Anchor Books, 1957.

[19] Cooper, Rand Richards, "Bungle in the Jungle—Brazil by John Updike," *Commonweal*, 1994, Vol. 121, Iss. 7.

[20] Cooper, "To the Visible World: On Worshipping John Updike," *Commonweal*, 8 May 2009.

[21] Corbellari, Alain, and Catherine Müller, "John Updike's Tristnian Passion," *Tristania* 19, 1999.

[22] De Bellis, Jack, ed. , *John Updike: The Critical Responses to the*

"*Rabbit*" *Saga*, Westport, CT: Greenwood, 2005.

[23] De Bellis, Jack, ed., *John Updike Encyclopedia*, Westport, Conn: Greenwood Press, 1998.

[24] De Bellis, Jack, ed., *John Updike's Early Years*, Bethlehem: Lehigh University Press, 2013.

[25] Detweiler, Robert. *John Updike*, New York: Twayne, 1972; rev. ed. Boston: Twayne, 1984.

[26] Duvall, John N., "The Pleasure of Textual/Sexual Wrestling: Pornography and Heresy in Roger's Version," *Modern Fiction Studies*, 37, 1991.

[27] Eliot, T. S. "Ulysses, Order, and Myth," *Selected Prose of T. S. Eliot*, New York: Harcourt Brace Jovanovich, 1975.

[28] Fiedler, Leslie, *Love and Death in the American Novel*, New York: Criterion Books, 1960.

[29] Gado, Frank, "Interview with John Updike," *First Person: Conversations on Writers and Writing*, New York: Union College Press, 1973.

[30] Gilman, Richard, "The Witches of Updike," *New Republic*, June 20, 1988.

[31] Gopnik, Adam, "Postscript: John Updike," 9 February 2009. *The New Yorker*, 3 November 2009.

[32] Gould, Eric, *Mythical Intentions in Modern Literature*, Princeton: Princeton University Press, 1981.

[33] Greiner, Donald J., *John Updike's Novels*, Athens: Ohio University Press, 1984.

[34] Greiner, Donald J., *The Other John Updike*, Athens: Ohio University Press, 1981.

[35] Greiner, Donald J., "Body and Soul: John Updike and The Scarlet Letter," *Journal of Modern Literature*, 15, 1989.

[36] Greiner, Donald J. , *Adultery in the American Novel: Updike, James, and Hawthorne*, Columbia: University of South Carolina Press, 1985.

[37] Hamilton, Alice and Kenneth, *The Elements of John Updike*, Michigan: Wm. B. Eerdmans Publishing Co. , 1970.

[38] Heidegger, Martin, "What is Metaphysics?" David Farrel Krell, ed. *Basic Writtings*, San Francisco: Harper Collins, 1993.

[39] Heilbrun, Carolyn, *Hamlet's Mother and Other Women*, New York: Columbia UP, 1990.

[40] Hoag, Ronald Wesley, "*The Centaur*: What Cures George Caldwell?" *Studies in American Fiction*, 8, No. 1, Spring 1980.

[41] Hunt, George W. , *John Updike and the Three Great Secret Things: Sex, Religion, and Art*, Michigan: William B. Eerdmans Pub. Co. , 1985.

[42] Jameson, J. Fredric, *Postmodernism or the Cultural Logic of Late Capitalism*, Durham: Duke University Press, 1991

[43] Kermode, Frank, ed. , *Selected Prose of T. S. Eliot*, New York: Harcourt Brace Jovanovich, 1975.

[44] Kierkegaard, S. , *The Concluding Unscientific Postscript to the "Philosophical Fragments"* , Princeton: Princeton University Press, 1992.

[45] Kristeva, Julia, *Desire in Language – A Semiotic Approach to Literature and Art*. Trans. Thoma Gora, Alice Jardine and Leon S. Roudiez, Oxford: Blackwell, 1980.

[46] Lawrence, D. H. , "Nathaniel Hawthorne and The*Scarlet Letter*", *Studies in Classic American Literature*, Cambridge University Press, 2002.

[47] Lefebvre, Henri, *The Production of Space*, Wiley: Blackwell, 1991.

[48] Luscher, Robert M. , *John Updike*: *A Study of the Short Fiction*, New York: Twayne, 1993.

[49] Matthews, John T. , "The Word as Scandal: Updike's *A Month of Sundays*," *Arizona Quarterly*, 39, 1983.

[50] Macnaughton, William R. , *Critical Essays on John Updike*, Boston: GK Hall, 1982.

[51] Mctavish, John, "Myth, gospel, and John Updike's Centaur," *Theology Today*, Jan. 2003.

[52] Mellow, James, *Nathaniel Hawthorne in His Times*, Boston: Houghton Mifflin, 1980.

[53] Miller, D. Quentin, *John Updike and the Cold War*: *Drawing the Iron Curtain*, Columbia: University of Missouri Press, 2001.

[54] Morley, Catherine, *The Quest for Epic in Contemporary American Fiction*: *John Updike, Philip Roth and Don DeLillo*, New York: Routledge, 2008.

[55] Neary, John, *Something and Nothingness*: *The Fiction of John Updike and John Fowles*, Southern Illinois University Press, 1992.

[56] Newman, John, *John Updike*, New York: St. Martin's press, 1988.

[57] Novak, Frank G. , Jr. , The satanic personality in Updike's Roger's Version, *Christianity and Literature*, No. 3, Autumn 2005.

[58] O'Connell, Mary, *Updike and the Patriarchal Dilemma*: *Masculinith in the Rabbit Novels*, Carbonale: Southern Illinois University Press, 1992.

[59] Olster, Stanley, *The Cambridge Companion to John Updike*, Cambridge: Cambridge University Press, 2006.

[60] Plath, James ed. , *Conversations with John Updike*, Jackson: University Press of Mississippi, 1994.

[61] Podhoretz, Norman, "A Dissent on Updike," *Doings and Undo-*

ings: *The Fifties and After in American Writing*, New York: Noonday, 1964.

[62] Prince, Gerald, *A Dictionary of Narratology*, Rev. ed., Lincoln: University of Nebraska Press, 2003.

[63] Pritchard, William H., *Updike*: *America's Man of Letters*, South Royalton, VT: Steerforth, 2000.

[64] Prosser, Jay, "Under the Skin of John Updike: Self – Consciousness and the Racial Unconscious", *PMLA*, 116, 2001.

[65] Rhode, Eric, "Grabbing Dilemmas: John Updike Talks about God, Love, and the American Identity," *Vogue*, 1 Feb. 1971.

[66] Ristoff, Dilvo I., *Updike's America*: *The Presence of Contemporary American History in John Updike's Rabbit Trilogy*, New York: Peter Lang, 1988.

[67] Rothstein, Mervyn, "In*S.*, Updike Tries the Women's viewpoint," *New York Times*, 2 March 1988.

[68] Royal, Derek Parker, "An Absent Presence: The Rewriting of Hawthorne's Narratology in John Updike's *S.*," *Studies in Contemporary fiction*, Vol. 44, No. 1, 2002.

[69] Samuels, Charles Thomas, *John Updike*, Minneapolis: University of Minnenesota Press, 1969.

[70] Schiff, James A., *Updike's Version*: *Rewriting The Scarlet Letter*, Columbia: University of Missouri Press, 1992.

[71] Schiff, James A., *John Updike Revisited*, New York: Twayne Publishers, 1998.

[72] Schiff, James A., "A Conversation with John Updike," *The Southern Review*, Spring, 2002.

[73] Searles, George J., *The Fiction of Philip Roth and John Updike*, Carbondale: Southern Illinois Universith Press, 1985.

[74] Stevic, Philip, *Alternative Pleasures*: *Postrealist Fiction and the*

Tradition, Urbana: University of Illinois Press, 1981.

[75] Stuckey, William J., ed., "John Updike Special Issue," *Modern Fiction Studies*, 37, 1991.

[76] Tallent, Elizabeth, *Married Men and Magic Tricks: John Updike's Fiction*, Carbondale: Southern Illinois University Press, 1971.

[77] Taylor, Larry E., *Pastoral and anti - Pastoral Patterns in John Updike's Fiction*, Carbondale: Southern Illinois University Press, 1971.

[78] Trachtenberg, Stanley, ed., *New Essays on Rabbit, Run*, Cambridge: Cambridge University Press, 1993.

[79] Vargo, Edward P., *Rainstorms and Fire: Ritual in the Novels of John Updike*, Port Washington, NY: Kennikat, 1973.

[80] Vaughan, Philip H., *John Updike's Images of America*, Reseda, CA: Mojave, 1981.

[81] Woods, James, "John Updike's Complacent God," *The Broken Estate: Essays on Literature and Belief*, New York: Random House, 1999.

[82] Yerkes, James, *John Updike and Religion: The Sense of the Sacred and the Motions of Grace*, Missouri: William B. Eerdmans Publishing Company, 1999.

[83] Zverev, Aleksei, "Nabokov, Updike, and American Literature," Vladimir E. Alexandrov ed., *The Garland Companion to Vladimir Nabokov*, New York & London: Garland Publishing, Inc., 1995.

中文文献：

[84] 埃默里·埃利奥特主编：《哥伦比亚美国文学史》，朱伯通等译，四川辞书出版社 1994 年版。

[85] 贝迪耶编：《特里斯当与伊瑟》，罗新璋译，人民文学出版社 1991 年版。

[86] 陈世丹：《美国后现代主义小说详解》，南开大学出版社 2010
年版。

[87] D. H. 劳伦斯：《灵与肉的剖白》，毕冰宾译，漓江出版社 1991
年版。

[88] 蒂费纳·萨莫瓦约：《互文性研究》，邵炜译，天津人民出版社
2003 年版。

[89] 冯亦代：《厄普代克论纳勃科夫》，《读书》1996 年第 4 期。

[90] 伏尔克·哈格：《"我们曾经失去过控制"——厄普代克访谈
录》，徐莉译，《译林》2005 年第 4 期。

[91] 哈罗德·布鲁姆：《影响的焦虑》，徐文博译，江苏教育出版社
2006 年版。

[92] 哈罗德·布鲁姆：《西方正典》，江宁康译，译林出版社 2005
年版。

[93] 华莱士·马丁：《当代叙事学》，北京大学出版社 1990 年版。

[94] James Phelan Peter J. Rabinowitz：《当代叙事理论指南》，申丹等
译，北京大学出版社 2007 年版。

[95] 江宁康：《元小说：作者和文本的对话》，《外国文学评论》
1994 年第 3 期。

[96] 江宁康：《美国当代文化阐释》，辽宁教育出版社 2005 年版。

[97] 江宁康：《美国当代文学与美利坚民族认同》，南京大学出版社
2008 年版。

[98] 靳涵身：《重写与颠覆：约翰·厄普代克"〈红字〉三部曲"之
互文研究》，四川大学出版社 2008 年版。

[99] 金衡山：《厄普代克与当代美国社会：厄普代克十部小说研
究》，北京大学出版社 2008 年版。

[100] 金衡山：《道德、真实、神学：厄普代克小说中的宗教》，《国
外文学》2007 年第 1 期。

[101] 兰德尔·斯图尔：《霍桑传》，赵庆庆译，东方出版中心 1999
年版。

［102］勒内·韦勒克、奥斯汀·沃伦：《文学理论》，江苏教育出版社 2005 年版。

［103］李建军：《小说修辞研究》，中国人民大学出版社 2003 年版。

［104］理查德·罗蒂：《筑就我们的国家——20 世纪美国左派思想》，黄宗英译，生活·读书·新知三联书店 2006 年版。

［105］刘海平、王守仁主编：《新编美国文学史（第三、四卷）》，上海外语教育出版社 2002 年版。

［106］罗伯特·格雷夫斯：《古希腊神话英雄传》，王渝译，上海文艺出版社 2008 年版。

［107］莫里斯·迪克斯坦：《伊甸园之门——六十年代美国文化》，方晓光译，上海外语教育出版社 1985 年版。

［108］诺思罗普·弗莱：《批评的解剖》，陈慧等译，百花文艺出版社 2006 年版。

［109］热拉尔·热奈特：《新叙事话语》，中国社会科学出版社 1990 年版。

［110］萨克文·伯科维奇主编：《剑桥美国文学史》第 1—8 卷，蔡京等译，中央编译出版社 2008 年版。

［111］申丹：《叙述学与小说文体学研究》，北京大学出版社 2004 年版。

［112］申丹：《叙事、文本与潜文本——重读英美经典短篇小说》，北京大学出版社 2009 年版。

［113］申丹、韩加明、王丽亚：《英美小说叙事理论研究》，北京大学出版社 2005 年版。

［114］施洛米丝·雷蒙－凯南：《叙事虚构作品：当代诗学》，姚锦清等译，厦门大学出版社 1991 年版。

［115］苏珊·S.兰瑟：《虚构的权威：女性作家与叙述声音》，黄必康译，北京大学出版社 2002 年版。

［116］索伦·克尔凯郭尔：《致死的疾病》，张祥龙、王建军译，中国工人出版社 1997 年版。

［117］索伦·克尔凯郭尔：《论反讽概念》，汤晨溪译，中国社会科学出版社 2005 年版。

［118］童庆炳、陶东风主编：《文学经典的建构、解构和重构》，北京大学出版社 2007 年版。

［119］汪介之、杨莉馨主编：《欧美文学评论选（20 世纪）》，北京大学出版社 2011 年版。

［120］韦恩·布斯：《小说修辞学》，华明等译，北京大学出版社 1987 年版。

［121］严蓓雯：《厄普代克与英国文学》，《外国文学评论》2009 年第 2 期。

［122］叶舒宪：《探索非理性的世界》，四川人民出版社 1988 年版。

［123］约瑟夫·弗兰克主编：《现代小说中的空间形式》，秦林芳译，北京大学出版社 1991 年版。

［124］张京媛主编：《当代女性主义文学批评》，北京大学出版社 1992 年版。

［125］赵一凡：《西方文论关键词》，外语教学与研究出版社 2006 年版。